三國・晉・南北朝文選

國學精選叢書

陸維釗　編註

敍　言

(一)

從三國初年到六朝末葉，這三百八十年，是中國政治極混亂的時期，也是中國文學轉變最劇烈的時期；這時期的文學，有四點最可注意：

1.駢儷文的盛行。

2.五言詩的完成。

3.小說的進展。

4.翻譯文的成熟。

現在且分別說明如下：

1.東漢末年，一般文人，受前漢詞賦的影響，造句遣詞，漸脫去自然而講求修飾；久而久之，於是不僅講究詞句的整齊，故事的運用，更進一步而講究對仗的工整，聲調的和諧，這便是駢儷文的特徵。造成這駢儷文的原素，是因爲中國字是單音的方體字，一聯一聯，排比起來，比較容易；四個音的句子，配上四個音的句子做對，六個音的句子，配上六個音的句子做對，如

零雨送秋，輕寒迎節；江楓曉落，林葉初黃。梁簡文帝與蕭臨川書

三春負鉏相識，五月披裘見尋；問葛洪之藥性，訪京房之卜林。庾信小園賦

平心而論，讀起來於聲調之美，的確大有幫助。所以駢儷文也可說是文藝而兼音樂的一種特殊的文學，這種特殊的文學，在使用複音字的國家，是決不會產生的。所以只有中國才在韻文和散文之外，會發展出這一種體裁來。這一種體裁，在三國時，曹植的作品，已張其獥，如洛神賦中的：

其形也，翩若驚鴻，婉若遊龍，榮曜秋菊，華茂春松，髣髴兮若輕雲之蔽月，飄飖兮若流風之回雪。

字句整齊，屬對精巧，已非蔡邕輩作品中所能尋得出來。其後晉陸機有演連珠五十首，更由成熟而開四六的先聲，本書裡選著四首，作爲代表。從陸機起，由晉而宋、齊、梁、陳，而北魏、北齊、北周，駢儷文的代表作家，有葛洪、郭璞、潘岳、左思、劉琨、孫綽、殷仲文、謝混、顏延之、謝靈運、江淹、鮑照、任昉、沈約、庾信、徐陵，修飾辭句，調叶宮商，可謂盛極一時。宋書謝靈運傳論云：

夫五色相宣，八音協暢，由乎玄黃律呂，各適物宜；欲使宮羽相變，低昂舛節，若前有浮聲，則後須切響；一簡之內，音韻盡殊，兩句之中，輕重悉異。

所謂宮羽，便是指陰平陽平上去入五聲；所謂浮聲切響，便是指平仄。他們這班文人，愈演愈進，到了最後，以爲只要講究聲律對偶，便得了作文的秘訣；所以沈約答陸厥書有言：

宮商之聲有五，文字之別累萬，以累萬之繁，配五聲之約，高下低昂，非思力所及。又非止若斯而已也，十字之文，顛倒相配，字不過十，巧厤已不能盡。靈均以來，自古詞人，所昧實多，故鄙意所謂此秘未覩者也。

的話。這個潮流，到了六朝末葉，盛到頂點。一入隋唐，盛極而衰，漸趨卑靡，終於轉不出魏晉六朝的圈套。所以在文學史上，總要說這個時代，是駢儷文極盛的時代。

2.五言詩體，起於漢代的無名詩人，隨手寫來，真情流露，當時並不計及詞句之工拙。到了建安諸子，刻意爲之，格調聲律字句，始極盡鍛鍊之能事。如曹植的情詩：

遊魚潛綠水，翔鳥薄天飛，……始出嚴霜結，今來白露晞。

實已無一字不講究，無一字不烹鍊；較之古詩十九首之一任自然者，其相去何啻天壤；故從三國時起，可以說是一個有意的提倡五言，烹鍊五言了。而做五言最多，又最用心的，要推魏末的阮籍。阮籍是崇拜自然主義的思想家，生在魏晉交替的時代，眼見司馬氏三代專權，欺陵曹氏，壓迫名流，所以做了八十二首詠懷詩來發洩他心頭的牢騷，如說：

千秋萬歲後，榮名安所之！

人言願延年，延年欲焉之！

正是他萬分悲憤的流露。他若張華、傅玄、束皙、陸機、陸雲、潘岳、左思，亦以五言著名，而並不及籍。至晉末陶潛崛起，清悠淡永，極自然之致，始開山林文學之一幟。自宋以還，謝靈運、鮑照、謝朓，最爲著名，所做的五言，漸開唐人的風氣，如謝朓的玉階怨云：

夕殿下珠簾，流螢飛復息；長夜縫羅衣，思君此何極！

絕似一首唐人的五絕。蕭子顯曾把當時的詩，分爲三派，他說：

今之作者，略有三體：一則啓心閑繹，託辭華曠，宜登公讌。次則緝事比類，非對不發，全借古語。次則發唱驚挺，操調險急，雕藻淫豔。南齊書文學傳論

蓋這個時候，繼起的便有沈約的提倡四聲八病之說，聲律方面，漸趨精細。兼以梁陳諸帝，沈溺豔情，沈約、江淹、庾肩吾、何遜、陰鏗、江總，愈後愈趨靡麗，徐陵的玉臺新詠，便可表見這時代五言詩的好尚，其他若素負盛名的五言長

篇敍事詩孔雀東南飛，亦當起於晉代。樂府中南方的子夜歌、華山、幾讀曲歌，北方的企喻歌、折楊柳歌，亦都是五言的傑作。當時雖亦間有七言，然而分量既少，發達亦未完備；故這個時代，可說是五言詩完成的時代。

3.漢書藝文志列舉小說十五家，千三百八十篇，既多不傳；而今世所存題漢人所作的小說，如東方朔的神異經、十洲記，班固的漢武故事、漢武帝內傳，郭憲的漢武洞冥記，劉歆的西京雜記，伶玄的飛燕外傳等等，實無一真出於漢人，大半爲兩晉六朝文人方士的僞作，所以兩晉六朝，實是小學進展的時代；不過那時的小說，涵義與今不同，我們若以現在的眼光，看當時的小說，則徒見其和筆記雜記一般的零星小品而已。他和史傳不同的地方，只在他們所記的，都是些神怪幽異的事；荒誕不經，白日見鬼，這種思想，開始於秦漢的神仙之說。加以漢末巫風大暢，鬼道日熾，而小乘佛教，又適於這時流入中土，張皇鬼神，稱道靈異，故不論其出於文人之作，或教徒之手，而當時的思想，則大都以爲幽明雖然殊途，人鬼乃皆實有；故他們的敍述異事，視與記載人間常事，沒有誠妄的差別。晉書稱干寶感父婢死而復生，兄氣絕復蘇事，遂撰集古今靈異神祇人物變化爲搜神記，正是這時諸家好奇心理的代表。干寶的事情，據記載是這樣說的：

干寶字令升，其先新蔡人。父瑩，有嬖妾，母至妒；寶父葬時，因生推婢著藏中，寶兄弟年小，不之審也。經十年而母喪，開墓，見其妾伏棺上，衣服如生，就視猶暖；輿還家，終日而蘇；云：寶父常致飲食，與之接寢，恩情如生。家中吉凶，輒語之，校之悉驗，平復數年後方卒。寶兄常病，氣絕積日不冷，後遂寤，云：見天地間鬼神事，如夢覺，不自知死。

搜神後記

從這一段故事裡，可見當時的志怪，大都類此。此外如魏文帝的列異傳、王浮的神異記、葛洪的列仙傳、荀氏的靈鬼志、陸氏的異林、戴祚的甄異傳、祖台之的志怪、王嘉的拾遺記、劉敬的異苑、劉義慶的幽明錄宣驗記、東陽無疑的齊諧記、吳均的續齊諧記、任昉的述異記、顏之推的還冤記集靈記、王琰的冥祥記、侯白的旌異記，以及邯鄲淳笑林、裴啓語林、沈約俗說、殷芸小說等等，在今日或見著錄，或尚有其書，或經後人輯錄，或存他書援引，爲數甚夥。這種情形，實兩漢所未見，而爲後來唐人小說之前驅。唐人小說，不過題材轉變一些，結構進步一些而已。故晉宋諸朝，實爲小說進展的時代，只因他事實荒謬，思想鬼秘，文詞雖然新穎可喜，本書裡入選的卻為數不多。

4.佛教自後漢入中國，當時信奉的人不多，醞釀到了魏晉，老莊的學說盛行，佛學亦漸漸的興旺起來。六朝君主，頗多佞佛，而釋道安、惠遠、法顯、鳩摩羅什，又能以一代的碩學高僧，堅其信仰；故吸引力之所及，有宋文帝的令沙門參政，齊武帝的使法獻法暢翌贊樞機，梁武帝的三捨身於同泰寺，陳武帝的幸大莊嚴寺，魏明元帝的封沙門為輔國宣城子，孝文帝的七發佛法興隆詔，宣武帝的使菩提流支譯十地論于太極殿，可謂風靡一時，竭誠信仰了。因之翻譯事業，亦風起雲湧，不像漢明帝時攝摩騰、竺法蘭的編譯，引不起當時人的興味。晉時的譯經，多在南方，支謙譯四十九種，康僧會譯十餘種，而以竺法護為最有名，故本書裡節選他譯的擎鉢大臣，作為代表。自魏晉以至六朝，譯經者前後有曇柯迦羅、康僧鎧、支謙、康僧會、竺法護、帛延無羅父、竺叔蘭、支彊梁接、鳩摩羅什、曇無讖、菩提流支、佛陀跋陀羅、佛馱什、畺良耶舍、僧柔、慧次、僧佑、真締諸僧，從年代以校人數，可得下列的一個統計：

第三世紀　譯者二人

第四世紀　譯者五人

第五世紀　譯者六十一人

第六世紀　譯者十四人

所譯經卷，約有八九百部，誠可謂洋洋大觀了！

佛經的翻譯，重在不失本義，而使讀者明白易曉，故與駢儷文之重詞藻講修飾者，適得其反；無名氏法句經序稱：

竺將炎雖善天竺語，未備曉漢，其所傳言，或得梵語，或以義出，音近質直；僕初嫌其爲詞不雅。維祇難曰：「佛言依其義，不用飾，取其法，不以嚴；其傳經者，令易曉，勿失厥義，是則爲善。」座中咸曰：「老氏稱美言不信，信言不美，……今傳梵義，實宜徑達。」

正是當時翻譯文重信重達的自白。在此時期，對偶聲律，正瀰漫全文人階級，而突然有這一種特殊情調的文體出來，並且能使一部分文人若范縝、蕭琛輩，亦變其文格，這當然是值得我們的大書特書了。又佛教文學，最富想像，而又極注意形式上的布局與結構；故其散文記敍之後，往往用韻文來重說一遍，這韻文叫做「偈」，自「偈」這體裁輸入中國後，在中國文學上，發生了不小的影響，如彈詞裡的說白與唱文並用，便是從這裡摹仿來的。無韻詩，長篇故事，佛經裡也很多，更有小說體戲曲體的經，和唱導轉讀等等的宣傳方法。故魏晉六朝的翻譯佛經，實有大影響于中國文學的。

㈡

魏晉六朝文學方面的四種特點，上面已經說了一個大概；現在再進一步研究這四類作品所以造成的原因，究在那裡？換句話說，就是這四類作品，何以會在這時期發生？何以在這時期特別發達？

關於這一點，就歷史上觀察，似乎有二個成因：⑴是兩漢學術思想的反動和權謀家的利用。⑵是中原擾攘，民生痛苦，自求慰藉的釀成。第一點的動因，在東漢時候，已具朕兆；因爲那時讖緯訓詁之學盛行，「穿鑿其義，支離其詞。」「明經之儒，未必有經世之術；孝廉之士，不必有忠直之行。」趨末而不求其本；而所謂文學家者，作品範圍，又都限於實用方面：

其有上書獻賦，制誄鐫銘，皆以褒德序賢，明勳證理，苟非懲勸，義不

徒然。李諤上隋文帝書

於是天才卓出的文人，若孔融之流，自然要倡新奇可喜的論調，所謂崇尚自然，毀棄舊法了。後漢書路粹枉奏融有曰：

融前與白衣禰衡，跌蕩放言，云：父之於子，尚有何親？論其本意，實爲情欲發耳！子之於母，亦復奚爲，譬如寄物缾中，出則離耳！

史文雖云枉奏，恐融亦自有此論，非粹所可虛造，詳見錢穆國學概論第五章特孔融的態度，是崇尚氣節，敢直言，所以曹操屢屢碰他的釘子，恨不過他，把他殺了。曹操是一個機變而有文才的人，他一方面把孔融殺了，是對其他清議的示威，一方面正好順水推船，與他的二子曹丕曹植，提倡通侻，提倡脫離現實的美化文學，以麻醉牢籠當世的才士。所以三國文人，魏爲最盛，可憐那般在操卵翼之下的文人，既不敢危言直論，以爲懲勸，又不願回轉頭來，仍走讖緯訓詁的舊路，只有向新的超於實用的純粹文學的一條路走；便是五言詩和駢驪文所以日漸興盛的原因。晉承魏統，其篡奪如出一轍，其提倡文藝，當然亦具同一的作用。王肅杜預雖解經亦含作用可爲旁證只要看阮籍酗酒佯狂，僅免於死，嵇康、劉琨、郭璞、潘岳、石崇、陸機、陸雲，都不保首領而歿；便可想見當時的文人，只好講講莊老，做做詠懷擬古遊仙遊山水歸園田了。曹丕在典論論文裡說：

文章經國之大業，不朽之盛事，年壽有時而盡，榮樂止乎其身，二者必至之常期，未若文章之無窮！

他把文學的永久性，發揮盡致，是他的卓識；他把文學的獨立價值，特別提出來，既是他的卓識，又是他驅舉世才人而入於美文與五言詩的藝術之宮的手段。不幸六代相繼，中原大亂，於是這班文人，更只好躲在藝術之宮裡發展他超於現實的藝術，以遺其有涯之生了！故在兩漢思想反動和權謀家利用的一端上，可說是造成魏晉以後文學的前因。

其次，講到中原擾攘，民生痛苦方面，三國的分爭不必說，西晉統一了不多幾年，便有八王之亂；繼之以懷愍被虜，西晉覆亡，東晉偏安江左。繼之以宋、齊、梁、陳，互相篡竊。而北方各地，胡騎縱橫，匈奴、羯、氐、羌、鮮卑，所謂五胡十六國者，並起割據，無一日無一地，可稱樂土；拓跋魏之後，又分而爲東西兩魏，東魏傳于北齊，西魏傳於後周，後周又并北齊，如此紛紛擾擾，歷三百年，試想做百姓的，那一個不心灰，不悲觀，不厭世。但灰心悲觀厭世，是沒有用的；於是進一步便要想到長生久視，涅槃淨土，而神仙之說，釋氏之書，就爲一般人所注意了。釋氏之書，始入中國，約在後漢，但當時人民，頗不信奉這種外來的宗教，所以牟融有理惑論以說明老子與釋迦相似的地方，以抬高佛的身價。其所以不爲當時人民所崇奉，就因爲東漢天下太平，朝野無事，故人民不需要這種出世的宗教的慰藉；而反之佛教在晉以後特別興盛，就因爲人民正需要這種出世的宗教的慰藉；一經提倡，萬衆皈依。又加晉沙門、法護仿梵書以十四字貫一切音之法，創四十一字母，啓沈約四聲譜、周顒四聲切韻、王斌四聲論之機，聲韻之論興，而駢儷文與五言詩，亦受梵書的啓示，所以六朝文人，如謝靈運、顏延之、張融、沈約、劉勰、徐陵、庾信等，大都耽嗜佛典，鑽研佛理，於此世亂道衰的時代，祇有這一條是他們的出路，如不相信，我們只要推溯上去，看一看漢末的董卓之亂，禍亂尚未劇烈，便有

平土人脆弱，來兵皆胡羌，獵野圍城邑，所向悉破亡，斬截無孑遺，尸骸相撐拒，馬邊懸男頭，馬後載婦女。……所略有萬計，不得令屯聚，或有

骨肉俱，欲言不敢語！　　蔡琰悲憤詩

這樣描寫離亂的詩，到了六朝，遭逢禍亂，當十倍於此，難道這班文人，都不感得痛苦嗎？那麼爲什麼在這時期，一些也找不出描寫兵禍的偉大作品，而只有那遊冶遊仙擬古宮體呢，就因爲一方有了老莊玄理來麻醉他們，一方又有了涅槃淨土來麻醉他們，所以他們煩悶的人生，也有了出路，而當時登仙長生訪道鍊丹等等思想，又正和神鬼宗教，走的是一個方向，所以佛圖澄挾其奇術以傳佛義，尤爲人所稱羨，何怪乎小說作品，特別發達志怪的一方面了。

(三)

以上是三國晉南北朝文學的特點和他的所以形成，但此亦不過舉其大概，有少數的文家，在這潮流裡，儘持著不同的主張，如范曄的注重文意，他說：

常謂情志所託，故當以意爲主；以意爲主，則其旨必見；以文傳意，則其詞不流。

裴子野的反對雕琢和晦澀，他譏評當日的文人說：

其興浮，其志弱，巧而不要，隱而不深，……荀卿有言，亂世之徵，文章匿而采，斯豈近之乎！　雕蟲論

獄中與諸甥姪書

走其極端，則有蘇綽之復古，所作大誥，摹擬尚書，雖矯枉過正，此路不通，而其爲時代的反動，則已爲唐代散文運動之先聲；不過唐代所提倡，乃欲復史漢之古，而蘇綽所提倡，乃欲復典謨訓詁之古耳。觀於隋文帝統一天下，李諤上論文體輕薄書云：

魏之三祖，更尚文詞，忽君人之大道，好雕蟲之小藝，下之從上，有同影響，競騁文華，遂成風俗。江左齊梁，其弊彌甚，遺理存異，尋虛逐微，競一韻之奇，爭一字之巧，連篇累牘，不出月露之形，積案盈箱，唯是風雲之狀。

則魏晉南北朝文學之弊，實亦無法以自解，而下至於唐，只有另謀轉變的新路了。

(四)

此外，這時期的文壇上，有幾點亦須附帶的一說：

1.從曹丕典論論文以後，文學批評，時有名著，如曹植與楊德祖書、應瑒文論、陸機文賦、摯虞文章流別論、李充翰林論、葛洪抱朴子、鈞世、尚博、詞義、喻蔽諸篇，以及范曄與諸甥姪書，謝靈運擬魏太子鄴中集詩序、沈約宋書謝靈運傳論、蕭子顯南齊書文學傳論、顏之推家訓文章篇等皆是；而以鍾嶸詩品、劉勰文心雕龍爲最著名。

2.晉以下文筆分途，有長於文長於筆之稱，如顏延之云：「峻得臣筆，測得臣文」是。直至唐代，古文繼興，遂不立此別。說明文筆的，以梁元帝金樓子立言篇爲最明白；他說：

今之儒博窮子史，但能識其事，不能通其理者，謂之學。至如不便爲詩如閻纂，善爲章奏如柏松，若此之流，泛謂之筆。吟詠風謠，流連哀思者，謂之文。

清儒阮元揅經室集，有學海堂文筆對，引諸史爲證，至爲詳盡，亦可以考見當時的風尚。

3.魏李登作聲類，爲講聲律最早的書，隋書潘徽傳說：「李登聲類，始判清濁，才分宮商。」至南齊武帝永明間，沈約、王融、謝朓輩，極講究四聲清濁雙聲疊韻，南齊書陸厥傳曰：

> 永明末，盛爲文章，吳興沈約，陳郡謝朓，琅琊王融，以氣類相推轂；汝南周顒，善識音韻，約等文皆用宮商，以平上去入爲四聲，以此制韻，不可增減。

四聲之外，沈約又有八病之說，八病者，平頭，上尾，蜂腰，鶴膝，大韻，小韻，旁紐，正紐是。於是關於聲律理論，日益精密。劉勰曾爲之說明曰：「聲有飛沈，響有雙疊，沈則響發而斷，飛則聲颺不還。」從此以後，聲病之說盛行，古詩變爲律詩，駢文變爲四六，文學愈趨於技巧方面了。

(五)

上面的三個問題，既已明白，對於三國晉南北朝的文學，當可得到一層更深的了解。三國晉南北朝的文學，在中國文學史上，原是一個承上啓下的關鍵，本書取名三國晉南北朝文選，原有些史的意味，故入選各文，略依時代：首三國，次兩晉，次宋齊梁陳，次北魏北齊北周，只因這書的出版，是希望一般青年或中學生們的閱讀，而不純是這時代文學作品的代表集，故在編選方面，不得不有幾點需要說明的地方：

1.本書選材，以散文居多，散文又大都以通暢流利爲主；至駢儷文方面，僅舉其犖犖大者，以見一斑，目的是爲求適於閱讀之故。故像庾信哀江南賦之類，只取其序。

2.爲求了解該時代思潮起見，前期之談玄，後期之論神，雖文或艱澀，亦略選一二以爲例。

3.志怪小說，雖文多可喜，而事究不經，故不敢多選，以亂青年的思想。

4.佛典翻譯，文體自成一流，大都不適初學，故僅選一篇，以為代表。

5.五言詩，樂府，此時期雖多佳作，本書以文為主，故不涉及。

6.筆記小說及論文名著，在此時期內，佳作極多，已分別編入歷代名家筆記類選、中國文學批評論文集，故本書未選。

7.本書作家，若高洋宇文泰輩，未必親撰；如周書中徽傳云：「文帝（宇文泰）臨夏州，以徽為記室參軍，時軍國艸創，幕府務殷，四方書檄，皆徽之辭。」云云：即其明證，特以其無從分別，故即隸于其主。

8.關於魏晉六朝文學參考的總集，比較重要而又易得的，有蕭統文選、徐陵玉臺新詠、無名氏古文苑、郭茂倩樂府詩集、僧祐宏明集、道宣廣弘明集、張溥漢魏六朝百三名家集、嚴可均全上古三代秦漢三國六朝文、丁福保漢魏六朝名家集、全漢三國晉南北朝詩，以及漢魏叢書百子全書中三國六朝人的著作。其他若范曄後漢書、陳壽三國志、沈約宋書、蕭子顯南齊書、魏收魏書、葛洪抱朴子、劉義慶世說新語、酈道元水經注、鍾嶸詩品、劉勰文心雕龍、鳩摩羅什譯心經、金剛經、法華經、曇無讖譯佛所行讚經、寶雲譯佛本行經、慧皎高僧傳、王昶金石粹編等，讀者俱可參閱。

9.本書解釋，注者見聞寡陋，疏誤自當難免，尚祈海內明達，不吝指教，匡其不逮，至禱至幸。

中華民國二十四年十二月陸維釗

三國晉南北朝文選

目次

敘言

三國文

晉文

南朝文

北朝文

三國文

論盛孝章書

孔融

歲月不居，時節如流，五十之年，忽焉已至，公爲始滿㈠，融又過二；海內知識，零落殆盡！惟會稽盛孝章尚存。其人困於孫氏，妻孥湮沒，單孑獨立，孤危愁苦，若使憂能傷人，此子不得復永年矣！

春秋傳曰：「諸侯有相滅亡者，桓公不能救，則桓公恥之㈡。」今孝章實丈夫之雄也，天下談士，依以揚聲，而身不免於幽縶，命不期於旦夕；是吾祖不當復論損益之友㈢，而朱穆㈣所以絕交也！公誠能馳一介之使，加咫尺之書，則孝章可致，友道可弘矣。

今之少年，喜謗前輩，或能譏評孝章；孝章要爲有天下大名，九牧㈤之人，所共稱嘆。燕君市駿馬之骨㈥，非欲以騁道里，乃當以招絕足也。惟公匡復漢室，宗社將絕，又能正之，正之之術，實須得賢。珠玉無脛而自至者，以人好之也㈦，況賢者之有足乎！昭王築臺以尊郭隗㈧，隗雖小才，而逢大遇，竟能發明主之至心；故樂毅自魏往，劇辛自趙往，鄒衍自齊往；向使郭隗倒懸㈨而王不解，臨溺而王不拯，則士亦將高翔遠引，莫有北首燕路者矣。凡所稱引，自公所知；而復有云者，欲公崇篤斯義，因表不悉。

《題　解》

李善文選注引會稽典錄曰：盛憲字孝章，器量雅偉，舉孝廉，補尚書郎，遷吳郡太守，孫策平定吳會，誅其英豪；憲素有名，策深忌之。初，憲與少府孔融善，融憂憲不免于禍，乃與曹公書，由是徵爲都尉。詔命未至，果爲權所害，子匡奔魏，位至征東司馬。

《作者事略》

孔融字文舉，魯國人。少有俊才，爲李膺所奇。獻帝時，爲北海相，立學校，表儒術，尋拜太中大夫。值漢末大亂，志在靖難，然才疏意廣，迄無成功。嘗自謂「座上客常滿，尊中酒不空，」吾無憂矣。後爲曹操所忌，下獄棄市。魏文帝深好融文，稱之曰：「揚班儔也。」有孔北海集。以時代論，融亦後漢人，以其與王粲俱爲三國文學之前驅，故選以冠首。

《注釋》

㈠公爲始滿　公指曹操，始滿，謂年恰五十也。案曹操生漢桓帝永壽元年，以此推之，時當在獻帝建安九年也。

㈡諸侯有相滅亡者　此春秋公羊傳僖公元年文也。齊桓公不能救邢，聽其爲狄所滅，故春秋譏之。

㈢損益之友　論語：孔子曰：「益者三友，損者三友。友直，友諒，友多聞，益矣。友便辟，友善柔，友便佞，損矣。」

㈣朱穆　字公叔，南陽宛人。五歲，即以孝稱，及壯耽學，銳意講誦，感世澆薄，慕尚敦篤，乃著絕交論以矯之。

㈤九牧　九州也。左傳王孫滿曰：「貢金九牧。」

㈥燕君市駿馬之骨　戰國策：「郭隗謂燕昭王曰：臣聞古之人君，有市千里馬者，三年而不得；于是遣使者賫金市馬，未至，而千里馬已死；使者乃以五百金買其骨以歸。其君大怒，將誅之。使者對曰：死馬尚市之，況生者乎！馬將至矣，期年而千里馬至者三。」是市馬之事，乃郭隗謂燕昭王語，今乃曰：「燕君市駿馬之骨。」疑別有所本。

㈦珠玉無脛而自至　韓詩外傳：蓋胥謂晉平公曰：「珠出于海，玉出于山，無足而至者，好之也。士有足而不至者，君不好也。」

㈧昭王築臺以尊郭隗　史記：燕昭王于破燕之後，卑身厚幣，以禮賢者。謂郭隗曰：「齊因孤之國亂，而襲破燕；孤知國力少，不足以報，然誠得賢士與共圖，以雪先王之讎，願先生視可者，得身事之。」隗曰：「王必欲致士，先從隗始，賢于隗者，豈遠千里哉！于是昭王爲隗改築宮而師事之；樂毅自魏往，鄒衍自齊往，劇辛自趙往。

㈨倒懸　孟子：「萬乘之國，行仁政，民悅而歸之，猶解倒懸也。」趙岐注曰：倒懸，喻困苦也。

登樓賦

王粲

登茲樓以四望兮，聊暇日(一)以銷憂，覽斯宇之所處兮，實顯敞而寡仇(二)，挾清漳(三)之通浦兮，倚曲沮(四)之長洲，背墳衍之廣陸兮，臨皋隰之沃流，北彌陶牧(五)，西接昭丘(六)，華實蔽野，黍稷盈疇，雖信美而非吾土兮，曾何足以少留！遭紛濁(七)而遷逝兮，漫踰紀(八)以迄今，情眷眷而懷歸兮，孰憂思之可任(九)，憑軒檻以遙望兮，向北風而開襟，平原遠而極目兮，蔽荊山之高岑(十)，路逶迤而修迥兮，川既漾而濟深，悲舊鄉之壅隔兮，涕橫墜而弗禁！昔尼父之在陳(十一)兮，有歸與之歎音，鍾儀幽而楚奏(十二)兮，莊舄顯而越吟(十三)，人情同於懷土兮，豈窮達而異心。

惟日月之逾邁(十四)兮，俟河清(十五)其未極，冀王道之一平兮，假高衢而騁力，懼匏瓜(十六)之徒懸兮，畏井渫(十七)之莫食，步棲遲以徙倚兮，白日忽其將匿，風蕭瑟而竝興兮，天慘慘而無色，獸狂顧以求羣兮，鳥相鳴而舉翼，原野闃(二八)其無人兮，征夫行而未息，心悽愴以感發兮，意忉怛而憯惻(二九)，循階除(三〇)而下降兮，氣交憤於胸臆，夜參半而不寐兮，悵盤桓以反側。

《題解》

盛弘之荊州記曰：「當陽縣城樓，王仲宣登之而作賦。」蓋粲以世不承平，而劉表又不足與有爲，旅居荊州，心懷故國，故作此以寄慨。漢賦大都敘事記物。此則即景抒情，通首用韻，與曹植之作，開六朝小賦之先。

《作者事略》

王粲字仲宣，山陽人。博聞多識，問無不知，蔡邕奇其才略，聞粲在門，倒屣迎之，粲年少短小，一座皆驚。爲文長于辭賦。後值獻帝西遷，粲從至長安，以西京擾亂，乃避亂至荊州依劉表。尋仕魏至侍中。爲建安七子之一。三國志有傳。

《注釋》

㊀暇日　國語注：「暇，閒也。」暇或作假，楚詞：「聊假日以消時。」

㊁仇　爾雅：「仇，匹也。」

㊂漳　漳水出湖北當陽縣西北，流入當陽，會于沮。大水有小江別通曰浦。

㊃沮　沮水出湖北保康縣西南，與漳水會，又東南經江陵縣入江。

㊄北彌陶牧　爾雅曰：「彌，終也。」又曰：「郊外曰牧。」荆州記曰：「江陵縣西有陶朱公冢。」

㊅昭丘　荆州圖記曰：「當陽東南七十里，有楚昭王墓。登樓則見，所謂昭丘是也。」

㊆紛濁　喻世亂也。

㊇紀　孔安國尚書傳曰：「十二年曰紀。」

㊈任　當也。

⑩荆山之高岑　荆山在今湖北南漳縣西北。山小而高曰岑。

⑪尼父之在陳　左傳：孔丘卒，魯哀公誄之曰：「尼父，無自律。」蓋因孔子

字仲尼而尊之曰父也。論語：「子在陳曰，歸與歸與，吾黨之小子！」

㉒鍾儀幽而楚奏　左氏成九年傳：『晉侯觀于軍府，見鍾儀。問曰：「南冠而縶者誰也？」有司對曰：「鄭人所獻楚囚也。」使與之琴，操南音。范文子曰：楚囚君子也，樂操土風，不忘舊也。』

㉓莊舃顯而越吟　史記陳軫傳：「越人莊舃，仕楚執珪，有頃而病。楚王曰：舃故越之鄙細人也，今仕楚執珪，富貴矣，亦思越否？中謝對曰：凡人之思故，在其病也，彼思越則越聲，不思越則楚聲。使人往聽之，猶尚越聲也。」

㉔日月逾邁　言光陰之往逝也。

㉕河清　左傳：鄭子駟曰：「周詩有之：俟河之清，人壽幾何？」

㉖匏瓜　論語陽貨：「子曰：吾豈匏瓜也哉！焉能繫而不食。」

㉗井渫　易井卦：「井渫不食，爲我心惻。」渫，治去污穢之名也。井被渫治，則清潔可食；而猶不見食，所以喻人已修正其身，而猶不見用也。

㉘闃　易：「闃其戶，闃其無人。」埤蒼：「闃，靜也。」

㉙憯惻　慘傷也。

㉚除　司馬彪上林賦注：除，樓階也。

孫子兵法序

曹操

操聞上古有弧矢之利㊀，論語曰：「足食足兵。」尚書八政曰：「師㊁」，易曰：「師貞丈人吉㊂。」詩曰：「王赫斯怒，爰整其旅㊃。」黃帝湯武，咸用干戚，以濟世也。司馬法曰：「人故殺人，殺之可也㊄。」恃武者滅，恃文者亡，夫差偃王㊅是也。

聖賢之于兵也，戢㊆而時動，不得已而用之。吾觀兵書戰策多矣，孫武所著深矣；孫子者，齊人也，名武，爲吳王闔閭作兵法一十三篇㊇，試之婦人㊈，卒以爲將；西破强楚，入郢㊉，北威齊晉。后百歲餘有孫臏⑪，是武之后也。審計重舉，明畫深圖，不可相誣，而但世人未之深亮⑫訓説，況文煩富，行于世者，失其旨要，故撰爲略解焉。

《題解》

孫子名武，齊人。以兵法見吳王闔閭，用爲將，西破强楚，北威齊晉，遂霸諸侯。著孫子十三篇，爲兵家所祖，曹操有孫子兵法註，此其序也。

《作者事略》

曹操字孟德，譙人。父夏侯嵩，爲曹騰養子，因姓曹。少舉孝廉，爲郎，起兵討董卓，擊黃巾，迎獻帝：都許，爲大將軍，進位丞相。子丕篡漢，追尊爲武帝，事蹟詳三國志。

《注釋》

㈠弧矢之利　易繫詞：「弦木爲弧，剡木爲矢，弧矢之利，以威天下。」

㈡尚書八政曰師　書洪範：「八政……八曰師。」

㊂師貞丈人吉　此易師卦文。言爲師之正，得丈人監臨乃吉也。

㊃王赫斯怒……　見詩大雅文王篇。

㊄司馬法……　司馬法，司馬穰苴作，此蓋仁本篇文。

㊅夫差偃王　夫差，吳王闔閭子，好用兵，卒亡于越。徐偃王好行仁義，江淮諸侯從者三十六國，楚伐之，偃王愛民不鬥，卒爲楚敗。

㊆戢　藏兵也。左氏隱四年傳：「夫兵猶火也，勿戢，將自焚也。」

㊇孫子兵法一十三篇　孫子十三篇：即始計、作戰、謀攻、軍形、兵勢、虛實、軍爭、九變、行軍、地形、九地、火攻、用間是也。

㊈試之婦人　吳越春秋：「吳王曰：兵法寧可以小試邪？孫子曰：可小試于後宮之女。王曰諾。孫子曰：得大王寵姬二人，以爲軍隊長，各將一隊。令三百人皆被甲兜鍪，操劍盾而立，告以軍法；宮女皆笑。孫子令斬隊長二人，二隊寂然，無敢顧者。乃報吳王曰：兵已整齊，願王觀之。」

⑩郢　楚都，在湖北江陵縣。入郢事在周敬王十四年。

⑪孫臏　齊人，孫武之後，與龐涓俱學兵法于鬼谷子。涓爲魏將，疾臏之能，刖其足，齊淳于髡使魏，載以歸，臏後伐魏敗涓，涓自刎。

⑫亮　同諒，信也。

與吳質書

曹丕

三月三日，丕白：

歲月易得，別來行復四年。三年不見，東山猶歎其遠㈠，況乃過之，思何可支？雖書疏往返，未足解其勞結。

昔年疾疫，親故多離其災：徐，陳，應，劉㈡，一時俱逝，痛可言邪！昔日遊處，行則接輿，止則接席，何曾須臾相失！每至觴酌流行，絲竹並奏，酒酣耳熱，仰而賦詩；當此之時，忽然不自知樂也。謂百年已分，可長共相保；何圖數年之間，零落略盡，言之傷心！

頃撰其遺文，都爲一集。觀其姓名，已爲鬼錄。追思昔遊，猶在耳目；而此諸子，化爲糞壤，可復道哉！觀古今文人，類不護細行，鮮能以名節自立。而偉長獨懷文抱質，恬淡寡欲，有箕山之志㈢，可謂彬彬君子者矣。著中論二十餘篇，成一家之言，辭義典雅，足傳於後，此子爲不朽矣。德璉常斐然有述作之意，其才學足以著書，美志不遂，良可痛惜！間者歷覽諸子之文，對之抆淚，既痛逝者，行自念也！孔璋章表殊健，微爲繁富。公幹有逸氣，但未遒耳；其五言詩之善者，妙絕時人。元瑜書記翩翩，致足樂也。仲宣續自善於辭賦，惜其體弱，不足起其文；至於所善，古人無以遠過。昔伯牙絕絃於鍾期㈣，仲尼覆醢於子路㈤，痛知音之難遇，傷門人之莫逮。諸子但爲未及古人，自一時之儁也。今之存者，已不逮矣！後生可畏㈥，來者難誣；恐吾與足下不及見也。

年行已長大，所懷萬端，時有所慮，至通夜不瞑。志意何時復類昔日？已成老翁，但未白頭耳！光武言：「年三十餘，在兵中十歲，所更非一㈦。」吾德不及之，年已與之齊矣。以犬羊之質，服虎豹之皮㈧；無衆星之明，假日月之光㈨；動見瞻觀，何時易乎？恐永不復得爲昔日遊也！少壯真當努力，年一過往，何可攀援，古人思炳燭夜遊，良有以也。

頃何以自娛？頗復有所述造不？東望於邑㈩，裁書敍心。丕白。

《題解》

吳質字季重，魏濟陰人。才學通博，爲五官將，出爲朝歌長，遷元城令；文帝時，官至震威將軍，假節都督河北諸軍事。初文帝爲太子時，質與徐幹、劉楨、應瑒、阮瑀、陳琳、王粲等，並見友于太子。建安二十二年，魏大疫，諸人多死，故太子與質此書。

《作者事略》

曹丕字子桓，譙人，操之長子。天資藻敏，下筆成文，頗以著述自期，所勒成垂百篇。爲太子時，與當時文士，過從綦密。建安二十五年，受漢禪，稱帝，都于洛陽，在位六年，卒謚曰文。有魏文帝集。文選存其典論論文一篇，爲吾國文學批評之傑作，可以參閱。

《注釋》

㊀三年不見……　詩豳風東山：「我徂東山，慆慆不歸。……自我不見，于今三年。」

㊁徐陳應劉　徐幹字偉長，北海人，爲司空軍謀祭酒掾屬五官將文學，著中論。陳琳字孔璋，廣陵人。嘗爲袁紹移書曹操，數其罪狀；紹敗，歸操，操愛其才而不咎既往，嘗命琳作書檄，官至門下督。應瑒字德璉，應劭弟。曹操辟爲丞相掾屬，後爲五官將。劉楨字公幹，東平人。有逸才，善詞令，爲丞相掾。

㊂箕山之志　呂氏春秋：「昔堯朝許由于沛澤之中，曰：請屬天下于夫子，許由逃之箕山之下。」此以喻徐幹之高節也。

㊃伯牙絕弦於鍾期　呂氏春秋：「楚人伯牙鼓琴，子期聽之。方鼓琴而志在太山，子期曰：巍巍乎若太山。既而志在流水，子期又曰：湯湯乎若流水。及子期死，伯牙破琴絕弦，終身不復鼓琴。」

㊄仲尼覆醢於子路　禮檀弓：「孔子哭子路于中庭，有人弔者，而夫子拜之。

既哭，進使者而問故，使者曰：醢之矣，遂命覆醢。」

㈥後生可畏　論語：「後生可畏，焉知來者之不如今也。」

㈦年三十餘……　東觀漢紀：「光武賜隗囂書曰：吾年已三十餘，在兵中十歲，所更非一。」

㈧以犬羊之質……　法言：「羊質而虎皮。見草而悅，見豺而戰。」

㈨無衆星之明……　文子：「百星之明，不如一月之光。」案此俱謂以庸才凡質，而居人上也。

㈩於邑　音義同嗚咽，氣逆結不下也。

相論

曹植

世固有人身瘠而志立，體小而名高者，於聖則否，是以堯眉八采㈠，舜目重瞳，禹耳參漏㈡，文王四乳；然世亦有四乳者，此則駑馬一毛似驥爾。宋臣有公孫呂者，長七尺，面長三尺，廣三尺，名震天下；若此之狀，蓋遠代而求，非一世之異也。使形殊於外，道合其中，名震天下，不亦宜乎？語云：「無憂而戚，憂必及之，無慶而歡，樂必隨之。」此心有先動，而神有先知，則色有先見也。故扁鵲見桓公㈢，知其將亡；申叔見巫臣㈣，知其竊妻而逃也。荀子曰：「以為天不知人事邪，則周公有風雷之災㈤，宋景有三舍之福㈥；以為知人事邪，楚昭有弗禁之應㈦，邾文無延期之報㈧。」由是言之，則天道之與相占，可知而疑，不可得而無也。

《題解》

相者，觀人之容體，以斷吉凶者也。左傳：「周內史叔服能相人。」荀子：「古者有姑布子卿，今之世梁有唐舉，相人之形狀顏色，而知其吉凶妖祥。」是相術之起，亦甚古矣。漢志有相人二十四卷。

《作者事略》

曹植字子建，丕之弟，操之第三子也。屬文援筆立成，為操所愛；文帝素忌其才，數欲害之，嘗令作詩限七步，植應聲曰：「煮豆燃豆萁，豆在釜中泣，本是同根生，相煎何太急！」封陳王，既就國，每欲求別見，幸冀試用，終不能得；悵然絕望，遂發疾卒。謚思，故世稱陳思王。植文才富豔，謝靈運嘗言天下文才只一石，植得八斗，其推重如此。有曹子建集。

《注釋》

㈠八采　眉如八字而有光澤也。

㈡參漏　有三竅也。

㈢扁鵲見齊桓公　扁鵲姓秦名越人。少受禁方于長桑君，嘗過齊，齊桓侯客之。扁鵲曰：君有疾在腠理，不治將深。桓侯曰：寡人無疾。後桓侯疾作，竟死。

㈣申叔見巫臣　左氏成二年傳：「楚使屈巫聘于齊，且告師期，巫臣盡室以行。申叔跪從其父，將適郢，遇之曰：異哉！夫子有三軍之懼，而又有桑中之喜，宜將竊妻以逃者也。及鄭，使介反幣，而以夏姬行。」

㈤周公有風雷之災　武王疾，周公禱于三王，請以身代，史納其祝册于金縢之匱中。其後周公以管蔡流言，避居東都，是歲秋大熟，未穫，天大雷電以風，禾盡偃，大木斯拔。王大恐，與羣臣啓金縢之匱，見周公請代武王事，執書以泣，乃出郊迎周公，天乃雨，反風，禾盡起，歲大熟。見書金縢篇。

㈥宋景有三舍之福　宋景公時，熒惑守心，心，宋之分野也，景公憂之。司星子韋曰：可移于相。景公曰：相我之股肱。曰：可移于民。景公曰：君者待民。曰：可移于歲。景公曰：歲饑民困，吾誰爲君。子韋曰：天高聽卑，君有君人之言三，熒惑宜有動；於是候之，果徙三度。

㈦楚昭有弗禜之應　禜音永，祭名。楚昭王病，有赤雲如鳥，夾日而蜚，昭王問周太史，太史曰：是害於楚王，然可移於將相，將相聞是言，乃請自以身禱于神。昭王曰：將相，孤之股肱也，弗聽。河爲祟，大夫請禱，昭王亦不許，未幾卒。見左傳。

㈧邾文無延期之報　邾文公卜遷於繹。史曰：利於民而不利於君。公曰：民苟利矣，吉莫如之，遂遷繹。五月，邾文公卒。見左傳。

髑髏說

曹植

曹子遊乎陂㈠塘之濱，步乎蓁穢之藪㈡，蕭條潛虛㈢，經幽踐阻；顧見髑髏，塊然獨處。於是伏軾㈣而問之曰：「子將結纓首劍㈤，殉國君乎？將被堅執銳，斃三軍乎？將嬰茲固疾㈥，命隕傾乎？將壽終數極，歸幽冥乎？叩遺骸而歎息，哀白骨之無靈！慕嚴周㈦之適楚，儻託夢以通情。」

於是伻㈧若有來，怳若有存，景㈨見容隱，厲聲而言曰：「子何國之君子乎？既枉輿駕，愍其枯朽，不惜咳唾之音，而慰以若言；子則辯於辭矣，然未達幽冥之情，識死生之說也。夫死之爲言歸也，歸也者，歸於道也，道也者，身以無形爲主，故能與化推移，陰陽不能更，四時不能虧；是故洞於纖微之域，通於怳惚之庭，望之不見其象，聽之不聞其聲，挹之不沖㈩，注之不盈，吹之不凋，噓之不榮，激之不流，凝之不渟(十一)，寥落冥漠，與道相拘，偃然長寢，樂莫是踰！」

曹子曰：「予將請之上帝，求諸神靈，使司命輟籍，反子骸形。」於是髑髏長呻廓然歎曰：「甚矣，何子之難語㊁也！昔太素氏㊂不仁，無故勞我以形，苦我以生；今也幸變而之死，是反我真也，何子之好勞，而我之好逸乎？子則行矣！予將歸於太虛。」於是言卒響絕，神光霧除，顧將旋軫㊃，乃命僕夫，拂以玄塵，覆以縞巾，爰將藏彼路濱，覆以丹土，翳以綠榛，夫存亡之異勢，乃宣尼㊄之所陳，何神憑之虛對，云死生之必均！

《題解》

髑髏，音獨樓，死人首也。此蓋曹植借以發揮其對於死的見解，用問答體，由髑髏口中，道出以形為勞，以生為苦，以死為歸，以長眠為樂諸義。至於說之為體，蓋亦子家之緒餘，自漢以來，著述家多作雜說，出於寓言者什九八，蓋皆有志之士，憫時疾俗，及傷己之不遇，不欲正言，而託物以寄意者也。

《注釋》

㈠陂　池也。

㈡藪　無水曰藪。

㈢蕭條澘虛　荒涼之狀也。

㈣軾　車前橫木，古以兩手伏軾爲敬。

㈤結纓首劍　左傳哀公十五年：「石乞盂黶敵子路，以戈擊之，斷纓。子路曰：「君子死冠不免，結纓而死」首劍，以首就劍也。

㈥嬰茲固疾　嬰，加也。固疾，久病也。

㈦嚴周　即莊周，漢明帝諱莊，故改莊爲嚴，如莊助之爲嚴助是。莊子：「莊子之楚，見空髑髏，髐然有形。」髐，虛交切，白骨貌。

㈧伻　補耕切，使也。

㈨景　今作影。

㈩沖　空也。

㈪渟　水止也。

㉑語　通悟。

㉒太素氏　白虎通：「始起之天，先有太初，後有太始，形兆既成，名曰太素。」

㉓軫　止引切，車之通稱也。

㉔宣尼　指孔子也。漢平帝追謚孔子爲褒成宣尼公。北魏時，因稱孔子廟曰宣尼廟。

釋愁文

曹植

予以愁慘，行吟路邊，形容枯悴，憂心如醉。

有玄靈先生㊀見而問之曰：「子將何疾？以至於斯！」答曰：「吾所病者愁也！」先生曰：「愁是何物，而能病子乎？」答曰：「愁之爲物，惟惚惟怳，不召自來，推之弗往，尋之不知其際，握之不盈一掌，寂寂長夜，或羣或黨，去來無方，亂我精爽㊁，其來也難退，其去也易追，臨餐困於哽咽，煩寃毒於酸嘶㊂，加之以粉飾不澤，飲之以兼肴不肥，溫之以金石不消，靡之以神膏不希，授之以巧笑不悅，樂之以絲竹增悲，醫和㊃絕思而無措，先生豈能爲我著龜㊄乎？」

先生作色而言曰：「子徒辯子之愁形，未知子愁何由而生，我獨爲子言其發矣。方今大道既隱，子生末季，沈溺流俗，眩惑名位，濯纓㊅彈冠㊆，諮諏㊇榮貴，坐不安席，食不終味，遑遑汲汲，或憔或悴，所鬻者名，所拘者利，良由華薄，凋損正氣；吾將贈子以無爲之藥，給子以澹薄之湯，刺子以玄虛之鍼，灸子以淳朴之方，安子以恢廓之宇，坐子以寂寞之牀；使王喬(九)與子遨遊而逝，黃公(十)與子詠歌而行，莊子(十一)與子具養神之饌，老聃(十二)與子致愛性之方，趣(十三)遐路以棲跡，乘青雲以翱翔。」

於是精駭魂散，改心回趣，願納至言，仰崇玄度，衆愁忽然，不辭而去。

《題解》

說文：愁，憂也，從心秋聲。又廣雅悲也。釋之爲體，昉於爾雅，以作法與解經相同，故經生家多有此體。此文則曹植借以發其心中悲鬱之氣者也；用問答體，亦寓言之作，大致仿楚詞之漁父，文中亦用韻。

《注釋》

㈠玄靈先生　作者假託之人也，猶亡是公烏有先生之類。

㈡精爽　精神也。左氏昭公七年傳：「是以有精爽，至於神明。」

㈢酸嘶　酸，悲痛也；嘶，聲破也。

㈣醫和　春秋時秦之良醫，晉平公求醫于秦，秦伯使醫和視之，知疾不可爲。見國語。

㈤蓍龜　蓍，艸名，所以筮；龜，所以卜也。

㈥濯纓　纓，冠系也，孟子：「滄浪之水清兮，可以濯我纓。滄浪之水濁兮，可以濯我足。」

㈦彈冠　言將出仕也。漢時王陽在位，貢禹彈冠。二人友善，故相汲引也。

㈧諮諏　詩毛傳：「訪問於善爲咨，咨事爲諏。」

㈨王喬　即王子喬，周靈王太子晉也。好吹笙，作鳳凰鳴，遊伊洛之間。後乘白鶴至緱氏山頭，舉手謝時人，數日而去。見列仙傳。

㈩黃公　案黃公世傳有數說，就此文推之，以下列二說爲近：㈠漢志名家，有黃公四篇。顏師古注：名疵，爲秦博士，作歌詩。㈡西京雜記：有東海人黃公，少時爲術，能制蛇御虎，立興雲霧，坐成山河。但亦未知其孰指也。

㈡莊子　莊周，蒙人，嘗爲漆園吏，其學張道家而稍變之。楚威王聞其賢，迎以爲相，辭不就。

㊂老耼姓李，名耳，字伯陽諡曰耼，周守藏室之史。

㊂趣通趨。

出婦賦

曹植

妾十五而束帶，辭父母而適人，以才薄之陋質，奉君子㈠之清塵；承顏色而接意，恐疏賤而不親，悅新婚而忘妾，哀愛惠之中零。遂摧頹㈡而失望，退幽屏㈢於下庭，痛一旦而見棄，心忉忉㈣以悲驚。衣入門之初服，背牀室而出征，攀僕御而登車，左右悲而失聲。嗟冤結而無訴，乃愁苦以長窮，恨無愆而見棄，悼君施之不終。

《題解》

出婦者，被棄之婦，見逐於其夫也；禮古有七出之文，故曰出。無罪而見棄，此蓋曹植借以舒其不遇之感者也。

《注釋》

㈠君子　指夫也。詩召南：「未見君子，憂心忡忡。」

㈡摧頹　謂衰老也。漢書廣川惠王傳：「摧頹時不再。」

㈢屏　音併，棄也，絕也。

㈣忉忉　音滔滔，憂貌。詩陳風：心焉忉忉。

幽思賦

曹植

倚高臺之曲隅，處幽僻之閒深，望翔雲之悠悠，羌㈠朝霽而夕陰。顧秋華之零落，感歲莫㈡而傷心，觀躍魚於南沼，聆鳴鶴乎北林。搦㈢素箏㈣而慷慨，揚大雅之哀吟，仰清風以歎息，寄余思於悲絃。信有心而在遠，重登高以臨川，何余心之煩錯，寧翰墨之能傳。

《題解》

爾雅釋言：幽，深也。幽思者，深思也。此亦寄慨之辭。

《注釋》

㈠羌　語助詞。楚詞：「羌內恕己以量人兮」。

㈡莫　暮本字。

㈢搦　按也。

㈣箏　樂器，古十二弦，後爲十三弦。風俗通：「箏秦聲也，蒙恬所造。」

金瓠哀辭

曹植

金瓠，予之首女。雖未能言，固已授色知心㊀矣。生十九旬而夭折，乃作此辭，辭曰：

在襁褓而撫育，尚孩笑而未言，不終年而夭絕，何見罰於皇天，信吾罪之所招，悲弱子之無諐㊁，去父母之懷抱，滅微骸於糞土，天長地久，人生幾時，先後無覺，從爾有期！

《題解》

哀者，閔也，傷也。哀辭者，摯虞曰：「誄之流也，率以施於童殤夭折，不以壽終者。體以哀痛爲主，緣以歎息之辭。」故文心雕龍亦云：「情主於痛傷，而辭窮乎愛惜。幼未成德，故譽止於察惠；弱不勝務，故悼加乎膚色。」

金瓠事見篇首小序。

《注釋》

㈠授色知心　謂示之以面色，即能知心中之意也。

㈡諐　同愆。

答魏太子牋

吳質

二月八日庚寅，臣質言：

奉讀手命，追亡慮存，恩哀之隆，形於文墨。日月冉冉，歲不我與；昔侍左右，厠坐衆賢，出有微行㊀之游，入有管絃之懽，置酒樂飲，賦詩稱壽；自謂可終始相保，並騁材力，效節明主；何意數年之間，死喪略盡，臣獨何德，以堪久長？

陳，徐，劉，應㊁，才學所著，誠如來命。惜其不遂，可爲痛切！凡此諸子，於雍容侍從，實其人也。若乃邊境有虞，羣下鼎沸㊂，軍書輻至，羽檄交馳，於彼諸賢，非其任也。

往者孝武㊃之世，文章爲盛，若東方朔、枚皋㊄之徒，不能持論；即阮、陳㊅之儔也。其唯嚴助，壽王㊆，與聞政事；然皆不慎其身，善謀於國，卒以敗亡。

臣竊恥之！至於司馬長卿，稱疾避事㊇，以著書爲務，則徐生㊈庶幾焉。而今各逝，已爲異物矣！後之君子，實可畏也。伏惟所天㊉，優游典籍之場，休息篇章之囿；發言抗論，窮理盡微，摛藻下筆，鸞鳳之文奮矣。雖年齊蕭王㊀，才實百之；此衆議之所以歸高，遠近之所以同聲。然年歲若墜，今質已四十二矣，白髮生鬢。所慮日深，實不復若平日之時也！但欲保身敕㊁行，不蹈有過之地，以爲知已之累耳。遊宴之歡，難可再遇，盛年一過，實不可追。臣幸得下愚之才，值風雲之會，時邁齒耋㊂，猶欲觸胸奮首㊃，展其割裂之用也。不勝慺慺，以來命備悉，故略陳至情。質死罪死罪！

《題解》

建安二十二年，魏大疫，徐幹、陳琳、應瑒、劉楨諸人，一時俱逝，時曹丕爲太子，追念逝者，因與質書，質報之。

《作者事略》

吳質字季重，魏濟陰人。文帝時，官至震威將軍，封列侯。文帝爲太子，數數與質遊宴，又爲陳思王文章之友，可參閱曹丕與吳質書題解。

《注釋》

㈠微行　漢書武帝紀：「武帝微行私出。」張晏曰：「騎出入市里，若微賤之所爲，故曰微行。」

㈡陳徐劉應　指陳琳徐幹劉楨應瑒也。詳見與吳質書註㈡。

㈢鼎沸　喻聲勢洶湧也。漢書霍光傳：「羣下鼎沸。」

㈣孝武　指漢武帝也。

㈤東方朔……　漢書嚴助傳：「東方朔枚皋，不根持論，上頗俳優畜之。」

㈥阮陳　阮，指阮瑀。陳，指陳琳。

㈦嚴助壽王　嚴助，會稽吳人，嚴忌之子。吾丘壽王，字子贛，趙人。漢書曰：唯嚴助與吾丘壽王見任用，後淮南王朝，賂遺助，竟坐棄市。壽王後亦坐事誅。

(八)司馬長卿……　漢書：「司馬長卿常稱疾避事。」又長卿妻曰：「長卿時時著書，人又取去。」

(九)徐生　指徐幹，著中論。

(一〇)所天　指曹丕。何休墨守：「君者，臣之天也。」

(一一)蕭王　漢光武帝也。丕與質書云：「吾德不及蕭王，年與之齊矣。」故吳質引之，東觀漢紀曰：「更始遣使立光武爲蕭王。」

(一二)敕　孔安國尚書傳曰：「正也。」

(一三)耋　杜預曰：「七十曰耋。」

(一四)觸胸奮首　謂將親冒鋒刃，效力疆場也。

流業

劉劭

蓋人流之業十有二焉：有清節家，有法家，有術家，有國體，有器能，有臧否，有伎倆，有智意，有文章，有儒學，有口辯，有雄傑。

若夫德行高妙，容止可法，是謂清節之家，延陵晏嬰(一)是也。建法立制，彊國富人，是謂法家，管仲商鞅(二)是也。思通道化，策謀奇妙，是謂術家，范蠡張良(三)是也。兼有三材(四)，三材皆備，其德足以厲風俗，其法足以正天下，其術足以謀廟勝，是謂國體，伊尹呂望(五)是也。兼有三材，三材皆微，其德足以率一國，其法足以正鄉邑，其術足以權事宜，是謂器能，子產西門豹(六)是也。兼有三材之別，各有一流：清節之流，不能宏恕，好尚譏訶，分別是非，是謂臧否，子夏(七)之徒是也。法家之流，不能創思遠圖，而能受一官之任，錯意施巧，是謂伎倆，張敞趙廣漢(八)是也。術家之流，不能創制垂則，而能遭變用權，權智有餘，公正不足，是謂智意，陳平韓安國(九)是也。凡此八業，皆以三材爲本，故雖波流分別，皆爲輕事之材也。能屬文著述，是謂文章，司馬遷班固(十)是也。能傳聖人之業，而不能幹事施政，是謂儒學，毛公貫公(十一)是也。辯不入道，而應對資給，是謂口辯，樂毅曹丘生(十二)是也。膽力絕衆，材略過人，是謂驍雄，白起韓信(十三)是也。凡此十二材，非人臣之任也，主德不預焉。

主德者，聰明平淡，總達衆材，而不以事自任者也。是故主道立，則十二材各得其任也：清節之德，師氏之任也；法家之材，司寇之任也；術家之材，三孤(十四)之任也；三材純備，三公(十五)之任也；三材而微，冢宰之任也；臧否之材，師氏之佐也；智意之材，冢宰之佐也；伎倆之材，司空之任也；儒學之材，安民之任也；文章之材，國史之任也；辯給之材，行人之任也；驍雄之材，將帥之任也；是謂主道得而臣道序，官不易方而太平用成。若道不平淡，與一材同用，好則一材處權，而衆材失任矣。

《題解》

四庫總目提要曰：「人物志三卷，魏劉劭所撰。其注爲劉昞所作，昞字延明，敦煌人。劭書凡十二篇，首尾完具，晁公武讀書志作十六篇，疑傳寫之誤。其書主於論辨人才，以外見之符，驗內藏之器，分別流品，研析疑似，故隋志以下，皆入名家。昞注不涉訓詁，惟疏通大意，而文詞簡古，猶有魏晉之遺。」茲選其流業英雄兩篇。昞流業篇題下注曰：「三材爲源，習者爲流，流漸失源，其業各異。」此蓋流業名篇之旨也。

《作者事略》

劉劭字孔才，三國魏邯鄲人。文帝時爲散騎侍郎，受詔集五經羣書作皇覽，明帝時爲陳留太守，敦崇教化，百姓稱之。詔作許都洛都賦，時外興軍旅，內營宮室，二賦皆寓諷諫。正始中，執經講學，賜爵關內侯。

《注釋》

㈠延陵晏嬰　延陵，指吳公子季札，吳王壽夢之少子也，讓國於諸樊，而歷聘上國，徧交當世賢士大夫。晏嬰字平仲，齊相。

㈡管仲商鞅　管仲，名夷吾，齊桓公之賢相，相桓公成霸業，稱仲父。商鞅，戰國衛人，相秦孝公，定變法令，廢井田，開阡陌，改賦稅之法。

㈢范蠡張良　范蠡楚人。仕越，與越王句踐滅吳，入齊，變姓名爲鴟夷子皮，居陶，自號陶朱公。張良字子房，家五世相韓，擊秦始皇博浪沙中，佐漢高祖定天下，封留侯。

㈣三材　謂德，法，術也。

㈤伊尹呂望　伊尹，名摯湯相，湯尊之爲阿衡。呂望，即太公望也。其先封於呂，故曰呂尚，姜姓，名尚，釣於渭濱，文王出獵遇之，曰：吾太公望子久矣，故稱太公望，爲武王之師，封於齊。

㈥子產西門豹　子產，春秋鄭大夫公孫僑也，執政四十餘年，晉楚皆嚴憚之。西門豹，戰國魏人，爲鄴令，引漳水灌田，民賴之。革河伯娶婦惡習，尤爲世所稱道。

(七)子夏　春秋衛人，姓卜名商，孔子弟子，列於文學之科，講學西河，魏文侯師事之。

(八)張敞趙廣漢　張敞，漢平陽人，宣帝時爲京兆尹，市無偷盜。趙廣漢，漢蠡吾人，字子都，宣帝時爲京兆尹，發奸擿伏如神，名聞匈奴。

(九)陳平韓安國　陳平，漢陽武人，事高祖，屢出奇計，封曲逆侯。韓安國，漢成安人，事梁孝王爲中大夫，吳楚反，安國捍吳兵，名大顯，武帝時，累遷御史大夫。

(十)司馬遷班固　司馬遷字子長，生於龍門，繼父談爲太史公，作史記。班固，字孟堅，班彪長子，明帝時，典校秘書，作漢書。

(十一)毛公貫公　毛公，即毛萇，趙人，治詩，爲河間獻王博士，以別於魯之毛亨，故亦稱小毛公。貫公，趙人，從賈誼受左氏傳訓詁，亦爲河間獻王博士。

(十二)樂毅曹丘生　樂毅，戰國燕昭王之卿，伐齊，下七十餘城。曹丘生，漢楚人，辯士，客季布，游揚季布名於諸侯。

(十三)白起韓信　白起，戰國秦將，昭襄王用之，戰勝攻取，封武安君。韓信，淮陰人，蕭何薦之於漢高祖。

㊃三孤　三公之貳，亦曰三少，即少師少傅少保。孤，特也，言其卑於公，尊於卿，特置此三人也。

㊄三公　書：「立太師太傅太保，茲惟三公。」此周制。

英雄

劉劭

夫草之精秀者爲英，獸之特羣者爲雄，故人之文武茂異，取名於此。是故聰明秀出謂之英，膽力過人謂之雄，此其大體之別名也。若校其分數，則牙則須，各以二分，取彼一分，然後乃成。何以論其然？夫聰明者，英之分也，不得雄之膽，則說不行；膽力者，雄之分也，不得英之智，則事不立。是故英以其聰謀始，以其明見機，待雄之膽行之；雄以其力服衆，以其勇排難，待英之智成之；然後乃能各濟其所長也。

若聰能謀始，而明不見機，乃可以坐論，而不可以處事。聰能謀始，明能見機，而勇不能行，可以循常，而不可以慮變。若力能過人，而勇不能行，可以爲力人，未可以爲先登。力能過人，勇能行之，而智不能斷事，可以爲先登，未足以爲將帥。必聰能謀始，明能見機，膽能決之，然後可以爲英，張良是也。氣力過人，勇能行之，智足斷事，乃可以爲雄，韓信是也。體分不同，以多爲目，故英雄異名。然皆偏至之材，人臣之任也，故英可以爲相，雄可以爲將。

若一人之身，兼有英雄，則能長世，高祖項羽是也。然英之分，以多於雄，而英不可以少也；英分少，則智者去之，故項羽氣力蓋世，明能合變，而不能聽采奇異，有一范增㊀不用，是以陳平之徒，皆亡歸高祖；英分多，故羣雄服之，英材歸之，兩得其用，故能呑秦破楚，宅有天下。然則英雄多少，能自勝之數也。徒英而不雄，則雄材不服也；徒雄而不英，則智者不歸往也；雄能得雄，不能得英，英能得英，不能得雄；故一人之身，兼有英雄，乃能役英與雄，能役英與雄，故能成大業也。

《題解》

劉昞釋題義曰：「自非平淡，能各有名，英爲文昌，雄爲武稱。」此英雄篇之所以名也；餘可參前流業篇題解。

《注釋》

㈠范增　居巢人。年七十，輔項羽霸諸侯，稱亞父。羽後中漢反間疑增，增乃棄羽而歸，疽發背死。

論政

杜恕

孔子曰：「爲政以德。」又曰：「導之以德，齊之以禮，有恥且格㈠。」然則德之爲政大矣，而禮次之也。夫德禮也者，其導民之具歟；太上養化，使民日遷善而不知其所以然，此治之上也。其次使民交讓，處勞而不怨，此治之次也。其下正法，使民利賞而勸善，畏刑而不敢爲非，此治之下也。夫善御民者，其猶御馬乎；正其銜勒㈡，齊其轡策，均馬力，和馬心，故能不勞而極千里；善御民者，壹其德禮，正其百官，齊民力，和民心，是故令不再而民從，刑不用而天下化治。

所貴聖人者，非貴其隨罪而作刑也，貴其防亂之所生也。是以至人之爲治也，處國于不傾之地，積政于萬全之鄉，載德于不止之輿，行令于無竭之倉，使民于不爭之塗，開法于必得之方，民有小罪，必求其善，以赦其過，民有大罪，必原其故，以仁輔化；是故上下親而不離，道化流而不蘊。夫君子欲政之速行，莫如以道御之也。

皋陶瘖而爲大理㊂，有不貴乎言也；師曠盲而爲大宰㊃，有不貴乎見也；唯神化之爲貴。是故聖王冕而前旒，所以蔽明，黈纊㊄充耳，所以掩聰也。觀夫弊俗偷薄之政，廣耳目以效聰明，設倚伏以探民情，是爲以軍政虜其民也；而望民之信向之，可謂不識乎分者矣。

難哉爲君也！夫君尊嚴而威，高遠而危；民者卑賤而恭，愚弱而神；惡之則國亡，愛之則國存，故曰：庶民水也，君子舟也，水所以載舟，亦所以覆舟；御民者必明此要，故南面而臨官，不敢以其富貴驕人，有諸中而能圖外，取諸身而能暢遠，觀一物而貫乎萬者，以身爲本也。夫欲知天之終始也，今日是也；欲知千萬之情，一人情是也。故爲政者，不可以不知民之情。知民之情，然後民乃從令，己所不欲，不施之于人，令安得不從乎？故善爲政者，簡而易行，則民不變法；存身而民象之，則民不怨。

近臣便嬖，百官因之而後達，則羣臣自汙也；是以爲政者，必愼擇其左右。左右正則人主正矣，人主正則夫號令安得曲邪？天下大惡有五，而盜竊不預焉：

一曰心達而性險，二曰行僻而志堅，三曰言僞而辭辯，四曰記醜而喻博，五曰循非而言澤；此五者，有一于人，則不可以不誅；況兼而有之，置之左右，訪之以事，而人主能立其身者，未之有也。

《題　解》

隋志儒家杜氏體論四卷，魏幽州刺史杜恕撰。共八篇，一曰君，二曰臣，三曰言，四曰行，五曰政，六曰法，七曰聽察，八曰用兵。卷凡二篇，新舊唐志同，其書蓋亡于唐末。此政篇乃嚴可均據羣書治要與意林而輯成者也。

《作者事略》

杜恕字務伯，魏杜畿之子，晉征南大將軍杜預之父也。太和中，爲散騎黃門侍郎，推誠以質，不治飾，在朝八年，不結黨援，議論抗直。後爲幽州刺史，以斬鮮卑小子一人，爲程喜所劾，徙章武郡，卒。著有體論、篤論二書。

《注釋》

㈠導之以德……　此論語為政文也。鄭玄注曰：「格，至也。」

㈡銜勒　馬勒口也，所以制馭馬之行止也。國策：「伏軾撙銜，橫歷天下。」家語：「德法者，御民之具，猶御馬之有銜勒也。」

㈢皋陶瘖而為大理　大理，猶今之法官。瘖，音陰，口不能言也。文子：「皋陶暗而為大理，天下無虐刑，何貴乎言者也。」

㈣師曠盲而為太宰　太宰，官名，即太師，典樂者也。此與佐王治邦國之太宰不同。師曠，晉平公之樂太師也。

㈤黈纊　黃綿也。古之冕制，以黃綿大如丸，懸于兩邊當耳，不欲妄聞不意之言也。

論法

杜恕

夫淫逸盜竊，百姓之所惡也，我從而刑之，殘之，刻剝之，雖過乎當，百姓不以爲暴者，公也。怨曠飢寒，亦百姓之所惡也；遁而陷于法，我從而寬宥之，雖及于刑，必加隱惻焉，百姓不以我爲偏者，公也。我之所重，百姓之所憎也；我之所輕，百姓之所憐也；是故賞約而勸善，刑省而禁奸。由此言之，公之于法，無不可也，過輕亦可，過重亦可，私之于法，無可也，過輕則縱姦，過重則傷善。今之爲法者，不平公私之分，而辯輕重之文，不本百姓之心，而謹奏當之書，是治化在身，而走求之也。

聖人之于法也，已公矣，然猶身懼其未也；故曰：與其害善，寧其利淫；知刑當之難必也，從而救之以化，此上古之所務也。後之治獄者則不然，未訊罪人，則驅而致之，意謂之能；下不探獄之所由生，爲之分，而上求人主之微旨以為制，謂之忠；其當官也能，其事上也忠，則名利隨而與之，驅世而陷此，以望化道之隆，亦不幾矣！

凡聽訟決獄，必原父子之親，立君臣之義，權輕重之敘，測淺深之量；悉其聰明，致其忠愛，然後察之，疑則與衆共之，衆疑則從輕者，所以重之也，非為法不具也；以為法不獨立，當須賢明共聽斷之也。故舜命臯陶曰：「汝作士㊀，惟刑之恤。」又復加之以三誶㊁，衆所謂善，然後斷之，是以為法參之人情也。故春秋傳曰：「小大之獄，雖不能察，必以情㊂。」而世俗拘愚苛刻之吏，以為情也者，取貨賂者也，立愛憎者也，祐親戚者也，陷怨讎者也；何世俗小吏之情，與古人之懸遠乎？無乃風化使之然邪！有司以此情疑之羣吏，人主以此情疑之有司，是君臣上下不通相疑也；不通相疑，欲其盡忠立節，亦難矣！苟非忠節，免而無恥㊃，則民安所厝其手足乎。

春秋之時，王道浸壞，教化不行；子產相鄭，而鑄刑書㊄，偷薄之政，自此始矣。逮自戰國，韓任申子㊅，秦用商鞅㊆，連相坐之法㊇，造參夷之誅㊈；至于始皇，兼吞六國，遂滅禮義之官，專任刑罰，而奸邪並生，天下叛之。高祖約法三章㊉，而天下大悅。及孝文即位，躬修玄默⑪，論議務在寬厚，天下化之，有刑罯之風。至于孝武，徵發煩數，百姓虛耗，窮民犯法，酷吏擊斷，姦宄不勝。于是張湯趙禹㊁之屬，條定法令，轉相比況，禁固積密，文書盈于機格，典者不能徧覩，姦吏因緣爲市，議者咸怨傷之。

凡治獄之情，必本所犯之事，以爲之主；不放訊，不旁求，不貴多端以見聰明也。故律正其舉效之法，參伍其辭，以求實也，非所以飾實也；但當參伍聰明之耳目，不使獄吏斷錬飾治成辭于手也。孔子曰：「古之聽獄，求所以生之也；今之聽獄，求所以殺之也。」故斥㊂言以破律，詆案以成法，執左道以亂政，皆王誅之所必加也。

《題解》

此杜恕所作之體論第六篇文，亦據嚴可均輯本。恕儒家者流，故論法主以教化爲輔，而參之以人情，達于至公至平而後已。

《注釋》

㈠汝作士　書堯典：「帝曰皋陶，蠻夷猾夏，寇賊姦宄，女作士。」馬融曰：「士，獄官之長。」鄭康成曰：「主察獄訟之事。」又「欽哉欽哉！惟刑之恤哉！」史遷曰：「恤作靜，恤一作謐。」爾雅：謐，靜也。

㈡三誶　誶與訊通，三訊，即周禮秋官小司寇所稱以「三刺斷庶民獄訟之中，一曰訊羣臣，二曰訊羣吏，三曰訊萬民。」

㈢大小之獄……　此左傳莊公十年文也。

㈣免而無恥　論語爲政：「道之以政，齊之以刑，民免而無恥。」孔注：免，苟免也。

㈤刑書　刑律之書也。左傳昭公六年三月，鄭人鑄刑書，叔向使詒子產書曰：「……夏有亂政而作禹刑，商有亂政而作湯刑，周有亂政而作九刑，今吾子相鄭國，鑄刑書，不亦難乎？」

㈥韓任申子　史記老莊申韓列傳：「申不害者，京人也。故鄭之賤人，以學術干韓昭侯，昭侯用爲相。終申子之身，國治兵強，無侵韓者，著書二篇，號曰申子。

㊆秦用商鞅　史記商君列傳：「商君者，衞之諸庶孽公子也，名鞅，姓公孫氏。少好刑名之學，相秦十年，秦以富强。」後爲秦惠王所殺，車裂以徇于衆。

㊇相坐之法　相坐謂一人有罪，連坐他人也。淮南子：「商鞅爲秦立相坐之法，而百姓怨矣！」史記索隱：「一家有罪，而九家連擧發，若不糾擧，則什家連坐，恐變令不行，故設重禁。」

㊈參夷之誅　參夷：夷三族也。漢書：「商鞅造參夷之誅。」

㊉約法三章　史記高祖本紀：「沛公召諸縣父老豪傑曰：父老苦秦苛法久矣！誹謗者族，偶語者棄市。吾與諸侯約，先入關者王之；吾當王關中，與父老約法三章耳：殺人者死，傷人及盜抵罪，餘悉除去秦法。」

⑪躬修玄默　謂孝文帝以黃老之術治天下也。

⑫張湯趙禹　張湯，漢杜陵人，武帝時，拜太中大夫，文辭如老獄吏，治獄務深文刻酷，後拜御史大夫，爲朱買臣等所陷，自殺。趙禹，漢斄人，武帝時，以刀筆吏積勞累遷御史中大夫。與張湯論定律令，後爲少府九卿，益酷急。務爲嚴峻，徙燕相。

⑬犴　同岸。

明爻通變

王弼

夫爻者何也？言乎變者也，變者何也？情僞之所爲也㈠。夫情僞之動，非數之所求也，故合散屈伸㈡，與體相乖，形躁好靜，質柔愛剛，體與情反，質與願違，巧歷不能定其算數，聖明不能爲之典要，法制所不能齊，度量所不能均也。爲之乎豈在夫大哉！陵三軍者，或懼於朝廷之儀；暴威武者，或困於酒色之娛；近不必比，遠不必乖，同聲相應，高下不必均也；同氣相求，體質不必齊也；召雲者龍，命呂者律，故二女相違㈢，而剛柔合體，隆墀永歎，遠壑必盈㈣，投戈散地，則六親不能相保，同舟而濟，則胡越何患乎異心；故苟識其情，不憂乖遠，苟明其趣，不煩强武；能說諸心，能研諸慮，睽而知其類。異而知其通，其唯明爻者乎。

故有善邇而遠至，命宮而商應，修下而高者降，與彼而取此者服矣。是故情僞相感，遠近相追，愛惡相攻，屈伸相推，見情者獲，直往則違：故擬議以成其變化，語成器而後有格㊄，不知其所以爲主，鼓舞㊅而天下從者見乎其情者也。是故範圍天地之化而不過㊆，曲成萬物而不遺，通乎晝夜之道而无體，一陰一陽而无窮，非天下之至變，其孰能與於此哉！是故卦以存時，爻以示變。

《題解》

此王弼易略例文也。王弼有周易上下經注及略例，略例又有唐邢璹注。弼之説易，源出費直，直易今不可見，然荀爽易，即費氏學；大抵究爻位之上下，辨卦德之剛柔，已與弼注略近；但弼全廢象數，又變本加厲耳。闡明義理，使易不入于術數者，弼與韓康伯之功；祖尚虛無，使易竟入于老莊者，弼與韓康伯之過。爻者卦爻也；卦有六畫，謂之六爻，卦各六爻，六十四卦。合三百八十四爻，卦有卦辭，爻有爻辭，爻辭亦曰象辭。或以爲文王作，或以爲周公作。

《作者事略》

王弼字輔嗣，魏山陽人。少知名，好論儒道，辭才逸辯。注易及老子。爲尚書郎，年二十餘卒。本書選有何劭王弼傳一文，可以參閱。

《注釋》

㈠情僞之所爲　邢注：「變之所生，生于情僞，情僞所適，巧詐多端；故曰情僞之所爲也。」

㈡合散屈伸　邢注：「人之多辟，己獨處正，其體雖合，志則不同；故曰合散。潛龍勿用，身雖潛屈，情無憂悶，其志則伸；故曰屈伸。」

㈢二女相違　邢注：「二女俱是陰類而相違，剛柔雖異而合體，此明異類相應。」

㈣隆墀永歎……　邢注：「隆，高也；墀，水中墀也；處高墀而長歎，遠壑之中，盈響而應。九五尊高，喻于隆墀；六二卑下，同于遠壑；唱和相應也。」

㊄語成器而後有格　邢注：「格作括，括結也。動則擬議極于變化，語成器而後无結閡之患也。」

㊅鼓舞　謂變化也。

㊆範圍天地之化而不過　謂範圍天地變化之道，而無過差也。

出師表

諸葛亮

臣亮言：先帝㈠創業未半，而中道崩殂。今天下三分，益州罷敝，此誠危急存亡之秋也。然侍衞之臣，不懈於內；忠志之士，忘身於外者，蓋追先帝之殊遇，欲報之於陛下也。誠宜開張聖聽，以光先帝遺德，恢弘志士之氣；不宜妄自菲薄，引喻失義，以塞忠諫之路也。

宮中，府中㈡，俱爲一體，陟罰臧否，不宜異同。若有作姦犯科，及爲忠善者，宜付有司，論其刑賞，以昭陛下平明之治；不宜偏私，使內外異法也。侍中侍郎郭攸之、費禕、董允㈢等，此皆良實，志慮忠純，是以先帝簡拔以遺陛下。愚以爲宮中之事，事無大小，悉以咨之，然後施行；必能裨補闕漏，有所廣益也。將軍向寵㈣，性行淑均，曉暢軍事，試用於昔日，先帝稱之曰：「能，」是以衆議舉寵爲督；愚以爲營中之事，事無大小，悉以咨之；必能使行陣和穆，優劣得所也。親賢臣，遠小人，此先漢所以興隆也；親小人，遠賢臣，此後漢所以傾頹也；先帝在時，每與臣論此事，未嘗不歎息痛恨於桓、靈也㊄！侍中，尚書，長史，參軍㊅，此悉貞亮死節之臣也；願陛下親之，信之，則漢室之隆，可計日而待也。

臣本布衣，躬耕南陽㊆，苟全性命於亂世，不求聞達於諸侯。先帝不以臣卑鄙，猥自枉屈，三顧臣於草廬之中，諮臣以當世之事；由是感激，遂許先帝以驅馳。後值傾覆，受任於敗軍之際㊇，奉命於危難之間，爾來二十有一年㊈矣。先帝知臣謹慎，故臨崩寄臣以大事㊉也。受命以來，夙夜憂慮，恐付託不效，以傷先帝之明。故五月渡瀘，⑪深入不毛⑫。今南方已定，兵甲已足，當獎帥三軍，北定中原；庶竭駑鈍，攘除姦凶，興復漢室，還於舊都⑬。此臣所以報先帝而忠陛下之職分也。

至於斟酌損益，進盡忠言，則攸之、禕、允之任也。願陛下託臣以討賊興復之效；不效，則治臣之罪，以告先帝之靈。若無興德之言，則責攸之、禕、允等之咎，以彰其慢。陛下亦宜自謀，以諮諏善道，察納雅言，深追先帝遺詔。臣不勝受恩感激，今當遠離，臨表涕泣，不知所云。

《題解》

蜀後主建興五年，丞相諸葛亮率軍北駐漢中，欲伐魏以圖中原，臨發，因上此表。

《作者事略》

諸葛亮字孔明，琅琊人也。少孤，避難荊州，躬耕隴畝，自比管仲樂毅。先主屯新野，徐庶謂先主曰：諸葛孔明乃臥龍也！將軍欲見之乎？先主詣亮，三往乃見。從先主敗曹操于赤壁，收江南，平成都，及先主即帝位，拜爲丞相。先主崩，受遺詔輔幼主。出師北伐，六出祁山，後主十二年卒，年五十四，謚忠武。

《注釋》

㈠先帝　指漢昭烈帝備也。即帝位三年，殂于永安宮，年六十三。

㈡宮中府中　宮中，謂禁中也。府中，謂大將軍幕府也。

㈢郭攸之……　楚國先賢傳：「郭攸之，南陽人，以器業知名。」蜀志：「費禕字文偉，江夏人。與郭攸之並爲侍中。」又「董允字休昭，後主即位，遷黃門侍郎。」

㈣向寵　襄陽人。建興元年，爲中部督，典宿衞兵，遷中領軍。

㈤桓靈　後漢桓帝靈帝，以信用閹豎，致引起黃巾之亂。

㈥侍中尚書……　侍中指郭攸之費禕。尚書長史參軍，指陳震張裔蔣琬。蜀志：建興二年，陳震拜尚書。又曰：諸葛亮出駐漢中，張裔領留府長史，蔣琬遷參軍統留府事。

㈦南陽　蜀志注引漢晉春秋曰：亮家于南陽之鄧縣，在襄陽城西二十里，號曰隆中。

㈧後值傾覆……　指獻帝建安十三年，曹操敗劉備于當陽長坂，遣亮使吳，求救于孫權事。

㊈爾來二十有一年　亮以建興五年，上此表北伐，上距當陽兵敗，恰二十年，則備始與亮相遇，在軍敗前一年也。

㊉先帝知臣謹慎……　蜀志亮傳：「章武三年，先主于永安病篤，召亮于成都，屬以後事。謂亮曰：君才十倍曹丕。必能安國，終定大事；若嗣子可輔則輔之，如其不才，君可自取。亮涕泣曰：臣敢不竭股肱之力，效忠貞之節，繼之以死。先主又爲詔勅後主曰：汝與丞相從事，事之如父。」

⑪瀘　水名，在今四川瀘定縣，其水深廣多瘴癘，夏月尤甚。

⑫不毛　謂不生毛草之地，喻荒僻也。案蜀志：建興元年，南中諸部，並皆叛亂。三年春，亮率衆征之，其秋悉平。初，益州督師雍闓反于南中，孔明斬闓。孟獲收餘衆攻孔明，孔明生取孟獲，縱使更戰，七縱七擒，夷人心服，遂不反。

⑬舊都　後漢都洛陽，故城在今河南洛陽縣東北。

自表後主

諸葛亮

伏念臣賦性拙直，遭時艱難，興師北伐，未獲全功，何期病在膏肓㊀，命垂旦夕，伏願陛下，清心寡慾，約己愛民，達孝道于先君，存仁心于寰宇，提拔隱逸，以進賢良，屏黜奸讒，以厚風俗。臣初奉先帝，資仰于官，不自治生，今臣家成都㊁，有桑八百株，薄田十五頃，子孫衣食，自有餘饒。臣身在外，別無調度，隨時衣食，悉仰于官，不別治生，以長㊂尺寸；臣死之日，不使內有餘帛，外有盈財，以負陛下也。

《題解》

後主名禪，字公嗣，先主子也。蜀志亮傳：「建興十二年春，亮悉大衆由斜谷出，以流馬運，據武功五丈原，與司馬宣王對于渭南，分兵屯田，爲久住之基，相持百餘日。八月，亮疾病，卒于軍，時年五十四。因自表云云。」

《注釋》

㈠膏肓　左傳成十年：「晉侯疾病，求醫于秦，秦伯使醫緩爲之，未至，公夢疾爲二豎子，曰：彼良醫也，懼傷我，焉逃之？其一曰：居肓之上，膏之下，若我何。醫至，曰：疾不可爲也。在肓之上，膏之下；攻之不可，達之不及，藥不至焉；不可爲也。」注：肓，膈也，心下爲膏。

㈡成都　今四川成都縣，後漢屬蜀郡。

㈢長　餘羨也。

疾困與吳主權牋

周瑜

瑜以凡才，昔受討逆殊特之遇，委以腹心，遂荷榮任，統御兵馬，志執鞭弭，自效戎行，規定巴蜀，次取襄陽；憑賴靈威，謂若在握。至以不謹，道遇暴病，昨自醫療，日加無損。人生有死，修短命矣！誠不足惜。但恨微志未展，不復奉教命耳。

方今曹公在北，疆埸未靜；劉備寄寓㈠，有似養虎，天下之事，未知終始；此朝士旰食㈡之秋，至尊垂慮之日也。魯肅忠烈，臨事不苟，可以代瑜。人之將死，其言也善，儻或可採，瑜死不朽矣。

《題解》

三國志周瑜傳：「權拜瑜偏將軍，領南郡太守。是時劉璋爲益州牧，瑜詣京見權曰：「今曹操新折衄，方憂在腹心，未能與將軍連兵，乞取蜀，得蜀而并張魯，據襄陽以蹙操，北方可圖也。權許之，瑜還江陵，爲行裝，而道于巴丘，病卒。」病時，上此牋。案此文據三國志魯肅傳注引江表傳，與魯肅本傳所載，文句頗異。

《作者事略》

周瑜字公瑾，盧江舒人。太尉周景從孫。與孫策共定江東，還鎮丹陽，授建威中郎將，尋爲中護軍，領江夏太守，留鎮巴丘。以破曹操于赤壁功，拜偏將軍，領南郡太守。尋謀取蜀，道卒，年僅三十六歲。

《注釋》

㊀劉備寄寓　三國志魯肅傳曰：「備詣京見權，求都督荊州，肅勸權借之，共拒曹公。曹公聞權以土地業備，方作書，落筆于地。」蓋即劉備寄寓事也。

㊁旰食　言晚食也。左傳：「楚君大夫其旰食乎？」言欲食而不遑也。

諫吳主皓疏

陸 凱

臣聞有道之君，以樂樂民；無道之君，以樂樂身；樂民者其樂彌長，樂身者不久而亡。夫民者國之根也，誠宜重其食，愛其命，民安則君安，民樂則君樂。自頃年以來，君威傷于桀紂，君明闇于奸雄，君惠閉于羣孽㊀；無災而民命盡，無爲而國財空，辜無罪，賞無功，使君有謬誤之愆，天爲作妖，而諸公卿媚上以求愛，困民以求饒，導君于不義，敗政于淫俗，臣竊爲痛心！今鄰國交好，四邊無事，當務息役養士，實其廩庫，以待天時；而更傾動天心，搔擾萬姓，使民不安，大小呼嗟，此非保國養民之術也！

臣聞吉凶在天，猶影之在形，響之在聲也。形動則影動，形止則影止，此分數乃有所繫，非在口之所進退也。昔秦所以亡天下者，但坐賞輕而罰重，政刑錯亂；民力盡於奢侈，目眩于美色，志濁于財寶，邪臣在位，賢哲隱藏，百姓棄業，天下苦之，是以遂有覆巢破卵之憂。漢所以强者，躬行誠信，聽諫納賢，惠及負薪㊁，躬請巖穴㊂，廣採博察，以成其謀，此往事之明證也。近者漢之衰末，三家㊃鼎立，曹失綱紀㊄，晉有其政。又益州危險，兵多精彊，閉門固守，可保萬世。而劉氏與奪乖錯，賞罰失所，君恣意于奢侈，民力竭于不急，是以爲晉所伐，君臣見虜㊅，此目前之明驗也。臣闇于大理，文不及義，智慧淺劣，無復冀望，竊爲陛下惜天下耳。

臣謹奏耳目所聞見，百姓所爲煩苛，刑政所爲錯亂；願陛下息大功，損百役，務寬盪，忽苛政。又武昌土地，實危險而塉确，非王都安國養民之處㊆，船泊則沉漂，陵居則峻危，且童謠言：「寧飲建業水，不食武昌魚，寧還建業死，不止武昌居。」臣聞翼星爲變，熒惑㊇作妖，童謠之言，生于天心，乃以安居而比死，足明天意知民所苦也。

臣聞國無三年之儲，謂之非國，今無一年之畜，此臣下之責也。而諸公卿位處人上，祿延子孫，曾無致命之節，匡救之術；苟進小利于君，以求容媚，荼毒百姓，不爲君計也。自從孫弘㊈造義兵以來，耕種既廢，所在無復輸入，而分一家父子異役，廩食日張，畜積日耗，民有離散之怨，國有露根之漸，而莫之恤也。民力困窮，鬻賣兒子，調㊂賦相仍，日以疲極；所在長吏，不加隱括，加有監官，既不愛民，務行威勢；所在搔擾，更爲煩苛，民苦萬端，財力再耗，此爲無益而有損也。願陛下一息此輩，矜哀孤弱，以鎮撫百姓之心；此猶魚鼈得免毒螫之淵，鳥獸得離羅網之綱，四方之民，繦負㊁而至矣。如此，民可得保，先王之國存焉。

臣聞五音令人耳不聰，五色令人目不明；此無益于政，有損于事者也。自昔先帝時，後宮列女，及諸織絡㊁，數不滿百；米有畜積，貨財有餘，先帝崩後，幼景㊂在位，更改奢侈，不蹈先迹。伏聞織絡及諸徒坐，乃有千數，計其所長，不足爲國財，然坐食官廩，歲歲相承，此爲無益。願陛下料出賦嫁，給與無妻者。如此，上應天心，下合地意，天下幸甚。

臣聞殷湯取士于商賈，齊桓取士于車轅，周武㊃取士于負薪，大漢取士于奴僕㊄；明王聖主，取士以賢，不拘卑賤，故其功德洋溢，名流竹素，非求顏色而取好服，捷口容悅者也。臣伏見當今內寵之臣，位非其人，任非其量，不能輔國匡時，羣黨相扶，害忠隱賢。願陛下簡文武之臣，各勤其官，州牧督將，藩鎮方外，公卿尚書，務修仁化，上助陛下，下拯黎民，各盡其忠，拾遺萬一。則康哉之歌㈥作，刑措之理清，願陛下留神，思臣愚言。

《題解》

吳志孫皓傳：「皓字元宗，權孫和子也。一名彭祖，字皓宗。孫休立，封皓爲烏程侯。」魏咸熙元年，立爲吳主，年僅二十三耳。昏暴酷虐，無惡不作。政令謬出，黎元多匱，凱乃上疏諫之。

《作者事略》

陸凱字敬風，遜族子。黃武初，爲永興諸暨長，拜建武都尉。赤烏中，除儋耳太守，遷建武校尉。五鳳中，拜巴丘督偏將軍，封都鄉侯。轉武昌右部督，累遷蕩魏綏遠將軍。永安中，拜征北將軍假節，領豫州牧。孫皓即位，遷鎮西大將軍，都督巴丘，領荊州牧，進封嘉興侯。遷左丞相。建衡元年卒，年七十二。有吳先賢傳四卷，太玄經注十三卷，集五卷。

《注釋》

㈠孽　謂庶妾庶子之流。

㈡負薪　指任力役者也，禮：「問庶人之子，長曰：能負薪矣，幼曰：未能負薪也。」

㈢巖穴　指隱士也，史記：「巖穴之士，取舍有時。」

㈣三家　指魏蜀與吳也。

㈤曹失綱紀……　案三國志：孫皓以魏元帝咸熙元年即位，明年晉武帝司馬炎受魏禪，改元泰始，故陸凱上疏之時，魏已亡于晉也。

㈥爲晉所伐……　三國志後主傳：後主諱禪字公嗣，先主子也。魏黃初四年，四月，先主殂于永安宮。五月，後主襲位，改元建興。魏元帝景元四年，征西將軍鄧艾，鎮西將軍鍾會，數道伐蜀，後主出降，遂平蜀。

㈦武昌土地……　此指孫皓徙武昌事也。裴松之三國志注，引漢晉春秋曰：初，望氣者云，荊州有王氣破揚州，而建業宮不利，故皓徙武昌，遣使者發民掘荊州界大臣名家家與山岡連者，以厭之。

(八)翼星爲變熒惑作妖　翼，熒惑，皆星名。此蓋指天象有不祥之兆也。案吳志孫皓傳注引搜神記曰：「永安三年三月，有一異兒，長四尺餘，年可六七歲，衣青衣，來從羣兒戲，諸兒莫之識也。皆問曰：爾誰家小兒，今日忽來？答曰：見爾羣戲樂，故來耳。詳而視之，眼有光芒，爚爚外射，諸兒畏之，重問其故。乃答曰：爾惡我乎？我非人也，乃熒惑星也。將有以告爾：「三公鉏，司馬如。」諸兒大驚，大人馳往觀之，竦身而躍，即以化矣。仰而視之，若引一匹練以登天。時吳政峻急，莫敢宣也。後五年而蜀亡，六年而晉興，至是而吳滅，『司馬如』矣。」

(九)孫弘　通鑑：魏廢帝嘉平三年，冬十一月，吳主權祀南郊還，得風疾。頗寤太子和之無罪，欲召和還，全公主及侍中孫峻，中書令孫弘，固爭之，乃止。四年，吳主病困，召諸葛恪孫弘滕胤，及將軍呂據，侍中孫峻，入臥內，屬以後事。夏四月，吳主殂。孫弘素與諸葛恪不平，懼爲恪所治，祕不發喪，欲矯詔誅恪。孫峻以告恪，恪請弘咨事，于坐中殺之。

(十)調　戶稅也，布縷之征曰調。

(十一)繦負　約小兒于背也。

(十二)織絡　主織造之女也。

㈢幼景在位　魏廢帝嘉平四年，孫權卒，廢帝亮立。至高貴鄉公甘露三年，孫琳復廢亮而立景帝孫休。

㈣殷湯取士……　此蓋指湯得伊尹，齊桓公得管仲，周武王得太公望等事也。

㈤大漢取士……　漢興，佐治諸人，類起微賤。如韓信微時，常從人寄食。黥布微時，嘗輸作驪山。欒布微時，嘗買傭于齊，爲酒家保。周勃微時，嘗以織薄曲爲生，以吹簫給喪事。樊噲微時，以屠狗爲事等皆是。故曰：取士奴僕也。

㈥康哉之歌　書皋陶謨：「帝庸作歌，乃歌曰：股肱喜哉！元首起哉！百工熙哉！皋陶拜手稽手，乃賡載歌曰：元首明哉！股肱良哉！庶事康哉！」所謂康哉之歌，蓋指此也。

諫吳主皓不遵先帝二十事

陸凱

臣竊見陛下執政以來，陰陽不調，五星失晷㈠，職司不忠，姦黨相扶，是陛下不遵先帝之所致。

夫王者之興，受之于天，修之由德，豈在宮乎㈡？而陛下不諮之公輔，便盛意驅馳，六軍流離悲懼，逆犯天地，天地以災，童歌其謠；縱令陛下一身得安，百姓愁勞，何以用治——此不遵先帝一也。

臣聞有國以賢爲本，夏殺龍逢㈢，殷獲伊摯㈣，斯前世之明效，今日之師表也。中常侍王蕃㈤黃中通理，處朝忠謇，斯社稷之重鎮，大吳之龍逢也。而陛下忿其苦辭，惡其直對，梟之㈥殿堂，尸骸暴棄。邦內傷心，有識悲悼。咸以吳國夫差復存。先帝親賢，陛下反之——是陛下不遵先帝二也。

臣聞宰相國之柱也，不可不彊。是故漢有蕭曹㈦之佐，先帝有顧步㈧之相。

而萬彧⑨瑣才凡庸之質，昔從家隸，超步紫闥，于彧已豐，于器已溢；而陛下愛其細介，不訪大趣，榮以尊輔，越尚舊臣，賢良憤惋，智士赫咤⑩——是不遵先帝三也。

先帝憂民，過于嬰孩。民無妻者，以妾妻之，見單衣者，以帛給之，枯骨不收而取埋之；而陛下反之——是不遵先帝四也。

昔桀紂滅由妖婦⑪，幽厲亂在嬖妾⑫。先帝鑒之以爲身戒，故左右不置淫邪之色，後房無曠積之女。今中宮萬數，不備嬪嬙，外多鰥夫，女吟于中，風雨逆度，正由此起——是不遵先帝五也。

先帝憂勞萬機，猶懼有失。陛下臨祚以來，遊戲後宮，眩惑婦女⑬，乃令庶事多曠，下吏容姦——是不遵先帝六也。

先帝篤尚朴素，服不純麗，宮無高臺，物不彫飾，故國富民充，姦盜不作。而陛下徵調州郡，竭民財力，土被玄黃，宮有朱紫⑭——是不遵先帝七也。

先帝外杖顧陸朱張⑮，內近胡綜薛綜⑯，是以庶績雍熙，邦內清肅。今者外非其任，內非其人；陳聲曹輔⑰，斗筲小吏，先帝之所棄，而陛下幸之——是不遵先帝八也。

先帝每宴見羣臣，抑損醇醲，臣下終日無失慢之尤，百僚庶尹，並展所陳。而陛下拘以視瞻之敬，懼以不盡之酒[18]。夫酒以成禮，過則敗德，此無異商辛[19]長夜之飲也——是不遵先帝九也。

昔漢之桓靈，親近宦豎，大失民心。今高通詹廉羊度黃門小人，而陛下賞以重爵，權以戰兵；若江渚有難，烽燧互起，則度等之武，不能禦侮明也——是不遵先帝十也。

今宮女曠積，而黃門復走州郡，條牒民女[20]。有錢則舍，無錢則取，怨呼道路，母子死訣——是不遵先帝十一也。

先帝在時，亦養諸王太子。若取乳母，其夫復役[21]。賜與錢財，給其貲糧，時遣歸來，視其弱息。今則不然，夫婦生離，夫故作役，兒從後死，家爲空戶——是不遵先帝十二也。

先帝歎曰：「國以民爲本，民以食爲天，衣其次也。三者，孤存之于心。」今則不然，農桑並廢——是不遵先帝十三也。

先帝簡士不拘卑賤，任之鄉閭，效之于事；舉者不虛，受者不妄。今則不然，浮華者登，朋黨者進——是不遵先帝十四也。

先帝戰士不給他役，使春惟知農，秋惟收稻。江渚有事，責其死效。今之戰士，供給衆役，廩賜不贍——是不遵先帝十五也。

夫賞以勸功，罰以禁邪，賞罰不中，則士民散失。今江邊將士，死不見哀，勞不見賞——是不遵先帝十六也。

今在所監司，已爲煩猥。兼有內使，擾亂其中，一民十吏，何以堪命。昔景帝㊂時，交阯反亂，實由茲起。是爲遵景帝之闕——是不遵先帝十七也。

夫校事吏民之仇也，先帝末年，雖有呂壹錢欽㊃，尋皆誅夷，以謝百姓，今復張立校曹，縱吏言事——是不遵先帝十八也。

先帝時，居官者咸久于其位，然後考績黜陟。今州郡職司，或涖政無幾，便徵召遷轉；迎新送舊，紛紜道路。傷財害民，于是爲甚——是不遵先帝十九也。

先帝每察竟解之奏，常留心推接。是以獄無冤囚，死者吞聲。今則違之——是不遵先帝二十也。

若臣言可錄，藏之盟府。如其虛妄，治臣之罪，願陛下留意。

《題解》

三國志陸凱傳曰：「皓遣親近趙欽，口詔報凱前表曰：孤動必遵先帝，有何不平？君所諫非也。又建業宮不利，故避之；而西宮室宇摧朽，須謀移都，何以不可徙乎？」凱因再上此疏。

《注釋》

㈠五星失晷　五星，謂金、木、水、火、土也。晷古委切，音軌，失晷謂失其常行之度也。

㈡豈在宮乎　三國志孫皓傳：寶鼎二年六月，起顯明宮。裴松之注：吳有太初宮，方三百丈，權所起也。昭明宮方五百丈，皓所作也。避晉諱，故曰顯明。又引江表傳曰：皓營新宮，二千石以下，皆自入山，督攝伐木。又破壞諸營，大開園囿，起土山樓觀，窮極技巧；工役之費，以億萬計。

㈢龍逢　關龍逢，夏之賢臣。夏桀無道，為酒池糟丘，龍逢極諫，桀囚而殺之。事見韓詩外傳。

㈣伊摯　伊尹名摯。

㈤王蕃　三國志王蕃傳：王蕃字永元，廬江人也。孫皓初，入爲常侍，與萬彧同官。與皓有舊。中書丞陳聲，皓之嬖人，數譖毀蕃；蕃體氣高亮，不能承顏順指，時或忤意。甘露二年，丁忠使晉還，皓大會羣臣，于殿下斬之。

㈥梟　謂梟首，蓋斬首而懸于木上以示衆也。

㈦蕭曹　指蕭何曹參也。

㈧顧步　指顧雍步隲也。三國志本傳：顧雍字元歎，吳郡人，爲相十九年，赤烏六年卒，年七十六。步隲字子山，臨淮淮陰人，赤烏九年，代陸遜爲相。十一年卒。

㈨萬彧　三國志孫皓傳：寶鼎元年，以萬彧爲右丞相，二年、以萬彧上鎮巴丘。又王蕃傳注引吳錄曰：「彧既爲丞相，蕃嘲彧曰：魚潛于淵，出水煦沫。何則？物有本性，不可橫處非分也！彧出自谿谷，羊質虎皮，虛受光赫之寵，跨越三九之位，犬馬猶能識養，將何以報厚施乎？」是亦可證萬彧之出身微賤矣。

㈩赫咤　驚歎也。

㉑桀紂滅由妖婦　桀妃妹喜，有施氏女。桀得之，日夜與妹喜飲酒，昏亂失道。及湯敗桀于歷山，桀與妹喜同舟浮江，死于南巢之山。紂妃妲己，有蘇氏女。紂爲酒池肉林，使人裸形相逐，又爲炮烙之刑，妲己以爲大樂。周武王伐紂，斬妲己頭，懸于小白旗。

㉒幽厲亂在嬖妾　幽王寵褒姒，舉烽火以徵諸侯，諸侯至而無寇。後申侯與犬戎攻周，諸侯不至，遂被殺。厲王好利，近榮夷公，芮良夫諫，不聽，王行暴虐侈傲，卒出奔于彘。

㉓眩惑婦女　吳志嬪妃傳注引江表傳曰：「皓晝夜與夫人房宴，不聽朝政。使尚方以金作華燧步搖假髻以千數，令宮人著以相撲，朝成夕敗，輒出更作，工匠因緣偷盜，府藏爲空。」

㉔朱紫　指貴者之服飾也。

㉕顧陸朱張　顧雍陸遜朱然張昭也。吳志俱有傳。

㉖胡綜薛綜　胡綜字偉則，汝南固始人。權統事，諸文誥策命鄰國書符，皆綜所造，赤烏六年卒。薛綜字敬文，沛郡竹邑人。爲太子少傅領選曹尚書，赤烏六年卒。所著詩賦雜論數萬言。吳志俱有傳。

㉗陳聲曹輔　並皓嬖臣，陳聲即譖毀王蕃之最力者。

(一八)拘以瞻視之敬……　吳志孫皓傳：「皓每宴會羣臣，無不咸令沈醉。置黃門郎十人，特不與酒，侍立終日，爲司過之吏。宴罷之後，各奏其闕失，迕視之咎，謬言之愆，罔不有舉。大者即加威刑，小者輒以爲罪。」即所謂拘以視瞻之敬，懼以不盡之酒也。證以賀邵傳，邵上疏諫曰：「故常侍王蕃忠恪在躬，才任輔弼，以醉酒之間，加之大戮。近鴻臚葛奚，先帝舊臣，偶有逆忤，昏醉之言耳。三爵之後，禮所不諱，陛下猥發雷霆，謂之輕慢，飲之醇酒，中毒隕命。」則大臣之被害者多矣。

(一九)商辛　即紂也。帝乙子，名辛。

(二〇)條牒民女　吳志嬪妃傳注引江表傳曰：「皓使黃門備行州郡，科取將吏家女。其二千石大臣子女，皆當歲歲言名。年十五六，一簡閱，簡閱不中，乃得出嫁。後宮千數，而採擇無已。」

(二一)復役　謂免其役也。

(二二)景帝　指孫休也。字子烈，權第六子。案休傳：永安五年，使察戰（官名）到交阯調孔爵大豬。六年五月，交阯郡吏呂興等反，殺太守孫諝，諝先是科郡上手工千餘人，送建業，而察戰至，恐復見取，故興等因此扇動民兵，招誘諸夷也。

㊂呂壹錢欽　先後任校事，而呂壹專權尤甚，其事散見于三國志吳主權傳顧雍傳步騭傳朱據傳是儀傳。顧雍傳謂：「壹等漸作威福，造作榷酤障管之利，舉罪糾姦，纖介必聞。重以深案醜誣，毀短大臣，排陷無辜。」赤烏元年，誅壹。

與丞相陸遜書

諸葛恪

楊敬敍傳述清論，以爲方今人物凋盡，守德業者，不能復幾，宜相左右，更爲輔車㈠，上熙國事，下相珍惜。又疾世俗好相謗毀，使已成之器，中有損累；將進之徒，意不歡笑；聞此喟然！誠獨擊節㈡。愚以爲君子不求備於一人，自孔氏門徒，大數三千，其見異者，七十二人；至於子張子路子貢等七十二之徒，亞聖之德，然猶各有所短，師辟由喭賜不受命㈢，豈況下此而無所闕，且仲尼不以數子之不備，而引以爲友，不以人所短棄其所長也。

加以當今取士，宜寬於往古。何者？時務縱橫，而善人單少，國家職司，常苦不克；苟令性不邪惡，志在陳力㈣，便可獎就，騁其所任。若於小小宜適㈤，私行不足，皆宜闊略，不足縷責。且士誠不可纖論苛克，苛克則彼聖賢猶將不全，況其出入者邪！故曰：以道望人則難，以人望人則易，賢愚可知。

自漢末以來，中國士大夫如許子將㈥輩，所以更相謗訕，或至於禍。原其本起，非爲大讎，惟坐克己不能盡如禮，而責人專以正義。夫己不如禮，則人不服，責人以正義，則人不堪；內不服其行，外不堪其責，則不得不相怨；相怨一生，則小人得容其間；得容其間，則三至之言㈦，浸潤之譖㈧，紛錯交至；雖使至明至親者處之，猶難以自定，況己爲隙，且未能明者乎！是故張陳㈨至於血刃，蕭朱㈩不終其好，本由於此而已。夫不舍小過，纖微相責，久乃至於家戶爲怨，一國無復全行之士也。

《題解》

吳志陸遜字伯言，吳郡吳人。孫權爲將軍，遜始仕幕府，領荊州牧，即改封江陵侯。後輔太子，并掌荊州及豫章三郡事，董督軍國。赤烏中，諸葛恪欲圖壽春，魏司馬宣王謀攻恪，權方發兵應之，望氣者以爲不利，於是徙恪屯於柴桑，恪乃與丞相陸遜書。

《作者事略》

諸葛恪字元遜，諸葛瑾子。少有才名，仕吳爲撫越將軍，領丹陽太守，拜太傅，督中外諸軍事。發衆圍新城不拔，士卒疲勞，孫峻因民怨，構恪欲爲變，與其主亮謀，置酒請恪，遂殺之。吳志有傳。

《注釋》

㈠輔車　左氏僖公五年傳：「諺所謂輔車相依，脣亡齒寒者。」注：輔，頰輔。車，牙車也。

㈡節　樂器，即拊也，所以節樂。此言擊節者，謂聞其言之中肯，而加賞歎也。

㈢師辟由喭賜不受命　師，子張名；由，子路名；賜，子貢名；並孔子弟子。辟，便僻也。喭，粗俗也。不受命，言不如顏子之安貧樂道而能受命也。論語先進：「柴也愚，參也魯，師也辟，由也喭。賜不受命，而貨殖焉，億則屢中。」

㈣陳力　論語季氏：「陳力就列，不能者止。」

㈤適　同謫。

㈥許子將　許劭字子將，汝南平輿人。少峻名節，好覈論鄉黨人物，每月輒更品題，故汝南俗有月旦評。

㈦三至之言　戰國策：「曾子處費，費有與曾子同名族者，而殺人。人告曾子母曰：曾參殺人。曾子之母曰：吾子不殺人，織自若。有頃焉，人又曰：曾參殺人。其母尚織自若也。頃之，一人又告曰：曾參殺人。其母懼，投杼踰牆而走。」此蓋言三至報曾參殺人，雖深知如母者，尚猶爲所惑也。

㈧浸潤之譖　論語顏淵：「子張問明，子曰：浸潤之譖，膚受之愬，不行焉，可謂明也已矣。」鄭注：「譖人之言，如水之浸潤，漸以成之。」

㈨張陳　張耳陳餘也。初爲刎頸交，後張耳爲漢攻趙，斬陳餘于泜水上。

㈩蕭朱　指蕭育與朱博也。初蕭育與朱博爲友，著聞當世，故長安語曰：「蕭朱結綬，王貢彈冠。」育後與博有隙，不能終，故世以交爲難。劉峻廣絕交論曰：「蕭朱所以隙末。」

曹瞞傳

闕名

太祖㈠少好飛鷹走狗，遊蕩無度，其叔父數言之于嵩㈡，太祖患之。後逢叔父于路，乃陽敗面喎㈢口，叔父怪而問其故，太祖曰：「卒中惡風！」叔父以告嵩，嵩驚愕呼太祖，太祖口貌如故。嵩問曰：「叔父言汝中風，已差乎？」太祖曰：「初不中風，但失愛于叔父，故見罔耳。」嵩乃疑焉。自後叔父有所告，嵩終不復信，太祖于是益得肆意矣。

太祖初入尉廨，繕治四門，造五色棒，縣門左右，各十餘枚。有犯禁者，不避豪强，皆棒殺之。後數月，靈帝愛幸小黃門㈣蹇碩叔父夜行，即殺之。京師斂迹，莫敢犯者。近習寵臣咸疾之，然不能傷，于是共稱薦之，故遷爲頓丘令。

公聞攸㈤來，跣出迎之。撫掌笑曰：「子卿遠來，吾事濟矣！」既入坐，謂公曰：「袁氏軍盛，何以待之？今有幾糧乎？」公曰：「尚可支一歲。」攸曰：「無是！更言之。」又曰：「可支半歲。」攸曰：「足下不欲破袁氏耶？何言之不實也！」公曰：「向言戲之耳，其實可一月，爲之奈何？」攸曰：「公孤軍獨守，外無救援，而糧穀已盡，此危急之日也。今袁氏輜重有萬餘乘，在故市烏巢，屯軍無嚴備，以輕兵襲之，燔其積聚，不過三日，袁氏自敗也。」公大喜，乃選精銳步騎，皆用袁軍旗幟，銜枚縛馬口，夜從間道出，人抱束薪，所歷道有問者，語之曰：「袁公恐曹操鈔略後軍，遣兵以益備。」聞者信以爲然，皆自若。既至圍屯，大放火，營中驚亂，大破之，盡燔其糧穀寶貨；斬督將眭元等首，割得將軍淳于仲簡鼻，未死。殺士卒千餘人，皆取鼻，牛馬割脣舌以示紹軍，將士皆怛懼。時有夜得仲簡，將以詣麾下，公謂曰：「何爲如是？」仲簡曰：「勝負自天，何用爲問乎！」公意欲不殺，許攸曰：「明旦鑒于鏡，此益不忘人。」乃殺之。

公遣華歆㊅勒兵入宮收后㊆，后閉戶匿壁中，歆廢戶發壁，牽后出。帝時與御史大夫郗慮㊇坐，后被髮徒跣過，執帝手曰：「不能復相活耶？」帝曰：「我亦不自知命在何時也！」帝謂慮曰：「郗公！天下寧有是乎？」遂將后殺之，完及宗族死者數百人。

爲尚書右丞司馬建公所舉，及公爲王，召建公到鄴㊈。與歡飲，謂建公曰：「孤今日可復作尉否？」建公曰：「昔舉大王時，適可尉耳。」王大笑，建公名防，司馬宣王㊉之父。

太祖爲人，佻易無威重，好音樂，倡優在側，常以日達夕。被服輕綃，身自佩小鞶囊(十一)，以盛手巾細物。時或冠帢帽以見賓客。每與人談論，戲弄言誦，盡無所隱；及歡悅大笑，至以頭没杯案中，肴膳皆沾汚巾幘，其輕易如此。然持法峻刻，諸將有計畫勝出己者，隨以法誅之，及故人舊怨，亦皆無餘。其所刑殺，輒對之垂涕嗟痛之，終無所活。

初，袁忠(十二)爲沛相，嘗欲以法治太祖。沛國桓邵亦輕之。及在兗州，陳留邊讓言議頗侵太祖，太祖殺讓，族其家。忠邵俱避難交州。太祖遣使就太守士燮(十三)盡族之，桓邵得出首拜，謝于庭中。太祖謂曰：「跪可解死邪？」遂殺之。

嘗出軍行經麥中，令士卒無敗麥，犯者死。騎士皆下馬付麥以相持，于是太祖馬騰入麥中，敕主簿議罪；主簿對以「春秋之義，罰不加于尊。」太祖曰：「制法而自犯之，何以帥下？然孤爲軍帥，不可自殺，請自刑，」因援劍割髮以置地。

又有幸姬，嘗從晝寢，枕之臥，告之曰：「須臾覺我，」姬見太祖臥安，未即寤，及自覺，棒殺之。

常討賊，廩穀不足，私謂主者曰：「如何？」主者曰：「可以小斛以足之。」太祖曰：「善！」後軍中言太祖欺衆。太祖謂主者曰：「特當借君死以厭衆，不然，事不解。」乃斬之，取首題徇曰：「行小斛，盜官穀，斬之軍門！」

其酷虐變詐，皆此類也。

《題解》

裴松之三國志注：曹操一名吉利，小字阿瞞。此文雖名曰傳，實則別傳外傳之流，蓋所謂「別舉一二事以補佚」者也。

《作者事略》

此文作者不詳，見三國志魏書武帝紀注引，云係吳人所作。雖不知其姓名，以饒有風趣，故選之，而節其瑣碎者。

《注釋》

㈠太祖　魏志太祖武皇帝沛國譙人。姓曹，諱操，字孟德。

㈡嵩　夏侯氏之子，夏侯惇之叔父，操之父，而曹騰之養子也。故曹操與夏侯惇爲從父兄弟。

㈢喎　枯歪切，不正也。敗面喎口，謂如卒遭風病之人，口歪面變，變其平日之狀態也。

㈣黃門　宦者之稱。後漢黃門令中黃門小黃門皆宦者任之。

㈤攸　此指許攸也。魏志建安五年冬十月，袁紹謀臣許攸，貪財，紹不能足，來奔，因說公。

㈥華歆　字子魚，高唐人，仕魏至太尉，助曹操爲惡，弒伏皇后。

㈦后　此指伏皇后也。魏志：建安十九年十一月，漢皇后伏氏，坐與父屯騎校尉完書，云帝以董承被誅，怨恨公，辭甚醜惡。發聞，后廢黜死，兄弟皆伏法。

㈧郗慮　字鴻豫，後漢高平人。官光祿勳，御史大夫。亦承望曹操風旨者。

㈨鄴　在今河南臨漳縣西四十里，三國時，魏置鄴都，爲五都之一。

㈩司馬宣王　即司馬懿，字仲達，河內人。父防字建公，宣王即防之第二子也。

㈡鞶囊　小囊之盛帨巾者，在大帶間，飾以獸頭。

㈢袁忠　字正甫，袁閎之弟，與范滂爲友，以清亮稱。後避地交趾。

㈣士燮　字威彥，廣信。歷遷交趾太守，拜安遠將軍。

晉文

篤終論

皇甫謐

夫人之所貪者生也，所惡者死也，雖貪不得越期，雖惡不可逃遁。人之死也，精歇形散，魂無不之，故氣屬于天；寄命終盡，窮體反真，故尸藏于地。是以神不存體，則與氣升降，尸不久寄，則與地合形，形神不隔，天地之性也；尸與土并，反真之理也。今生不能保七尺之軀，死何故隔一棺之土？然則衣衾所以穢尸，棺槨所以隔真；故桓司馬石槨，不如速朽㈠，季孫璵璠㈡，比之暴骸，文公厚葬，春秋以爲華元不臣㈢，楊王孫親土，漢書以爲賢于秦始皇㈣。如令魂必有知，則人鬼異制，黃泉之親，死多于生，必將備其器物，用待亡者；今若以存況終，非即靈之意也。如其無知，則空奪生用，損之無益，而啓奸心，是招露形之禍，增亡者之毒也。

夫葬者藏也，藏也者，欲人之不得見也。而大爲棺槨，備贈存物，無異于埋金路隅，而書表于上也；雖甚愚之人，必將笑之。豐財厚葬，以啓姧心，或剖破棺槨，或牽曳形骸，或剝臂捋金環，或擗腸求珠玉，焚如之形，不痛于是？自古及今，未有不死之人，又無不發之墓也；故張釋之㈤曰：「使其中有欲，雖固南山猶有隙，使其中無欲，雖無石槨，又何戚焉。」斯言達矣，吾之師也！夫贈終加厚，非厚死也，生者自爲也。遂生意于無益，棄死者之所屬，知者所不行也。易稱：「古之葬者，衣之以薪，葬之中野，不封不樹。」是以死得歸真，亡不損生；故吾欲朝死夕葬，夕死朝葬，不設棺槨，不加纏斂，不修沐浴，不造新服，殯唅㈥之物，一皆絕之。吾本欲露形入阬，以身親土，或恐人情染俗來久，頓革理難；今故觕㈦爲之制：奢不石槨，儉不露形，氣絕之後，便即時服幅巾故衣，以籧篨㈧裹尸，麻約二頭，置尸床上，擇不毛之地穿阬，深十尺，長一丈五尺，廣六尺，阬訖，舉床就阬，去床下尸，平生之物，皆無自隨；唯齎孝經一卷，示不忘孝道。籧篨之外，便以親土，土與地平，還其故草，使生其上，無種樹木削除，使生跡無處，自求不知。不見可欲，則姦心不生，終始無怵惕，千載不慮患，形骸與后土同體，魂爽與元氣合靈，真篤愛之至也。

若亡有前後，不得移祔㈨；祔葬自周公來，非古制也。舜葬蒼梧，二妃不從

㈡，以爲一定，何必周禮？無問師工，無信卜筮，無拘俗言，無張神坐，無十五日朝夕上食；禮不墓祭，但月朔于家設席以祭，百日而止，臨㈢必昏明，不得以夜，制服常居，不得墓次。夫古不崇墓，智也；今之封樹，愚也；若不從此，是戮尸地下，死而重傷，魂而有靈，則冤悲没世，長爲恨鬼，王孫之子㈢，可以爲誡，死誓難違，幸無改焉。

《題　解》

晉書謐傳：「謐著論爲葬送之制，名曰篤終。以爲亡存天下之定制，人理之必至也；吾雖年未制壽，然嬰疢彌紀，仍遭喪難，神氣損劣，困頓數矣。常懼天隕不期，慮終無數，是以略陳至懷。」此謐自序作論之意也。

《作者事略》

皇甫謐字士安，幼名靜，安定朝那人。年二十餘，始感激就學，居貧，躬自耕稼，帶經而農，遂博綜百家之言。居新安，自號玄晏先生，朝廷屢徵，皆不就。自表就帝借書，帝送一車書與之。晉武帝太康三年卒，年六十八。有帝王世紀十卷，年歷六卷，高士傳六卷，逸士傳一卷，列女傳六卷，玄晏春秋三卷，集二卷。

《注釋》

㈠桓司馬石棺……禮檀弓：「夫子居于宋，見桓司馬自為石槨，三年而不成。夫子曰：若是其靡也，死不如速朽之愈也。死之欲速朽，為桓司馬言之也。」李奇曰：桓司馬謂桓魋也。

㈡季孫璵璠……呂氏春秋孟冬紀：「魯季孫有喪，孔子往弔之，主人以璵璠收，孔子徑庭而趨，歷級而上曰：以寶玉收，譬之猶暴骸中原也。」案季孫謂季平子意如。

㈢文公厚葬……左氏成公二年傳：「八月，宋文公卒，始厚葬，用蜃灰，益車馬，始用殉，重器備，槨有四阿，棺有翰檜。君子謂華元樂舉于是乎不臣。」

㊃楊王孫親土…… 漢書楊王孫傳：「楊王孫者，孝武時人。病且終，先令其子曰：吾欲贏葬以反吾真死，則爲布囊盛尸，入地七尺，既下，從足引脫其囊，以身親土。……贊曰：昔仲尼稱不得中行，則思狂狷。觀楊王孫之志，賢于秦始皇遠矣。」

㊄張釋之 字季，堵陽人。事漢文帝，拜謁者僕射，公車令。爲廷尉，持議平，時人語曰：張釋之爲廷尉，天下無冤民。景帝時，出爲淮南王相。

㊅唅 音汗。人死以玉實口也。本作琀。周禮：「大喪贊贈玉含玉。」

㊆輴 與粗通。

㊇蘧篨 亦作籧篨，竹席之粗者。

㊈祔 祭名，後死者合食于先祖也。今謂子孫葬于先塋爲祔葬。

㊉舜葬蒼梧…… 禮記：「舜葬蒼梧，二妃不從。」二妃，蓋指堯女娥皇女英也。史記：「舜三十九年，南巡狩，崩于蒼梧之野，葬于江南九疑，是爲零陵。」裴駰曰：或曰二妃葬衡山。

⑪臨 衆哭曰臨，左傳：「卜臨于大宮。」

⑫王孫之子…… 漢書楊王孫傳：王孫子欲默而不從，重廢父命；欲從之，心又不忍。乃請王孫友人祁侯，勸王孫不取此。王孫答曰：厚葬誠無益于死

者，或迺今日入而明日發，此真與暴骸于中野何異，吾不爲也。祁侯曰善，遂臝葬。

陳要務疏

傅　玄

臣聞舜舉五人㈠，無爲而化，用人得其要也；天下羣司，猥多不可，不審得其人也；不得其人，一日則損不貲，況積日乎；典謨曰：「無曠庶官。」㈡言職之不可久廢也。諸有疾病，滿百日不差，宜令去職，優其禮秩而寵存之，既差而後更用，臣不廢職于朝，國無曠官之累，此王政之急也。

臣聞先王分士農工商，以經國制事，各一其業而殊其務，自士以上子弟，爲之立太學以教之，選明師以訓之，各隨其才優劣而授用之；農以豐其食，工以足其器，商賈以通其貨；故雖天下之大，兆庶之衆，無有一人，遊手在其間，分數之法，周備如此。

漢魏不定其分，百官子弟，不修經藝，而務交遊，未知蒞事，而坐享天祿，農工之業多廢。或逐淫利而離其事，徒繫名于太學，不聞先王之風，今聖明之政資始，而漢魏之失未改，散官衆而學校未設，游手多而親農者少，工器不盡其宜；臣以爲宜亟定其制。通計天下，若干人爲士，足以副在官之吏；若干人爲農，三年足有一年之儲；若干人爲工，足其器用；若干人爲商賈，足以通貨而已。尊儒尚學，貴農賤商，此皆事業之要務也。

前皇甫陶上事㊂，欲令賜拜散官，皆課使親耕，天子享足食之利。禹稷躬稼，祚隆後世；是以明堂月令㊃，著帝藉之制㊄；伊尹古之名臣，耕于有莘㊅；晏嬰齊之大夫，避莊公之難㊆，亦耕于海濱。昔者聖帝明王，賢佐俊士，皆當從事于耕農矣；王人賜官冗散無事者，不督使學，則當使耕，無緣放之，使坐食百姓也。今文武之官既衆，而拜賜不在職者又多，加以服役爲兵，不得耕稼，當農者之半，南面食祿者，參倍於前；使冗散之官爲農，而收其租稅，家得其實，而天下之穀，可以無乏矣。夫家足食，爲子則孝，爲父則慈，爲兄則友，爲弟則悌；天下足食，則仁義之教，可不令而行也。

夫爲政之要，計民而置官，分民而授事，士農工商之分，不可斯須而廢也。若能精其防制，計天下文武之官，足爲副貳者，使學；其餘皆歸之于農，若百工商賈有長者，亦皆歸之于農，務農若此，何有不贍乎。虞書曰：「三載考績，三考黜陟㈧幽明㈨。」是爲九年之後，乃有遷敘也。故居官久，則念立慎終之化，居不見久，則競爲一切之政；六年之限，日月淺近，不周黜陟，陶之所上，義合古制，惟陛下裁之。

夫儒學者，王教之首也，尊其道，貴其業，重其選，猶恐化之不崇；忽而不以爲急，臣懼日有陵遲，而不覺也。仲尼有言，「人能弘道，非道弘人。」然則尊其道者，非惟尊其書而已，尊其人之謂也；貴其業者，不妄教非其人也；重其選者，不妄用非其人也，若此而學校之綱舉矣。

前春樂平太守曹志㈩，上欲爲博士置卒史，此尊儒之一隅也。主者奏寢之，今志典千里，臣等並受殊寵，雖言辭不足以自申，意在有益；主者請寢，多不施用，臣恐草萊之士，雖懷一善，莫敢獻之矣。

《題解》

晉書傅玄傳：「武帝爲晉王，以玄爲散騎常侍。及受禪，廣納直言，開不諱之路，玄及散騎常侍皇甫陶共掌諫職，玄乃上疏」云云。即此疏之所以作也。

《作者事略》

傅玄字休奕，北地泥陽人。魏扶風太守傅幹之子，少孤貧，博學善屬文，解音律；歷官弘農太守，領典農校尉。武帝受禪，晉爵爲子；性剛勁亮直，不能容人，每有奏劾，貴游懾伏。卒謚曰剛，追封清泉侯。有傅子百二十卷，集五十卷。

《注釋》

㈠舜舉五人　論語泰伯：「舜有臣五人而天下治。」孔注：謂禹稷契皋陶伯益也。

㈡無曠庶官　書皋陶謨：「無曠庶官，天工人其代之。」鄭玄禮注：曠：空神位也。

㈢皇甫陶上事　晉書武帝紀：「泰始二年九月乙未，散騎常侍皇甫陶傅玄領諫官。」其後屢有諍諫，雖有司議寢，武帝皆不聽而納陶言。

㈣明堂月令　並禮篇名。

㈤帝藉之制　月令：「孟春之月，天子親載耒耜，措之于參保介之御間，帥三公九卿諸侯大夫，躬耕帝藉，天子三推，三公五推，卿諸侯九推。」帝藉，呂氏春秋作藉田。鄭注：帝藉爲天神借民力所治之田也。

㈥耕於有莘　孟子：「伊尹耕于有莘之野，而樂堯舜之道焉。」此有莘當在今山東曹縣北。

㈦避莊公之難　指齊崔杼弑莊公事也，見左傳襄公二十五年。

㈧三載考績……　此書堯典文也，白虎通云：「所以三歲一考績何，三年有成，故于是賞有功，黜不肖。」大傳：「三歲而小考者，正職而行事也。九歲而大考者，黜無職而賞有功也。」

㈨幽明　史記作遠近。尚書孔安國傳則謂「幽明有別，黜退其幽者，升進其明者。」

㈩曹志　字允恭，譙人。陳思王植之孽子也。封濟北王，入晉，降鄄城縣公，爲博士祭酒。卒謚定，晉書有傳。

檢商賈

傅玄

夫商賈者，所以伸盈虛而獲天地之利，通有無而壹四海之財；其人可甚賤，而其業不可廢，蓋衆利之所充，而積僞之所生，不可不審察也。古者民樸而化淳，上少欲而下尠僞。衣足以暖身，食足以充口，器足以給用，居足以避風雨；養以大道，而民樂其生，敦以大質，而下無逸心；日中爲市，交易而退，各得其所，蓋化淳也。暨周世殷盛，承變極文，而重爲之防，國有定制，下供常事，役賦有恆，而業不廢，君臣相與，一體上下，譬之形影，官恕民忠，而恩侔父子，上不徵非常之物，下不供非常之求，君不索無用之寶，民不鬻無用之貨，自公侯至於皁隸㊀僕妾，尊卑殊禮，貴賤異等，萬機運于上，百事動于下，而六合㊁晏如者，分數定也。

夫神農正其綱㊂，先之以無欲，而咸安其道。周綜其目㊃，壹之以中正，而民不越法。及秦亂四民而廢常賤，競逐末利而棄本業，苟合壹切之風起矣。于是士樹姦于朝，賈窮僞于市，臣挾邪以罔㊄其君，子懷利以詐其父，一人唱欲而億兆和，上逞無厭之欲，下充無極之求，都有專市之賈，邑有傾世之商，商賈富乎公室，農夫伏于隴畝而墮溝壑，上愈增無常之好以徵下，下窮死而不知所歸，哀夫！

且末流濫溢而本源竭，纖靡盈市而穀帛罄，其勢然也。古者，言非典義，學士不以經心；事非田桑，農夫不以亂業；器非時用，工人不以措手；物非世資，商賈不以適市；士思其訓，農思其務，工思其用，賈思其常；是以上用足而下不匱。故一野不如一市，一市不如一朝，一朝不如一用，一用不如上息欲，上息欲而下反真矣。不息欲于上，而欲求下之安靜，此猶縱火焚林，而索原野之不彫廢，難矣！

故明君止欲而寬下，急商而緩農，貴本而賤末；朝無蔽賢之臣，市無專利之賈，國無擅山澤之民，一臣蔽賢，則上下之道壅，商賈專利，則四方之資困，民擅山澤，則兼并之路開，而上以無常役下，賦物非民所生，而請于商賈，則民財暴賤；民財暴賤，而非常暴貴；非常暴貴，則本竭而末盈；末盈本竭，而國富民安，未之有矣。

《題解》

此傅子篇名也。隋志雜家傅子百二十卷，晉司隸校尉傅玄撰。舊新唐志同。晉書本傳，玄字休奕，少時避難於河內，專心誦學，後雖顯貴，而著述不廢。撰論經國九流，及三史故事，評斷得失，各爲區別，名爲傅子，爲內外中篇，凡有四部六錄，合百四十首，數十萬言。并文集百餘卷行于世。今選其檢商賈正心二篇。

《注釋》

㈠皁隸　賤役也。左傳：「士臣皁，皁臣輿，輿臣隸，隸臣僕，僕臣臺。」

㈡六合　謂天地四方也。莊子：「六合之外，聖人存而不論。」

㈢神農正其綱　史記補三皇本紀：「炎帝神農氏教人日中爲市，交易而退，各得其所。」又貨殖傳：「太史公曰：神農以前，吾不知已，至若詩書所述，善者因之，其次利道之，其次教誨之，其次整齊之，最下者與之爭。」

㈣周綜其目　周禮地官司徒：「司市，掌市之治教政刑量度禁令，以次敍分地而經市，以陳肆辨物而平市，以政令禁物靡而均市，以商賈阜貨而行布，以量度成賈而徵儥，以質劑結信而止訟，以賈民禁僞而除詐，以刑罰禁虣而去盜，以泉府同貨而斂賒；大市日昃而市，百族爲主；朝市朝時而市，商賈爲主；夕市夕時而市，販夫販婦爲主。」故曰：周綜其目也。

㈤罔　欺也。

正心

傅玄

立德之本，莫尚乎正心；心正而後身正，身正而後左右正，左右正而後朝廷正，朝廷正而後國家正，國家正而後天下正。故天下不正，修之國家；國家不正，修之朝廷；朝廷不正，修之左右；左右不正，修之身；身不正，修之心；所修彌近，而所濟彌遠，「禹湯罪己，其興也勃焉㈠，」正心之謂也。心者，神明之主，萬物之統也，動而不失正，天下可感，而況于人乎！況于萬物乎！

夫有正心，必有正德，以正德臨民，猶樹表㈡望影，不令而行。大雅云：「儀刑文王，萬邦作孚㈢。」此之謂也。有邪心，必有枉行，以枉行臨民，猶樹曲表而望其影之直也。若乃身坐廊廟之內，意馳雲夢㈣之野，臨朝宰事，情繫曲房㈤之娛，心與體離，情與志乖，形神且不相保，孰左右之能正乎哉！

忠正仁理存乎心，則萬品不失其倫矣；禮度儀法存乎體，則遠邇內外咸知所象矣；古之君子，修身治人，先正其心，自得而已矣，能自得，則無不得矣；苟自失，則無不失矣；無不得者，治天下有餘，故否㈥則保身，居正終年，不失其和；達則兼善天下，物無不得其所。無不失者，營妻子不足，故否則是己非人，而禍逮乎其身；達則縱情用物，而殃及乎天下。昔者有虞氏彈五絃之琴㈦，而天下樂其和者，自得也。秦始皇築長城之塞以爲固，禍幾發于左右者，自失也。

夫推心以及人，而四海蒙其祐，則文王其人也。不推心以虐用天下，則左右不可保，亡秦是也。秦之虓㈧君，目玩傾城之色，天下男女怨曠，而不肯恤也；耳淫亡國之聲，天下大小哀怨，而不知撫也；意盈四海之外，口窮天下之味，宮室造天而起，萬國爲之憔悴，猶未足以逞其欲；唯不推心以況人，故視用人如用草芥；使用人如用己，惡有不得其性者乎！

古之達治者，知心爲萬事主，動而無節則亂，故先正其心，其心正于內，而後動靜不妄，以率先天下，而後天下履正，而咸保其性，斯遠乎哉？求之心而已矣。

《題解》

此亦傅子中之一篇，與檢商賈並據嚴可均本。其意以爲立德爲政，莫尚乎先正其心，蓋亦儒家正心修身齊家治國之論也。

《注釋》

㊀禹湯罪己…… 左傳莊公十一年：宋大水，公使弔焉。臧文仲曰：宋其興乎，禹湯罪己，其興也勃焉。桀紂罪人，其亡也忽焉。廣雅：勃，盛也。

㊁表 計時之器也。古以竿測日影，謂之表。

㊂儀刑文王…… 此詩大雅文王之篇也。傳：刑，法也，孚，信也。疏言用文王之道，則皆信而順之矣。

㊃雲夢 澤名，在今湖北安陸縣南。本二澤，雲在江北，夢在江南，方八九百里，華容以北，安陸以南，枝江以東皆其地。後悉爲邑居聚落，因併稱曰雲夢。

㈤曲房　密室也。枚乘文：縱恣于曲房隱間之中。
㈥否　喻不得志也。本易卦名，坤下乾上，閉塞之象。
㈦有虞氏彈五絃之琴　孔子家語：舜彈五絃之琴，歌南風之詩。
㈧虣　通暴。

上平吳疏

羊祜

先帝㊀順天應時，西平巴蜀，南和吳會，海內得以休息，兆庶有樂安之心。而吳復背信，使邊事更興。夫期運雖天所授，而功業必繇人而成，不一大舉掃滅，則衆役無時得安；非所以隆先帝之勳，成無爲之化也。故堯有丹水㊁之伐，舜有三苗㊂之征，咸以寧靜宇宙，戢兵和衆者也。

蜀平之時，天下皆謂吳當並亡，自此來十三年，是謂一周；平定之期，復在今日矣。議者常言吳楚有道後服，無禮先强，此乃諸侯之時耳，當今一統，不得與古同論。夫適道之論，皆未應權，是故謀之雖多，而決之欲獨；凡以險阻得存者，謂所敵者同，力足自固，苟其輕重不齊，强弱異勢，則智士不能謀，而險阻不可保也。

蜀之爲國，非不險也，高山尋雲霓，深谷肆無景，束馬懸車，然後得濟；皆言一夫荷戟，千人莫當。及進兵之日，曾無藩籬之限，斬將搴旗，伏尸數萬，乘勝席捲，徑至成都，漢中諸城，皆鳥棲而不敢出；非皆無戰心，誠力不足相抗。至劉禪降服，諸營堡者，索然俱散！今江淮之難，不過劍閣，山川之險，不過岷漢，孫皓之暴，侈于劉禪，吳人之困，甚于巴蜀；而大晉兵衆，多于前世，資儲器械，盛于往時，今不于此平吳，而更阻兵相守，征夫苦役，日尋干戈，經歷盛衰，不可長久，宜當時定，以一四海。

今若引梁益㊃之兵，水陸俱下，荆楚之衆，進臨江陵，平南豫州，直指夏口，徐揚清兗㊄，並向秣陵，鼓旆以疑之，多方以誤之，以一隅之吳，當天下之衆，勢分形散，所備皆急；巴漢奇兵，出其空虛，一處傾壞，則上下震蕩；吳緣江爲國，無有內外，東西數千里，以藩籬自持，所敵者大，無有寧息。孫皓恣情任意，與下多忌，名臣重將，不復自信；是以孫秀㊅之徒，皆畏逼而至，將疑于朝，士困于野，無有保世之計，一定之心；平常之日，猶懷去就，兵臨之際，必有應者，終不能齊力致死，已可知也。其俗急速，不能持久，弓弩戟楯，不如中國；唯有水戰，是其所便，一入其境，則長江非復所固，還保城池，則去長入短，而官軍懸進，人有致節之志，吳人戰于其內，有馮城之心，如此，軍不踰時，剋可必矣。

《題解》

晉書羊祜傳：「初祜以伐吳必藉上流之勢，又時吳有童謠曰：『阿童復阿童，銜刀浮渡江，不畏岸上獸，但畏水中龍。』祜聞之曰：『此必水軍有功，但當思應其名者耳。』會益州刺史王濬，徵爲大司農，祜知其可任，濬又小字阿童，因表留濬監益州諸軍事，加龍驤將軍，密令修舟楫爲順流之計。祜繕甲訓卒，廣爲戎備，至是上疏。」

《作者事略》

羊祜字叔子，泰山南城人。漢南陽太守續孫，高貴鄉公時，拜中書侍郎，遷給事中。晉國建，封鉅平子。武帝受禪，進爵爲侯，拜尚書右僕射，加車騎將軍開府。輕裘緩帶，與陸抗對境，務修德以懷吳人。後入朝面陳伐吳之計，舉杜預自代。坐楊肇敗，貶爲平南將軍。卒謚曰成。祜在襄陽時，嘗登峴山，卒後人立碑其地，望其碑者，莫不流涕；杜預因名爲墮淚碑。有集二卷。

《注釋》

㈠先帝　平巴蜀事，在魏元帝景元四年，明年，司馬昭爲晉王，又明年，昭子司馬炎篡魏，是爲晉武帝，此疏上于晉武帝時，而云先帝者，當指司馬昭也。案司馬昭後追尊爲晉太祖文皇帝。

㈡丹水　發源陝西商縣西北冢嶺山，又稱丹江。堯戰丹水之浦，以服苗蠻，舜封堯子丹朱于丹水，皆即此。

㈢三苗　在今湖南岳陽湖北武昌及江西九江一帶。書堯典：「竄三苗于三危。」禹貢：「三苗丕敍。」馬融曰：「三苗國名，縉雲氏之後。」淮南高誘注，則以三苗爲帝鴻氏少昊氏縉雲氏三族之苗裔。未知其審。

㈣梁益　晉書地理志：梁州領漢中梓潼廣漢新都涪陵巴郡巴西巴東等郡，益州領蜀郡犍爲汶山漢嘉江陽朱提越巂牂柯等郡。

㈤徐揚青兗　晉書地理志：徐州領彭城下邳東海琅玡東莞廣陵臨淮等地，揚州領丹陽宣城淮南廬江毗陵吳郡會稽豫章鄱陽等地，青州領齊國濟南樂安陽城等地，兗州領陳留濮陽高平東平濟北太山等地。

㈥孫秀　本吳宗室，在吳爲前將軍夏口都督。見惡于吳主皓，皓遣何定將兵遠獵于夏口，秀驚疑，遂奔晉。皓怒，追改秀姓爲厲。晉以秀爲驃騎將軍儀同三司，封會稽公。吳平，降爲伏波將軍。

已出之女罪議

程咸

夫司寇作典，建三等之制㈠，甫侯修刑㈡，通輕重之法。叔世多變，秦立重辟；漢又修之。大魏承秦漢之弊，未及革制，所以追戮已出之女，誠欲殄㈢醜類之族也。

然則法貴得中，刑慎過制。臣以爲女人有三從之義㈣，無自專之道，出適他族，還喪父母，降其服紀，所以明外成之節，異在室之恩。父母有罪，追刑已出之女，夫黨見誅，又有隨姓之戮，一人之身，內外受辟㈤。今女既嫁，則爲異姓之妻，如或產育，則爲他族之母，此爲元惡之所忽，戮無辜之所重，于防則不足懲奸亂之源，于情則傷孝子之心。男不得罪于他族，而女獨嬰㈥戮于二門，非所以哀矜女弱，蠲㈦明法制之本分也。

臣以爲在室之女，從父母之誅，既醮之婦，從夫家之罰，宜改舊科，以爲永制。

《題解》

魏主髦正元二年，毋邱儉爲鎮東將軍，都督揚州，起兵討司馬師，兵敗，夷三族。魏法犯大逆者，誅及已出之女，故儉之女孫芝爲潁川太守劉子元妻亦坐死。以懷姙繫獄，司隸校尉何曾哀之，使主簿程咸上此議，於是有詔改定律令。見晉書刑法志。

《作者事略》

程咸字延休，魏正元中爲司隸校尉，府主簿，入晉歷黃門郎散騎常侍，至侍中，有集三卷。

《注釋》

㈠三等之制　周官大司寇職曰：掌建邦之三典：一曰刑新國用輕典。二曰刑平國用中典。三曰刑亂國用重典。

㈡甫侯修刑　甫侯，周穆王之相，言于王作修刑辟，今書呂刑是也。通輕重之法者，呂刑曰：輕重諸罪有權，刑罰世輕世重是也。

㈢殄　滅也。

㈣三從之義　儀禮喪服傳曰：婦人有三從之義，無自專之道，故未嫁從父，既嫁從夫，夫死從子。

㈤辟　罪也。

㈥嬰　加也。

㈦蠲　詩小雅天保傳：蠲，潔也。

王弼傳

何劭

弼幼而察惠，年十餘，好老氏，通辯能言。父業㊀為尚書郎。時裴徽㊁為吏部郎，弼未弱冠，往造焉，徽一見而異之。問弼曰：「夫无者，誠萬物之所資也，然聖人莫肯致言，而老子申之無已者何？」弼曰：「聖人體无，无又不可以訓，故不說也。老子是有者也，故恆言無所不足。」尋亦為傅嘏㊂所知；於時何晏㊃為吏部尚書，甚奇弼，歎之曰：「仲尼稱後生可畏，若斯人者，可與言天人之際㊄乎！」

正始㊅中，黃門侍郎累缺，晏既用賈充裴秀朱整㊆，又議用弼。時丁謐㊇與晏爭衡，致高邑王黎㊈於曹爽，爽用黎，於是以弼補臺郎；初除覲爽，請間，爽為屏左右，而弼與論道移時，無所他及，爽以此嗤之。時爽專朝政，黨與共相進用，弼通儁不治名高，尋黎無幾時，病亡；爽用王沈㊉代黎，弼遂不得在門下，晏爲之歎恨。弼在臺既淺，事功亦雅非所長，益不留意焉。

淮南人劉陶，善論縱橫，爲當時所推，每與弼語，常屈弼。弼天才卓出，當其所得，莫能奪也。性和理，樂遊晏，解音律，善投壺，其論道附會文辭，不如何晏自然；有所拔得，多晏也，頗以所長笑人，故時爲士君子所疾。

弼與鍾會㈠善，會論議以校練爲家，然每服弼之高致。何晏以爲聖人無喜怒哀樂，其論甚精，鍾會等述之，弼與不同，以爲聖人茂於人者，神明也，同於人者，五情也，神明茂，故能體沖和以通無，五情同，故不能無哀樂以應物；然則聖人之情，應物而無累於物者也；今以其無累，便謂不復應物，失之多矣。

弼注易，潁川人荀融㈡難弼大衍義，弼答其意，白書以戲之曰：「夫明足以尋極幽微，而不能去自然之性，顏子之量，孔父之所預在㈢，然遇之不能無樂，喪之不能無哀，又常狹斯人以爲未能以情從理者也，而今乃知自然之不可革；足下之量，雖已定乎胸懷之內，然而隔踰旬朔，何其相思之多乎！故知尼父之於顏子，可以無大過矣。」

弼注老子，爲之指略，致有理統，注道略論，注易，往往有高麗言。太原王濟㈣好談，病老莊，常云：「見弼易注，所悟者多。」

然弼爲人淺而不識物情，初與王黎荀融善，黎奪其黃門郎，於是恨黎，與融亦不終。正始十年，曹爽廢，以公事免，其秋遇癘疾亡，時年二十四。無子，絕嗣。弼之卒也，晉景王㊄聞之，嗟嘆者累日，其爲高識所惜如此。

《題解》

弼字輔嗣，好論儒道，注易及老子，爲尚書郎，年二十餘卒。此文見魏志鍾會傳注，世說文學篇引弼傳，其文小異。

《作者事略》

何劭字敬祖，陽夏人。何曾次子。少與武帝同年，有總艸之好，帝爲王太子，以劭爲中庶子，及即位，累遷侍中尚書。惠帝即位，遷左僕射。博學善屬文，陳說近代事，若指諸掌。永寧元年卒，謚曰康。有集二卷。

《注釋》

㈠王業　字長緒，王凱之子，劉表之外孫也。魏文帝既誅粲二子，以業嗣粲。

㈡裴徽　魏志裴潛傳注：潛弟徽字文季，冀州刺史，善言玄妙。

㈢傅嘏　字蘭若，北地泥陽人。傅介子之後，善言虛勝。

㈣何晏　字平叔，宛人。與夏侯玄競爲淸談，後爲司馬懿所殺。

㈤天人之際　漢書董仲舒傳：臣謹案春秋之中，視前世已行之事，以觀天人相與之際，甚可畏也。

㈥正始　魏齊王芳年號。

㈦賈充……　賈充字公閭，襄陵人。斐秀字秀彥。聞喜人。朱整魏人。

㈧丁謐　字彥靖，沛國人。

㈨王黎　魏人，高邑今屬直隸大名。

㈩王沈　字處道，晉陽人。

⑪鍾會　字士季，潁川長社人。太傅鍾繇少子。

⑫荀融　字伯雅，潁川潁陰人。

㊂在　察也。謂顏子之量，孔子之所預察也。

㊃王濟　字武子，太原晉陽人。與和嶠裴楷齊名。

㊄晉景王　司馬師也。

諸葛亮傳

陳壽

諸葛亮，字孔明，琅琊㈠陽都人也。漢司隸校尉諸葛豐後也。父珪，字君貢，漢末，爲太山郡丞。亮少孤，從父玄，爲袁術㈡所署豫章太守。玄將亮及亮弟均之官。會漢朝更選朱皓代玄，玄素與荊州牧劉表有舊，往依之。玄卒，亮躬耕隴畝，好爲梁父吟㈢；身長八尺，每自比管仲，樂毅；時人莫之許也。惟博陵崔君平，潁川徐庶元直，與亮友善，謂爲信然。

時先主㈣屯新野，徐元直見先主，先主器之。謂先主曰：「諸葛孔明者，臥龍也。將軍其願見之乎？」先主曰：「君與俱來。」庶曰：「此人可就見，不可屈致也。將軍且枉駕臨之。」由是先主遂詣亮；凡三往乃見㈤。因屏人曰：「漢室傾頹，侫臣竊命，主上蒙塵㈥；孤不度德量力，欲信㈦大義於天下，而智術淺短，遂用猖獗，至於今日；然志猶未已，計將安出？」亮答曰：「自董卓已來，豪傑並起，跨州連郡者，不可勝數。曹操比於袁紹㈧，則名微而衆寡；然操遂能克紹，以弱爲強者，非惟天時，抑亦人謀也。今操已擁百萬之衆，挾天子以令諸侯，此誠不可與爭鋒。孫權據有江東，已歷三世㈨，國險而民附，賢能爲之用，此可與爲援，而不可圖也。荊州北據漢沔，利盡南海㈩，東連吳會，西通巴蜀，此用武之國，而其主不能守⑪，此殆天所以資將軍，將軍豈有意乎？益州險塞，沃野千里，天府之土，高祖因之，以成帝業；劉璋⑫闇弱，張魯⑬在北，民殷國富，而不知存恤，智能之士，思得明君；將軍既帝室之胄⑭，信義著於四海，總攬英雄，思賢若渴，若跨有荊益，保其巖阻，西和諸戎，南撫夷越，外結好孫權，內修政理，天下有變，則命一上將將荊州之軍，以向宛洛，將軍身率益州之衆，以出秦川，百姓孰敢不簞食壺漿，以迎將軍者乎？誠如是，則霸業可成，漢室可興矣。」先主曰：「善！」於是與亮情好日密⑮。關羽⑯張飛等不悅。先主解之曰：「孤之有孔明，猶魚之有水也。願諸君勿復言。」羽飛乃止。

劉表長子琦，亦深器亮。表受後妻之言，愛少子琮，不悅於琦。琦每欲與亮謀自安之術，亮輒拒塞，未與處畫。琦乃將亮遊觀後園，共上高樓，飲宴之間，令人去梯；因謂亮曰：「今日上不至天，下不至地，言出子口，入於吾耳，可以言未？」亮答曰：「君不見申生在內而危，重耳在外而安乎(二七)？」琦意感悟，陰規出計。會黃祖(二八)死，得出，遂爲江夏太守。俄而表卒，琮聞曹公來征，遣使請降。先主在樊(二九)聞之，率其衆南行。亮與徐庶並從，爲曹公所追破，獲庶母。庶辭先主而指其心曰：「本欲與將軍共圖王霸之業者，以此方寸之地也；今已失老母，方寸亂矣！無益於事，請從此別。」遂詣曹公。先主至於夏口，亮曰：「事急矣，請奉命求救於孫將軍。」

時權擁軍在柴桑(三〇)，觀望成敗。亮說權曰：「海內大亂，將軍起兵，據有江東。劉豫州(三一)亦收衆漢南，與曹操並爭天下。今操芟夷大難，略已平矣，遂破荊州，威震四海，英雄無所用武，故豫州逃遁至此。將軍量力而處之，若能以吳越之衆，與中國抗衡，不如早與之絕；若不能當，何不按兵束甲，北面而事之？今將軍外託服從之名，而內懷猶豫之計，事急而不斷，禍至無日矣。」權曰：「苟如君言，劉豫州何不遂事之乎？」亮曰：「田橫(三二)，齊之壯士耳，猶守義不辱，況劉豫州王室之胄，英才蓋世，衆士慕仰，若水之歸海，事之不濟，此乃天也，安能復爲之下乎？」權勃然曰：「吾不能舉全吳之地，十萬之衆，受制於人；吾計決矣！非劉豫州莫可以當曹操者。然豫州新敗之後，安能抗此難乎？」亮曰：

「豫州軍雖敗於長坂，今戰士還者，及關羽水軍，精甲萬人；劉琦合江夏戰士，亦不下萬人。曹操之衆，遠來疲敝，聞追豫州，輕騎一日一夜行三百餘里，此所謂「强弩之末，勢不能穿魯(二三)縞」者也。故兵法忌之，曰：「必蹶上將軍(二四)。」且北方之人，不習水戰；又荊州之民附操者，偪兵勢耳，非心服也。今將軍誠能令猛將統兵數萬，與豫州協規同力，破曹軍必矣，操軍破，必北還，如此則荊吳之勢强，鼎足之形成矣。成敗之機，在於今日。」權大悅。即遣周瑜(二五)程普(二六)魯肅(二七)等水軍三萬，隨亮詣先主，並力拒曹公。

曹公敗於赤壁，引軍歸鄴(二八)；先主遂收江南，以亮爲軍師中郎將，使督零陵(二九)桂陽(三〇)長沙(三一)三郡，調其賦稅，以充軍實。建安十六年，益州牧劉璋，遣法正(三二)迎先主，使擊張魯。亮與關羽鎮荊州，生主自葭萌(三三)還攻璋；亮與張飛趙雲等，率衆泝江，分定郡縣，與先主共圍成都。成都平。以亮爲軍師將軍，署左將軍府事。先主外出，亮常鎮守成都，足食足兵。

二十六年(三四)，臣下勸先主稱尊號，先主未許。亮說曰：「昔吳漢耿弇(三五)等，初勸世祖即帝位，世祖辭讓，前後數四，耿純(三六)進言曰，「天下英雄，喁喁冀有所望，如不從議者，士大夫各歸求主，無爲從公也。」世祖感純言深至，遂然許之。今曹氏篡漢，天下無主，大王劉氏苗族，紹世而起，今即帝位，乃其宜也。士大夫隨大王久勸苦者，亦欲望尺寸之功，如純言耳。」先主於是即帝位，策亮爲丞相。曰：「朕遭家不造，奉承大統，兢兢業業，不敢康寧，思靖百姓，懼未能綏。於戲[37]！丞相亮，其悉朕意，無怠，輔朕之闕。助宣重光，以照明天下。君臣勖哉！」亮以丞相錄尚書事，假節，張飛[38]卒後，領司隸校尉。

章武三年春，先主於永安宮[39]病篤，召亮於成都，屬以後事。謂亮曰：「君才十倍曹丕，必能安國，終定大事。若嗣子[40]可輔，輔之；如其不才，君可自取。」亮涕泣曰：「臣敢竭股肱之力，效忠貞之節，繼之以死。」先主又爲詔敕後主曰：「汝與丞相從事，事之如父。」建興[41]元年，封亮武鄉侯，開府治事。頃之，又領益州牧。政事無巨細，咸決於亮。

南中諸郡，並皆叛亂，亮以新遭大喪，故未便加兵；且遣使聘吳，因結和親，遂爲與國。三年春，亮率衆南征[42]，其秋悉平，軍資所出，國以富饒。乃治戎講武，以俟大舉。

五年，率諸軍北駐漢中，臨發，上疏[43]……遂行。屯於沔陽。

六年春，揚聲由斜谷[44]道取郿，趙雲鄧芝[45]爲疑軍，據箕谷。魏大將軍曹真，舉衆拒之。亮身率諸軍攻祁山(四六)，戎陳整齊，賞罰肅而號令明。南安(四七)天水(四八)安定(四九)三郡，叛魏應亮，關中響震。魏明帝(五〇)西鎮長安，命張郃拒亮。亮使馬謖(五一)督諸軍在前，與郃戰於街亭，謖違亮調節，舉動失宜，大爲郃所破；亮拔西縣千餘家，還於漢中，戮謖以謝衆。上疏曰：「臣以弱才，叨竊非據，親秉旄鉞，以厲三軍，不能訓章明法，臨事而懼，有街亭違命之闕，箕谷不戒之失，咎皆在臣授任無方；臣明不知人，恤事多闇，春秋責帥，臣職是當；請自貶三等，以督厥咎。」於是以亮爲右將軍，行丞相事，所總統如前。

冬，亮復出散關(五二)，圍陳倉，曹真拒之，亮糧盡而還。魏將王雙率騎追亮，亮與戰破之，斬雙。七年，亮遣陳式攻武都，陰平(五三)，魏雍州刺史郭淮，率衆欲攻式，亮自出至建威，淮退還，遂平二郡。詔策亮曰：「街亭之役，咎由馬謖。而君引愆，深自貶抑，重違君意，聽順所守。前年燿師，馘(五四)斬王雙，今歲爰征，郭淮循走，降集氐羌，興復二郡，威震凶暴，功勳顯然。方今天下騷擾，元惡(五五)未梟，君受大任，幹國之重，而久自挹損，非所以光揚前烈矣。今復君丞相，君其勿辭！」九年，亮復出祁山，以木牛運，糧盡退軍。與魏將張郃交戰，射殺郃。

十二年春，亮悉大衆由斜谷出，以流馬運。據武功五丈原㊱，與司馬宣王㊲對於渭南。亮每患糧不繼，使己志不伸，是以分兵屯田，爲久住之基。耕者雜於渭濱居民之間，而百姓安堵，軍無私焉。相持百餘日，其年八月，亮疾病，卒於軍，時年五十四。及軍退，宣王案行其營壘處所，曰：「天下奇才也！」遺命葬漢中定軍山㊳。

《題解》

三國志六十五卷，晉陳壽撰。魏志三十卷，蜀志十五卷，吳志二十卷，宋文帝嫌其略，命裴松之爲之註，博採羣說，分入書中，其多過本書數倍，此傳，蜀志之第五卷也。

《作者事略》

陳壽字承祚，晉安漢人。少好學，師事同郡譙周。仕蜀爲觀閣令史，入晉舉孝廉，除著作郎，終御史治書。撰三國志，其書以魏爲正統，宋以後多非之。世傳丁儀丁廙有盛名于魏，壽謂其子曰：可覓千斛米見與，當爲尊公作佳傳，丁不與，竟不爲立傳。諸葛亮嘗髡其父，諸葛瞻亦輕壽，遂謂亮將略非長，無應敵之才。壽又撰古國志，益都耆舊傳。

《注釋》

㈠琅琊　秦置郡名，今山東舊兗青沂萊四府東南境，及膠州之地。

㈡袁術　字公路，汝陽人。漢獻帝時，據壽春，領揚州事，尋僭帝號，越二年，爲劉備所擊死。

㈢梁父吟　漢樂府相和歌辭之楚曲調名。梁父山名，在泰山下。

㈣先主　指劉備。

㈤凡三往乃見　裴松之引漢晉春秋曰：亮家于南陽之鄧縣，在襄陽城西二十里，號曰隆中。

㈥蒙塵　此指董卓部將李傕郭汜劫漢獻帝入營事。

㈦信　通伸。

(八)袁紹　字本初，汝陽人。嘗起兵討董卓，後據河北，與曹操戰，兵敗而死。

(九)已歷三世　權父堅，嘗領豫州刺史，兄策定江東，封吳侯。

(一〇)南海　漢郡名。今廣東一帶。

(一一)其主不能守　指荊州牧劉表也。

(一二)劉璋　字季玉，時襲其父劉焉爲益州牧。

(一三)張魯　字公祺，漢張道陵孫，時據漢中。

(一四)冑　後裔也，備爲漢中山靖王勝之後裔，故云。

(一五)關羽　字雲長，解縣人。

(一六)張飛　字翼德，燕人。

(一七)申生在外……　春秋時，晉獻公爲驪姬所惑，殺太子申生，公子重耳奔狄，歷齊衞等國而至秦，秦穆公納之晉，卒爲晉君。見左傳。

(一八)黃祖　事劉表，爲江夏太守。因嘗射殺孫權父堅，故權舉兵來攻，祖敗，爲其下所殺。

(一九)樊　指樊城，今湖北襄陽縣北。

(二〇)柴桑　在今江西德化縣西南柴桑山。

(二一)劉豫州　指劉備也，備嘗爲豫州刺史，故云。

㉒田橫　史記：漢高祖既滅項羽，齊王田橫與其徒五百人，亡入海島中，高祖召之，橫未至即自殺，五百人聞之，亦自殺島中。

㉓魯縞　縞，素也，曲阜之地，俗善作之；尤爲輕細。國策：彊弩之末，不能穿魯縞。

㉔蹶上將軍　古兵書云：百里而趨利者，蹶上將。

㉕周瑜　字公瑾，舒人。

㉖程普　字德謀，土垠人。領江夏太守，累遷蕩寇將軍。

㉗魯肅　字子敬，東城人。建安中卒。

㉘鄴　今河南臨漳縣。魏之都也。

㉙零陵　在今湖南零陵縣北二里。

㉚桂陽　在今湖南郴縣地。

㉛長沙　今湖南舊長沙府屬諸地。

㉜法正　字孝直，郿人。後仕蜀漢，官至尚書令。

㉝葭萌　縣名，故城在今四川昭化縣東南。

㉞二十六年　按即魏文帝之黃初二年也。文帝于漢獻帝建安二十四年受禪，改元黃初。至是年，先主即帝位，改元章武，孫權亦自稱爲吳王。

(三五)吳漢耿弇　吳漢，字子顏，南陽宛人。耿弇，字伯昭，茂陵人。皆光武帝中興時功臣。此世祖即漢光武帝也。

(三六)耿純　字伯山，鉅鹿人。

(三七)於戲　歎美之辭。

(三八)張飛卒　張飛于先主伐吳之前，爲部下所殺。

(三九)永安宮　在今四川奉節縣東北臥龍山下。先主伐吳，爲陸遜所敗，還居于此。

(四〇)嗣子　指備子劉禪也。備卒，即位，是爲後主。

(四一)建興　後主年號。

(四二)南征　此指征南蠻事也。漢晉春秋曰：亮在南中，所在捷戰。聞孟獲者，爲夷漢所並服，募生致之。七禽七縱，而亮猶遣獲。獲止不去，曰：公天威也，南人不復反矣。

(四三)上疏之下，節去出師表一文。

(四四)斜谷　陝西終南山之谷道，在郿縣西，長四百二十里。

(四五)鄧芝　字伯苗，新野人。

(四六)祁山　在今甘肅西和縣西北。

㊼南安　在舊甘肅鞏昌府地。

㊽天水　即漢陽郡。在甘肅舊鞏昌府及秦州等地。

㊾安定　在甘肅舊平涼府地。

㊿魏明帝　名叡，曹丕之子。

(五一)馬謖　字幼常，宜城人，良弟，即世稱馬氏五常之一。街亭之敗，時魏明帝之太和二年也。

(五二)散關　即大散關，在今陝西寶雞縣西南。

(五三)陰平　故城在今甘肅文縣西北。

(五四)馘　音幗，凡殺敵而獻其左耳曰馘。

(五五)元惡　指魏明帝也，以魏篡漢，故云。

(五六)五丈原　在今陝西郿縣西南，與岐山縣接界。

(五七)司馬宣王　即司馬懿，字仲達，溫縣人。時仕魏爲丞相。漢晉春秋曰：亮自至數挑戰，宣王亦表固請戰，姜維謂亮曰：辛佐治仗節而到，賊不復出矣。亮曰：彼本無戰情，所以固請戰者，以示武于其衆耳。又魏氏春秋曰：亮使至，懿問其寢食及其事之煩簡，不問戎事。此皆相對而不戰之證也。

(五八)定軍山　在今陝西沔縣東南。

陳情表

李密

臣密言：臣以險釁(一)，夙遭閔凶(二)。生孩六月，慈父見背；年行四歲，舅奪母志，祖母劉，愍(三)臣孤弱，躬親撫養。臣少多疾病，九歲不行，零丁孤苦，至於成立；既無叔伯，終鮮兄弟。門衰祚(四)薄，晚有兒息；外無朞功强近(五)之親，內無應門五尺之僮，煢煢(六)孑立，形影相弔。而劉夙嬰疾病，常在牀蓐，臣侍湯藥，未曾廢離。

逮奉聖朝，沐浴清化。前太守臣逵，察臣孝廉。後刺史臣榮，舉臣秀才。臣以供養無主，辭不赴命；詔書特下，拜臣郎中，尋蒙國恩，除臣洗馬(七)；猥以微賤，當侍東宮(八)，非臣隕首所能上報；臣具以表聞，辭不就職。詔書切峻，責臣逋慢，郡縣逼迫，催臣上道，州司臨門，急於星火。臣欲奉詔奔馳，則劉病日篤；欲苟徇私情，則告訴不許；臣之進退，實爲狼狽(九)！

伏惟聖朝以孝治天下，凡在故老，猶蒙矜育；況臣孤苦，特爲尤甚，且臣少仕僞朝㈠，歷職郎署，本圖宦達，不矜名節。今臣亡國賤俘㈡，至微至陋，猥蒙拔擢，寵命優渥，豈敢盤桓，有所希冀。但以劉日薄西山㈢，氣息奄奄，人命危淺，朝不慮夕。臣無祖母，無以至今日；祖母無臣，無以終餘年；母孫二人，更相爲命，是以區區不能廢遠。臣密今年四十有四，祖母劉今年九十有六，是盡臣節於陛下之日長，報劉之日短也。烏鳥㈢私情，願乞終養。臣之辛苦，非獨蜀之人士，及二州牧伯㈣所見明知，皇天后土，實所共鑒。願陛下矜愍愚誠，聽臣微志，庶劉僥倖，卒保餘年。臣生當隕首，死當結草㈤，臣不勝犬馬怖懼之情，謹拜表以聞。

《題　解》

表者，明也，標也，標著事緒，使明白也。密以祖母老病，不能應召，上表陳明不得已之情，故曰陳情表。案漢晉表文皆尚散體，蓋用以陳達情事而止，唐宋以後，崇尚四六，浮辭多而真情微矣。

《題解》

李密字令伯，武陽人。父早亡，母更適人，見養于祖母劉氏。及長，以孝聞。曾仕蜀後主爲尚書郞。蜀平，晉武帝徵爲太子洗馬，詔書屢下，密欲終養祖母，故上表固辭，帝嘉其誠，賜奴婢二人，使郡縣供祖母膳，祖母卒，服終，復徵爲洗馬，遷漢中太守。

《注釋》

㈠險舋　險，艱辛也。舋，禍罪也。

㈡閔凶　閔，憂也。謂丁父憂也。

㈢愍　痛也。

㈣祚　福也。

㈤朞功强近　喪服之制，週年之服謂之朞，九月謂之大功，五月謂之小功，此言既無期服功服之親，復無强有力而近者，可以倚賴也。

㊅煢煢　孤獨貌。

㊆洗馬　太子宮中官名。

㊇東宮　太子所居之宮也。

㊈狼狽　狼前二足長，後二足短。狽前二足短，後二足長。狼無狽不立，狽無狼不行，喻進退不得，處于兩難也。

㊉僞朝　指蜀也。密仕蜀至尚書郎。楊升庵雜著謂見佛書引此文僞朝作荒朝，豈僞字係晉所改邪？

㊀俘　音孚，伐國取人曰俘。

㊁日薄西山　薄，迫也。言日沒于西，奄奄將絕，喻劉病之危篤也。

㊂烏鳥　孝鳥也。能反哺其母。

㊃二州牧伯　二州，謂梁州益州也。牧伯指前太守逵後刺史榮也。

㊄結草　左氏宣十五年傳：晉魏顆敗秦師于輔氏，獲杜回，秦之力人也。初魏武子有嬖妾無子，武子疾，命顆曰：吾死嫁之。及困，曰：以殉。顆嫁之，曰：疾病則亂，吾從其治也。輔氏之役，顆見老人結草以亢杜回，杜回躓而顛，故獲之。夜夢之曰：余乃所嫁婦人之父也。

酒德頌

劉伶

有大人先生，以天地爲一朝，萬期爲須臾，日月爲扃牖，八荒㈠爲庭衢，行無轍迹，居無室廬，幕天席地，縱意所如，止則操巵執觚㈡，動則挈榼㈢提壺，唯酒是務，焉知其餘。

有貴介公子，搢紳㈣處士，聞吾風聲，議其所以，乃奮袂攘襟，怒目切齒，陳說禮法，是非鋒起。先生於是方捧甖承槽㈤，銜杯漱醪㈥，奮髯踑踞㈦，枕麴藉糟㈧，無思無慮，其樂陶陶！

兀然而醉，豁爾而醒，靜聽不聞雷霆之聲，熟視不覩泰山之形，不覺寒暑之切肌，利欲之感情，俯觀萬物，擾擾焉如江漢之載浮萍，二豪㈨侍側焉，如蜾蠃之與螟蛉㈩。

《題解》

伶嘗渴甚，求酒於其妻，妻捐酒毀器，涕泣諫之。伶曰：「善，吾不能自禁，惟當祝鬼神自誓耳，便可具酒肉！」妻從之，伶跪祝曰：「天生劉伶，以酒爲名，一飲一斛，五斗解酲，婦兒之言，愼不可聽！」仍引酒御肉，陶然復醉，因述酒德以自頌。

《作者事略》

劉伶字伯倫，沛國人。容貌陋甚，放情肆志，常以細宇宙齊萬物爲心。性尤嗜酒，與阮籍嵇康相善，嘗乘鹿車，攜一壺酒，使人荷鍤隨之，謂曰：「死便埋我。」嘗爲建威參軍，泰始初，對策盛言無爲之化，時輩皆以高第得調，伶獨罷，以壽終。

《注釋》

㊀八荒　謂四方及四隅也，以喻荒遠，故謂之荒。說苑：「八荒之內有四海，四海之內有九州。」

㊁巵瓠　並酒器。

㊂榼　酒器。

㊃搢紳　司馬相如封禪書曰：「因雜縉紳先生之略術。」臣瓚曰：縉赤白色，紳大帶。

㊄罌槽　罌同罍，瓶之大腹小口者。槽，酒槽也。齊俗名之如此。

㊅漱醪　謂以濁酒蕩口也。

㊆箕踞　箕，長踞也。踞，蹲也。

㊇麴　亦謂之酒母，蒸麥置暖室，黴則擣之成塊，曝乾用以釀酒者。

㊈二豪　謂貴介公子與縉紳處士也。

㊉蜾蠃螟蛉　蜾蠃，讀如果裸。李軌曰：蜂蟲也。螟蛉，桑蟲也。法言：「螟蛉之子，蜾蠃祝之曰，類我類我，久則肖之矣。」此言二豪侍側，隨伶而化，若蜾蠃之變螟蛉也。

李八百傳

葛　洪

李八百，蜀人也，莫知其名，歷世見之，時人計其年八百歲，因以爲號。或隱山林，或出市廛，知漢中唐公昉㊀，有志不遇名師，欲教授之，乃先往試之，爲作客傭賃者，公昉不知也，八百驅使用意，異於他客，公昉愛異之，八百乃僞病，困當欲死，公昉即爲迎醫合藥，費數十萬錢，不以爲損，憂念之意，形於顏色。

八百又轉作惡瘡，周遍身體，膿血臭惡，不可忍近。公昉爲之流涕曰：「卿爲吾家使者，勤苦歷年，常得篤疾，吾取醫欲令卿愈，無所悋惜㊁，而猶不愈，當如卿何！」八百曰：「吾瘡不愈，須人舐之當可。」公昉乃使三婢，三婢爲舐之。八百又曰：「婢舐不愈，若得君爲舐之，即當愈耳。」公昉即舐，復言無益，欲公昉婦舐之最佳，又復令婦舐之。八百又告曰：「吾瘡乃欲差，當得三十斛美酒浴身，當愈。」公昉即爲酒具著大器中，八百即起，入酒中浴瘡，即愈；體如凝脂，亦無餘痕。乃告公昉曰：「吾是僊人也，子有志，故此相試，子真可教也，今當授子度世之訣。」乃使公昉夫妻并舐瘡三婢，以其浴酒自浴，即皆更少，顏色美悅，以丹經一卷授公昉，公昉入雲臺山中作藥，藥成，服之僊去。

《題解》

此神仙傳文也，四庫總目提要神仙傳十卷，晉葛洪撰。據洪自序，蓋于抱朴子內篇既成之後，因其弟子滕升問仙人有無而作。其中如黃帝之見廣成子，盧敖之遇若士，皆莊周之寓言；鴻濛雲將之類，未嘗實有其人；淮南王劉安謀反自殺，李少君病死，具載史記，漢書亦實無登仙之事，洪一概登載，未免附會。至謂許由巢父服箕山石流黃丹，二人晉時尚存，洪目覩而記之者，尤爲虛誕。然後漢書方術傳載壺公薊子訓劉根左慈甘始封君達諸人，已多與此書相符，疑其亦據舊文，不盡僞撰，流傳既久，遂爲故實，歷代詞人，轉相沿用，茲選其李八百一篇。

《作者事略》

葛洪字稚川，晉句容人。咸和初，爲散騎常侍，領大著作，固辭不就。聞交趾出丹砂，求爲勾漏令，攜子姪過廣州，刺史鄧嶽留之，不聽，乃止羅浮山鍊丹。自號抱朴子，因以名書，又有神仙傳集異傳肘後方及碑誄詩賦雜文數百卷。

《注釋》

㈠唐公昉　漢城固人。王莽居攝二年，爲郡吏，後拔宅仙去。後漢郡國志作唐公防，洪适隸釋云：昉應作房，隸法房字戶在側作舫，人多不曉，作昉作防，皆誤。

㈡悋惜　吝也。

禮政

袁準

治國之大體有四：一曰仁義，二曰禮制，三曰法令，四曰刑罰；四本者具，則帝王之功立矣。所謂仁者，愛人者也，愛人，父母之行也，爲民父母，故能興天下之利也。所謂義者，能辨物理者也，物得其理，故能除天下之害也；興利除害者，賢人之業也。禮者何也，緣人情而爲之節文者也，嚴父愛親之情也；尊親敬長之義也；夫仁義禮制者，治之本也；法令刑罰者，治之末也；無本者不立，無末者不成。

何則？夫禮教之治，先之以仁義，示之以敬讓，使民遷善日用而不知也，儒者見其如此，因謂治國不須刑法；不知刑法承其下，而後仁義興于上也。法令者，賞善禁淫，居治之要會。商韓㊀見其如此，因曰治國不待仁義；不知仁義爲之體，故法令行于下也。是故「導之以德，齊之以禮。」則民有耻；「導之以政，齊之以刑㈠。」則民苟免；是治之貴賤者也。先仁而後法，先教而後刑，是治之先後者也。夫遠物難明，而近理易知，故禮讓緩而刑罰急，是治之緩急也。

夫仁者，使人有德，不能使人知禁；禮者，使人知禁，不能使人必仁；故本之者仁，明之者禮也，必行之者刑罰也。先王爲禮以達人之性，理刑以承禮之所不足，故以仁義爲不足以治者，不知人性者也；是故失教，失教者無本也。以刑法爲不可用者，是不知情僞者也，是故失威，失威者不禁也。故有刑法而無仁義，久則民怨，民怨則怒也；有仁義而無刑法，久則民慢，民慢則姧起也；故曰本之以仁，成之以法，使兩通而無偏重，則治之至也。夫仁義雖弱而持久，刑殺雖强而速亡，自然之治也。

《題解》

此袁子正書文也。隋志袁子正書二十五卷，袁準撰，亡。舊唐志作正書二十五卷，袁淮撰。各書或稱袁準，或稱袁淮，或稱袁准，蓋隸俗變準爲准，因誤爲淮，止是一人。晉書附袁瓌傳。今選其禮政貴公治亂諸篇。

《作者事略》

袁準字孝尼，陳郡扶樂人，袁奐之弟，袁渙之子。忠信公正，不恥下問，心恬退。著書十餘萬言，論治世之務，曰袁子正論凡十卷，正書凡二十五卷。又爲易周官詩傳，論五經滯義，並撰儀禮喪服經注。泰始中，官給事中。

《注釋》

㈠商韓　商指商鞅，韓指韓非。

㈡導之以政……　此論語爲政篇文也。

貴公

袁準

治國之道萬端，所以行之在一。一者何？曰：公而已矣。唯公心而後可以有國，唯公心可以有家，唯公心可以有身。身也者，爲國之本也；公也者，爲身之本也。夫私，人之所欲，而治之所甚惡也；欲爲國者一，不欲爲國者萬，凡有國而以私臨之，則國分爲萬矣。故立天子，所以治天下也；置三公㊀，所以佐其王也；觀事故而立制，瞻民心而立法，制不可以輕重，輕重即頗邪；法不可以私倚，私倚即姦起。

古之人有當市繁之時，而竊人金者，人問其故，曰：「吾徒見金，不見人也。」故其愛者，必有大迷。宋人有子甚醜；而以勝曾上之美。故心倚于私者，即所知少也，亂于色者，即目不別精麤，沈于聲者，即耳不別清濁，偏于愛者，即心不別是非；是以聖人節欲去私，故能與物無尤，與人無爭也。

明主知其然也，雖有天下之大，四海之富，而不敢私其親，故百姓超然背私而向公，公道行，即邪私無所隱矣。向公即百姓之所道者一，向私即百姓之所道者萬；一向公，則明不勞而姦自息。一向私，則繁刑罰而姦不禁。故公之爲道，言甚約而用之甚博。

《題解》

此亦正書中之一篇，據嚴可均自羣書治要中輯出者。大致謂經國牧民。惟公可以收效，惟公可以行之百世而不悖，對吾民族阿私之弊，可謂對症下藥。不僅有裨于當時而已。

《注釋》

㈠三公　書：「立太師太傅太保，茲惟三公。」此周之三公也。西漢以大司馬大司徒大司空爲三公，東漢以太尉司徒司空爲三公。

治亂

袁準

治國之要有三：一曰食，二曰兵，三曰信，三者，國之急務，存亡之機，明主之所重也。民之所惡者莫如死，豈獨百姓之心然，雖堯舜亦然；民困衣食將死亡，而望其奉法承教，不可得也。夫唯君子而後能固窮，故有國而不務食，是責天下之人，而爲君子之行也。

伯夷餓死于首陽之山㈠，傷性也。管仲分財自取多㈡，傷義也。夫有伯夷之節，故可以不食而死；有管仲之才，故可以不讓而取。然死不如生，爭不如讓，故有民而國貧者，則君子傷道，小人傷行矣。君子傷道則教虧，小人傷行則姦起。

夫民者，君之所求用也。民富則所求盡得，民貧則所求盡失。用而不得，故無強兵；求而皆失，故無興國；明主知爲國之不可以不富也，故率民于農。富國有八政：一曰儉以足用，二曰時以生利，三曰貴農賤商，四曰常民之業，五曰出入有度，六曰以貨均財，七曰抑談說之士，八曰塞朋黨之門。夫儉則能廣，時則農修，貴農則穀重，賤商則貨輕，有常則民壹，有度則不散，貨布則并兼塞，抑談說之士，則百姓不淫，塞朋黨之門，則天下歸本；知此八者，國雖小必王，不知此八者，國雖大必亡。凡上之所以能制其下者，以有利權也；貧者能富之之謂利，有罪者能罰之之謂權，今爲國不明其威禁，使刑賞利祿，壹出于己，則國貧而家富，離上而趣㊂下矣。

夫處至貴之上，有一國之富，不可以不明其威刑，而納公實之言，此國之所以治亂也。至貴者人奪之，至富者人取之，是以明君不敢恃其尊，以道爲尊，不敢恃其强，以法爲强。親道不親人，故天下皆親也；愛義不愛近，故萬里爲近也；天下同道，萬里一心，是故以人治人，以國治國，以天下治天下，聖王之道也。

凡有國者，患在壅塞，故不可以不公；患在虛巧，故不可以不實；患在詐僞，故不可以不信；三者明則國安，三者不明則國危。苟功之所在，雖疏遠必賞；苟罪之所在，雖親近必罰；辨智無所橫其辭，左右無所開其說，君子卿大夫，其敬懼如布衣之慮，故百姓蹈法而無儌幸之心。君制而臣從，令行而禁止，壅塞之路閉，而人主安太山矣。

夫禮者，所以正君子也；法者，所以治小人也；治在于君子，功在于小人，故爲國而不以禮，則君子不讓，制民而不以法，則小人不懼；君子不讓，則治不立，小人不懼，則功不成。是以聖人之法，使貴賤不同禮，賢愚不同法，毁法者誅，有罪者罰，爵位以其才行，不計本末，刑賞以其功過，不計輕重，言必出于公實，行必落于法理，是以百姓樂義，不敢爲非也。

太上使民知道，其次使民知心，其下使民不得爲非。使民知道者德也，使民知心者義也，使民不得爲非者威禁也；威禁者賞必行刑必斷之謂也，此三道者，治天下之具也。欲王而王，欲霸而霸，欲强而强，在人主所志也。

《題解》

此亦正書中之一篇，自羣書治要中輯出者。所謂「治國之要有三：一曰食，二曰兵，三曰信。」則似推衍孔子「足食足兵民信」之義。其他富國明刑，崇禮尚法諸義，似亦雜取儒法二家之論者。

《注釋》

㈠伯夷餓死於首陽之山　史記：武王已平殷亂，天下宗周，而伯夷叔齊恥之。義不食周粟，隱于首陽山，採薇而食之，遂餓死于首陽山。集解引馬融曰：首陽山在河東蒲坂，華山之北，河曲之中。

㈡管仲分財自取多　史記：管仲曰：吾始困時，嘗與鮑叔賈。分財利，多自與，鮑叔不以我爲貪，知我貧也。

㈢趣　有定向而疾行以赴之也。

禹貢九州地域圖序

裴秀

圖書之設，由來尚矣。自古垂象立制，而賴其用，三代置其官，國史掌其職；暨漢祖屠咸陽，丞相蕭何盡收秦之圖籍㈠，今秘書既無古之地圖，又無蕭何所得秦圖書，惟有漢氏所畫輿地，及括地諸雜圖，各不設分率㈡，又不攷正準望㈢，亦不備載名山大川，其所載列，雖有麤形，皆不精審，不可依據；或稱外荒㈣迂誕之言，不合事實，于義無取。

大晉龍興，混一六合，以清宇宙，始于庸蜀㈤，冞㈥入其岨。文皇帝㈦乃命有司，撰訪吳蜀地圖，蜀土既定，六軍所經，地域遠近，山川險易，征路迂㈧直，檢校圖記，罔或有差。今上攷禹貢山海川流，原隰阪澤，古之九州㈨，及今之十九州㈩，郡國縣邑，疆界鄉陬，及古國盟會舊名，水陸徑路，爲地圖十八篇。制圖之體有六焉：一曰分率，所以辨廣輪之度也。二曰準望，所以正彼此之體也，三曰道里，所以定所由之數也。四曰高下，五曰方邪，六曰迂直，此三者，各因地而制宜，所以校夷險之異也。

有圖象而無分率，則無以審遠近之差；有分率而無準望，雖得之于一隅，必失之于他；有準望而無道里，則施于山海絕隔之地，不能以相通；有道里而無高下方邪迂直之校，則徑路之數，必與遠近之實相違，失準望之正矣。故必以此六者參而攷之，然後遠近之實，定于分率；彼此之實，定于準望；徑路之實，定于道里；度數之實，定于高下方邪迂直之算，故雖有峻山鉅海之隔，絕域殊方之迥，登降詭曲之因，皆可得舉而定者。準望之法既正，則曲直遠近，無所隱其形也。

《題解》

晉書裴秀傳：秀爲司空，職在地官，以禹貢山川地名，從來久遠，多有變易。後世說者，或彊牽引，漸以暗昧；于是甄擿舊文，疑者則闕，古有名而今無者，皆隨事注列，作禹貢地域圖十八篇，此其篇首之序也。

《作者事略》

裴秀字季彥，河東聞喜人。魏尚書令潛子。大將軍曹爽辟爲掾，襲父爵清陽亭侯，遷黃門侍郎。爽誅坐免。延熙初，封濟川侯。晉武帝即王位，加給事中。及受禪，加左光祿大夫，尋爲司空。秦始七年卒，謚曰元。有集三卷。

《注釋》

㈠收秦之圖籍　漢書高帝紀：高祖元年冬，秦王子嬰降軹道旁，遂西入咸陽，蕭何盡收秦丞相府圖籍文書。又蕭何傳：沛公至咸陽，諸將皆爭走金帛財物之府分之，何獨先入收秦丞相御史律令圖書臧之。沛公具知天下阸塞戶口多少彊弱處民所疾苦者，以何得秦圖書也。

㈡分率　分率之義，以下文「所以辨廣輪之度」擬之，或即指分野而言。鄭玄周禮注：九州諸國之封域，於星有分，今可言者，十二次之分也。星紀吳越也。玄枵齊也。訾娵衛也。降婁魯也。大梁趙也。實沈晉也。鶉首秦也。鶉火周也。鶉尾楚也。壽星鄭也。大火宋也。析木燕也。

㊂準望　廣陽雜記：晉裴頠作準望，爲地圖之宗，惜其不傳於世。至宋朱思本縱橫界畫，以五十里爲一方，即準望之遺意。則所謂準望者，或即今經緯線也。

㊃外荒　此蓋指山海經而言也，山海經有海外東經、海外西經、海外南經、海外北經、大荒東經、大荒南經、大荒西經、大荒北經諸篇。

㊄庸蜀　書牧誓：「庸蜀羌髳微盧彭濮人。」孔傳：「庸在漢江之南。」春秋時滅於楚。秦置上庸縣，今湖北竹山縣東南。

㊅罙　深本字。

㊆文皇帝　司馬昭也。字子上。

㊇迂　曲也。

㊈九州　九州之說，禹貢、爾雅、周禮俱不相同。禹貢以兗、冀、青、徐、豫、荊、揚、雍、梁爲九州。爾雅以冀、豫、徐、雍、荊、揚、幽、兗、營爲九州。周禮以揚、荊、豫、青、兗、雍、幽、冀、并爲九州。或世易時移，而分置有異故也。

㊉十九州　晉書地理志：「晉武帝太康元年，既平孫氏，凡增置郡國二十有三，省司隸，置司州，別立梁、秦、寧、平四州，仍吳之廣州，凡十九州。」案十

九州即司州、冀州、兗州、豫州、荊州、徐州、揚州、青州、幽州、平州、并州、雍州、涼州、秦州、梁州、益州、寧州、交州、廣州是也。

演連珠　四首

陸　機

臣聞任重於力，才盡則困；用廣其器，應博則凶；是以物勝權而衡殆，形過鏡則照窮——故明主程㊀才以效業，貞臣底㊁力而辭豐。

臣聞鑑㊂之積也無厚，而照有重淵之深；目之察也有畔，而眡㊃周天壤之際；何則？應事以精不以形，造物以神不以器——是以萬邦凱樂，非悅鐘鼓之娛，天下歸仁，非感玉帛之惠。

臣聞音以比耳爲美，色以悅目爲歡；是以衆聽所傾，非假百里之操，萬夫婉孌，非俟西子之顏——故聖人隨世以擢佐，明主因時而命官。

臣聞遯㊄世之士，非受匏瓜之性；幽居之女，非無懷春之情；是以名勝欲，故偶影之操矜，窮愈達，故凌霄之節厲。

《題　解》

傅玄敍連珠曰：「所謂連珠者，興於漢章之世，班固賈逵傅毅三子，受詔作之。其文體辭麗而言約，不指説事情，必假喻以達其旨，而覽者微悟，合於古詩諷興之義，欲使歷歷如貫珠，故謂之連珠。」文選有陸士衡演連珠五十首，茲選四首。

《作者事略》

陸機字士衡，吳郡人。少爲牙門將軍，吳平，太傅楊駿辟爲祭酒，轉太子洗馬。尋爲趙王倫相國參軍，封關中侯，倫誅，坐徙邊，遇赦，成都王穎以機爲司馬，參大將軍軍事。河橋之敗，與弟雲及從弟耽並誅。有晉紀四卷，洛陽記一卷，集四十七卷。

《注釋》

㈠程　說文：程，品也。
㈡底　王肅尚書注：底，致也。
㈢鑑　廣雅曰：鑑謂之鏡。
㈣眂　同視。
㈤遯世　遯，隱也。周易曰：「遯世无悶。」

弔魏武帝文序

陸　機

元康㈠八年，機始以臺郎，出補著作。遊乎祕閣，而見魏武帝遺令，愾然歎息傷懷者久之！

客曰：夫始終者，萬物之大歸；死生者，性命之區域；是以臨喪殯而後悲，覩陳根㈡而絕哭；今乃傷心百年之際；興哀無情之地，意者無乃知哀之可有，而未識情之可無乎？

機答之曰：夫日食由乎交分㈢，山崩起於朽壤，亦云數而已矣。然百姓怪焉者，豈不以資高明之質，而不免卑濁之累，居常安之勢，而終嬰傾離之患故乎！夫以迴天倒日之力，而不能振形骸之內，濟世夷難㈣之智，而受困魏闕之下㈤；已而格乎上下者，藏於區區之木，光於四表者，翳乎蕞爾㈥之土，雄心摧於弱情，壯圖終於哀志，長算㈦屈於短日，遠跡㈧頓於促路。嗚呼！豈特瞽史之異闕景（九），黔黎之怪頹岸乎！

觀其所以顧命（一〇）家嗣，貽謀四子（一一），經國之略既遠，隆家之訓亦弘。又云：吾在軍中，持法是也。至小忿怒，大過失，不當效也。善乎達人之讜言（一二）矣！持姬女而指季豹（一三）以示四子曰：以累汝！因泣下，傷哉！曩以天下自任，今以愛子託人，同乎盡者無餘，而得乎亡者無存。然而婉孌（一四）房闥之內，綢繆家人之務，則幾乎密與。

又曰：吾婕妤（一五）妓人，皆著（一六）銅爵臺，於臺堂上施八尺牀繐帳（一七），朝晡上脯精之屬（一八），月朝十五，輒向帳作妓。汝等時時登銅爵臺，望吾西陵墓田。又云：餘香可分與諸夫人，諸舍中（一九）無所爲，學作履組（二〇）賣也。吾歷官所得綬，皆著藏中，吾餘衣裘，可別爲一藏，不能者，兄弟可共分之。既而竟分焉。亡者可以勿求，存者可以勿違；求與違不其兩傷乎？悲夫！愛有大而必失，惡有甚而必得，智惠不能去其惡，威力不能全其愛，故前識（二一）所不用心，而聖人罕言焉（二二）。若乃繫情累於外物，留曲念於閨房，亦賢俊之所宜廢乎！於是遂憤懣而獻弔云爾。

《題解》

三國志魏志：「建安二十五年春正月庚子武帝崩於洛陽，年六十六。遺令曰：天下尚未安定。葬畢，皆除服，其將兵屯戍者，皆不得離屯戍。有司各率乃職。斂以時服，無藏金玉珠寶。」晉惠帝元康八年，陸機見武帝遺令，乃作此文以弔。

《注釋》

㈠元康　晉惠帝年號。

㈡陳根　禮記：「朋友之墓有宿艸而不哭焉。」鄭玄曰：宿艸謂陳根也。

㈢交分　左氏昭二十一年傳：秋七月壬午朔，日有食之。公問於梓慎曰：是何物也，禍福何爲？對曰：二至二分，日有蝕之，不爲災。

㈣夷難　夷，平也，夷難謂平難。

㈤魏闕　許慎淮南子注曰：魏闕，王之闕也。

(六)蕞爾　小貌。

(七)長算　謂長計也。

(八)跡　功業也。

(九)瞽史之異闕景　史記周紀：天子親政，瞽史教誨。闕景指日食。

(一〇)顧命　臨終之命也。尚書有顧命篇。

(一一)四子　指文帝以下四王也。太祖崩，文帝受禪，封母弟彰爲中牟王，植爲雍丘王，庶弟彪爲白馬王，支弟豹爲侯。然太祖子在者，尚有十一人，今唯言四子者，蓋太祖崩時四子在側也。

(一二)讜言　善言也。

(一三)季豹　文選注引魏略：太祖社夫人生沛王豹及高城公主。按魏志沛王名林，建安十六年，封饒陽侯，武帝死時，林年已長，當非是。又趙王幹傳注引魏略曰：幹一名良，本陳妾子，良生而陳氏死，太祖令王夫人養之。良年五歲，而太祖疾困，遺令語太子，言此兒三歲亡母，五歲失父，以累汝也云云，是趙王幹事，文疑誤引。

(一四)婉孌　多情也。

(一五)婕妤　女官也。

㊅著　居也。

㊆繐帳　細疏布之帳也。

㊇朝晡上脯精之屬　晡申時也。脯，乾肉。精，乾飯。

㊈舍中　指衆妾也。

㊉履組　晏子春秋：景公爲履，飾以組，連以珠。案組，帶屬之小者。

㊁前識　猶言前哲也。

㊂罕言　論語：子罕言利與命與仁。

請修學校疏

王導

夫治化之本，在于正人倫；人倫之正，存乎設庠序；庠序設而五教㈠明，則德化洽通，彝倫攸敘㈡，有恥且格也。父子兄弟夫婦長幼之序順，而君臣之義固矣。易所謂正家而天下定者也。

故聖王「蒙以養正㈢，」少而教之，使化沾肌骨，習以成性，有若自然；日遷善遠罪而不自知，行成德立，然後裁之以位。雖王之嫡子，猶與國子㈣齒，使知道而後貴；其取才用士，咸先本之於學。故周禮「卿大夫獻賢能之書于王，王拜而受之，」所以尊道而貴士也。人知士之所貴，由乎道存，則退而修其身，修其身以及其家，正家以及于鄉，學于鄉以登于朝，反本復始，各求諸己；敦素之業著，浮僞之道息，教使然也。故以之事君則忠，用之蒞下則仁，即孟軻㈤所謂「未有仁而遺其親，義而後其君者也。」

自頃皇綱失統，禮教陵替，頌聲不興，于今二紀㈥。傳曰㈦：「三年不爲禮，禮必壞；三年不爲樂，樂必崩；」而況如此其久者乎。先進漸忘揖讓之容，後生唯聞金革之響，干戈日尋，俎豆不設，先王之道彌遠，華僞之風遂滋，非所以習民靖俗，端本抑末之謂也。

殿下㈧以命世之資，屬當傾危之運；禮樂征伐，翼成中興，將滌穢蕩瑕，撥亂反正㈨。誠宜經綸稽古，建明學校，闡揚六藝，以訓後生；使文武之道，墜而復興。方今小雅盡廢㈩，戎虜熖熾，節義陵遲，國恥未雪，忠臣義士所以扼腕拊心，禮樂政刑當並陳以俱濟也。苟禮義膠固，純風載洽，則化之所陶者廣，而德之所被者大；義之所屬者深，而威之所振者遠矣。由斯而進，則可朝服濟河，使帝典闕而復補，王綱弛而更張，饕餮⑪改情，獸心革面，揖讓而蠻夷服，緩帶而天下從，得乎其道者，豈難也哉。

故有虞舞干戚而三苗化⑫，魯僖作泮宮而淮夷平⑬，桓文⑭之霸，皆先教而復戰。今若聿遵前典，興復教道，使朝之子弟，並入于學，立德出身者，咸習之而後通，德路開而僞塗塞，則其化不肅而成，不嚴而治矣。選明博修禮之士，以爲之師，隆教貴道，化成俗定，莫尚於斯也。

《題解》

晉元帝承懷愍之後，喪亂屢經，禮樂散壞，建武初，驃騎將軍王導，因上此疏。此文據宋書禮志，晉書王導傳有删節。

《作者事略》

王導字茂弘，王敦從弟。少有風鑒，識量清遠；晉元帝爲琅玡王時，導知天下已亂，勸王收賢俊與共事，深見委仗，朝野號曰仲父。及即位，以爲丞相。時過江人士，每至暇日，相要出新亭宴飲；周顗中坐而歎曰風景不殊，舉目有河山之異，皆相視流涕。惟導變色曰：當共戮力王室，克復神京，何至作楚囚對泣耶？後受遺詔輔明帝，又受明帝遺詔輔成帝，歷事三朝。官至太傅，卒諡文獻。

《注釋》

㈠五教　五倫之教也，書：「敬敷五教。」

㈡彝倫攸敘　書洪範：「彝倫攸敘，」疏：「彝，常也。」

㈢蒙以養正　易蒙卦：「蒙以養正，聖功也。」姚配中引文王世子謂凡三王教世子，必以禮樂，樂所以修內，禮所以修外，禮樂交錯於中，發形於外；是所謂蒙以養正也。

㈣國子　公卿大夫之子弟也。周禮「以三德教國子。」

㈤孟軻　戰國鄒人，受學於子思之門人，著孟子七篇，其說尊王賤霸，重仁義，輕功利；此蓋梁惠王章語也。

㈥紀　十二年也。

㈦三年不爲禮……　語見論語。

㈧殿下　指晉元帝也。

㈨撥亂反正　公羊哀十四年傳：「撥亂世，反諸正，莫近於春秋。」注：撥，治也。

㈠小雅盡廢　詩小雅六月序曰：「小雅盡廢，則四夷交侵。」疏，謂廢者缺其義也。

㈡饕餮　惡獸名，此以喻強橫之北虜也。

㈢有虞舞干戚而三苗化　書大禹謨：「帝乃誕敷文德，舞干羽於兩階，七旬，有苗格。」韓詩外傳曰：「當舜之時，有苗不服。其不服者，衡山在南，岐山在北，左洞庭之陂，右彭澤之水，由此險也。以其不服，禹請伐之，而舜不許，曰：吾喻教猶未竭也，久喻教而有苗民請服。

㈢魯僖作泮宮而淮夷平　詩魯頌泮水序：「泮水頌僖公能修泮宮也。」正義曰：「泮宮，學名，能修其宮，又修其化，言民思往泮水，樂見僖公，至於克服淮夷，惡人感化，皆修泮宮所致。」

㈣桓文　指齊桓公與晉文公也。

遺石勒書

劉琨

將軍發跡河朔㈠，席捲兗豫㈡，飲馬江淮，折衝漢沔，雖自古名將，未足爲喻。所以攻城而不有其人，略地而不有其土，翕爾雲合，忽復星散，將軍豈知其然哉！存亡決在得主，成敗要在所附，得主則爲義兵，附逆則爲賊衆。義兵雖敗，而功業必成，賊衆雖剋，而終歸殄滅。昔赤眉黃巾㈢，橫逸宇宙，所以一旦敗亡者，正以兵出無名，聚而爲亂。

將軍以天挺之質，威振宇內，擇有德而推崇，隨時望而歸之，勳義堂堂，長享遐貴，背聰㈣則禍除，向主則福至，採納往誨，翻然改圖，天下不足定，蟻寇不足掃。今相授侍中，持節車騎大將軍，領護匈奴中郎將襄城郡公，總內外之任，兼華夷之號，顯封大郡，以表殊能，將軍其受之！副遠近之望也。

自古以來，誠無戎人以爲帝王者；至於名臣建基業者，則有之矣。今之遲想

㈤，蓋以天下大亂，當須雄才，遙聞將軍攻城野戰，合於機神，雖不視兵書，闇與孫吳同契㈥，所謂「生而知之者上，學而知之者次。」但得精騎五千，以將軍之才，何向不摧，至心實事，皆張儒所具㈦。

《題　解》

晉書載紀：「初，石勒被鬻平原，與母王相失，劉琨遣張儒送王於勒，遺勒書云云。勒報琨曰：事功殊途，非腐儒所聞，君當逞節本朝，吾自夷難爲效，遺琨名馬珍寶，厚賓其使，謝歸以絕之。」所稱遺石勒之書，即此書也。

《作者事略》

劉琨字越石，中山魏昌人。少與祖逖俱以雄豪名，常同寢，中夜聞雞鳴，逖蹴琨覺曰：此非惡聲也，皆起舞。後聞逖被用勝敵，曰：吾枕戈待旦，志梟逆虜，常恐祖生先吾著鞭，其意氣相期如此。惠帝時爲范陽王虓司馬，斬石超，降呂郎。愍帝時拜都督并冀幽三州軍事。元帝時轉侍中太尉，後爲段匹磾所害，謚愍。

《注釋》

㈠河朔　石勒上黨武鄉人，武鄉在今山西榆杜縣西，故曰河朔。

㈡席捲兗豫　晉書惠帝末，兗州闔境，淪沒石勒；永嘉之亂，豫州淪沒石氏。又南寇襄陽，攻陷江西，故曰「飲馬江淮，折衝漢沔」也。

㈢赤眉黃巾　後漢書劉盆子傳：「琅玡人樊崇，起兵於莒，恐其衆與莽兵亂，乃朱其眉以相識別，號曰赤眉。」靈帝紀：「鉅鹿人張角，其部師有三十六萬，皆著黃巾，同日反叛。」

㈣聰　指劉聰也。下文主指晉主。

㈤遲想　遲，待也。辛曠贈皇甫謐詩：「顒顒朝士，亦孔其依，莫不遲想，載渴載飢。」

㈥闇與孫吳同契　闇同暗，孫吳謂孫武吳起也。

㈦皆張儒所具　張儒，奉使之人，言此至心實事，俱由張儒陳說，可詳詢也。

答盧諶書

劉琨

損書及詩，備辛酸之苦言，暢經通①之遠旨，執玩反覆，不能釋手，慨然以悲，歡然以喜。昔在少壯，未嘗檢括②，遠慕老莊之齊物③，近嘉阮生之放曠④，怪厚薄何從而生，哀樂何緜而至。自頃輈張⑤，困於逆亂，國破家亡⑥，親友凋殘；塊然獨坐，則哀憤兩集，負杖行吟，則百憂俱至。時復相與舉觴對膝，破涕爲笑。排終身之積慘，求數刻之暫歡，譬緜疾疢彌年⑦，而欲一丸⑧銷之，其可得乎？

夫才生於世。世實須才，和氏之璧，焉得獨曜於郢握⑨，夜光之珠，何得專玩於隨掌⑩，天下之寶，固當與天下共之。但分析之日，不能不悵恨耳；然後知聃周之爲虛誕，嗣宗之爲妄作也。昔騄驥倚輈於吳坂⑪，長鳴於良樂⑫，知與不知也，百里奚愚於虞而智於秦⑬，遇與不遇也，今君遇之矣，勖⑭之而已。不復屬意於文，二十餘年矣，久廢則無次，想必欲其一反㈤，故稱指送一篇，適足以彰來詩之益美耳。

《題解》

盧諶字子諒，盧志之子。好莊老，善屬文。洛陽既沒，北依劉琨為司空從事中郎，建興末，隨琨投遼西段匹磾，求為匹磾別駕，牋詩與琨，故琨答以此書。

《注釋》

㈠經通　謂守經而又通變也。

㈡檢括　檢，省察也。括，約束也。

㈢老莊之齊物　老莊指老聃莊周，莊子有齊物論。

㈣阮生之放曠　阮生指阮籍也。晉書・籍放誕不拘禮教。

㈤𨎥張　驚懼之貌。

㈥國破家亡　劉聰遣從弟曜攻晉，破洛陽，遣子粲破長安，是國破也。太原太守高喬，以郡降聰，琨父母並遇害，是家亡也。

㈦疾，疢彌年　疢猶病也。彌年，終年也。

㈧一丸　論衡：「布一丸之艾，於血脈之蹊，而篤病有瘳。」

㈨郢握　韓非子：楚人和氏，抱璧哭於楚山之下，文王使玉人理其璞而得寶焉，遂命曰和氏璧。郢，楚都，郢握，郢人之手也。

㈩隨掌　淮南子高注：隨侯見大蛇傷斷，以藥敷之，後蛇于夜中，銜大珠以報之。

⑪騄驥倚輈於吳坂　騄驥，駿馬名。輈，轅也。張衡思玄賦：「馬倚輈而徘徊。」吳坂在山西安邑縣東南，相傳爲伯樂遇騏驥駕鹽車之地。

⑫良樂　王良伯樂也，並古之善御馬者。

⑬百里奚……　百里奚始爲虞臣，虞亡，入秦，佐穆公成霸業。

⑭勖　勉也。

⑮反　指答書及和詩也。

爾雅序

郭　璞

夫爾雅者，所以通詁訓㈠之指歸，敍詩人之興詠，總絕代之離詞㈡，辯同實而殊號者也，誠九流之津涉㈢，六藝之鈐鍵㈣，學覽者之潭奧㈤，摛翰㈥者之華苑也。若乃可以博物不惑，多識於鳥獸草木之名者，莫近於爾雅。爾雅者，蓋興於中古㈦，隆於漢氏，豹鼠既辯㈧，其業亦顯。英儒贍聞之士。洪筆麗藻之客，靡不欽玩耽味，爲之義訓。璞不揆檮昧㈨，少而習焉，沉研鑽極，二九載㈩矣，雖注者十餘(十一)，然猶未詳備，並多紛謬，有所漏略，是以復綴集異聞，會稡(十二)舊說，考方國(十三)之語。采謠俗之志，錯綜樊孫(十四)，博關羣言，剟其瑕礫(十五)。搴其蕭稂，事有隱滯，援據徵之，其所易了，闕而不論，別爲音圖，用祛(十六)未寤。輒復擁篲清道(十七)，企望塵躅(十八)者，以將來君子，爲亦有涉乎此也。

《題解》

爾雅，書名，今列爲十三經之一。有釋詁釋言釋訓釋親釋官釋器釋樂釋天釋地釋丘釋山釋水釋草釋木釋蟲釋魚釋鳥釋獸釋畜凡十九篇，訓詁名物，通古今之異言，爲五經之錧鎋，書爲何人所作，先儒迄無定論，璞爲之注，此其序也。

《作者事略》

郭璞字景純，河東聞喜人。博學高才，詞賦爲東晉之冠，性放散不修威儀，元帝甚重之，以爲著作佐郎，遷尚書郎。後轉王敦記室參軍，敦謀逆，爲敦所害。嘗注爾雅山海經三蒼方言穆天子傳楚辭及子虛上林二賦，都數十萬言。

《注釋》

㈠詁訓　猶言注釋。詁，古也，通古今之言使人知也。訓，道也，道事物之狀以告人也。

㈡離詞　猶言異詞也。

㈢九流之津涉　九流，謂陰陽、儒、道、墨、名、法、農、縱橫、雜家是也。津涉者，濟渡之處。

㈣六藝之鈐鍵　六藝，易詩書禮樂春秋也。鈐鍵，鎖鑰也。

㈤潭奧　深密之地。

㈥摛翰　猶作文也，掇其英華，若園苑然，故曰華苑。

㈦興於中古　相傳爾雅周公始作，而孔門成之，故曰興於中古。此蓋與「易之興也，其于中古乎」同義。

㈧豹鼠既辯　漢武帝時，孝廉郎終軍，既辯豹文之鼠，人服其博物，故爭相傳授，爾雅之業，於是遂顯。

㈨不揆檮昧　檮昧，無知之貌。揆，度也。

㈡二九載　蓋十八年也。

㈡注者十餘　據陸德明經典釋文敍錄，犍爲文學注三卷，劉歆注三卷，樊光注六卷，李巡注三卷，孫炎注三卷，五家而已。又五經正義引有某氏謝氏顧氏，今郭璞言十餘者，典籍散亡，已無可考。

㈢會稡　收聚也。

㈢方國　四方之國也。

㈣樊孫　指樊光孫炎二家之注也。

㈤剟其瑕礫　剟，削也。瑕礫，謂非精品。

㈥祛　除也。

㈦篲　帚也。

㈧塵躅　塵路躅跡也。

蘭亭集序

王羲之

永和九年，歲在癸丑，暮春之初，會於會稽山陰之蘭亭，修禊㈠事也。羣賢畢至，少長咸集，此地有崇山峻嶺，茂林修竹；又有清流激湍㈡，映帶左右，引以爲流觴曲水，列坐其次㈢。雖無絲竹管絃之盛，一觴一詠，亦足以暢敘幽情。是日也，天朗氣清，惠風和暢，仰觀宇宙之大，俯察品類之盛，足以游目騁懷，極視聽之娛，信可樂也。

夫人之相與，俯仰一世，或取諸懷抱，晤言一室之內，或因寄所託，放浪形骸之外，雖取舍萬殊，靜躁不同，當其欣於所遇，暫得於己，快然自足，曾不知老之將至，及其所之既倦，情隨事遷，感慨係之矣！向之所欣，俛仰之間，已爲陳跡，猶不能不以之興懷，況修短㈣隨化，終期於盡，古人云：「死生亦大矣㈤。」豈不痛哉！

每覽昔人興感之由，若合一契，未嘗不臨文嗟悼，不能喻之於懷；因知一死生爲虛誕，齊彭殤㈥爲妄作，後之視今，亦猶今之視昔，悲夫！故列敍時人，錄其所述㈦，雖世殊時異，所以興懷，其致一也；後之覽者，亦將有感於斯文。

《題　解》

蘭亭在今浙江紹興縣之西南，地有蘭渚，渚有亭，晉穆帝永和九年，羲之與太原孫統孫綽廣漢王彬之陳郡謝安高平郄曇太原王蘊釋支遁并其子凝之徽之等四十一人，以上巳日修祓禊之禮於此，因作蘭亭集序。

《作者事略》

王羲之字逸少，會稽人。曠子。初爲祕書郎，累遷長史，拜寧遠將軍，江州刺史，遷右軍將軍，會稽內史，故世稱王右軍。草隸爲古今冠，臨池學書，池水盡黑。性愛鵝，爲山陰道士寫道德經畢，籠鵝以歸。後與揚州刺史王述不睦，去官稱病，與東土人士，盡山水之遊，以弋釣自娛。卒年五十九，有集十卷。

《注釋》

㈠修禊　晉俗，於三月上巳之日，臨水灌濯以袚除不祥，謂之修禊。

㈡激湍　波流瀠洄之貌。

㈢流觴曲水……　古人修禊曲水，與會者散列兩旁，投觴於水之上游，聽其下流，止於某處。則其人取而飲之，文即指此。

㈣修短　修，長年也。短，謂夭也。

㈤死生亦大矣　孔子語，見莊子德充符篇。

㈥齊彭殤　彭指彭祖，壽八百歲。殤，未成人而夭死者。莊子齊物論曰：「子惡乎知夫死者不悔其始之蘄生乎？」又曰：「莫壽乎殤子，而彭祖爲夭。」此齊彭殤之說也。

㈦所述　指與會諸人所賦之詩也。

老子疑問反訊（節錄）

孫盛

「天下皆知美之爲美，斯惡已；皆知善之爲善，斯不善已㈠。」盛以爲美惡之名，生乎美惡之實；道德淳美，則有善名，頑嚚㈡聾昧，則有惡聲。故易曰：「惡不積，不足以滅身㈢。」又曰：「美在其中，而暢于四支，發于事業㈣。」又曰：「韶盡美矣，未盡善也㈤。」然則大美大善，天下皆知之，何得云斯惡乎！若虛美非美，爲善非善，所美過美，所善違中，若此，皆世教所疾，聖王奮誡，天下亦自知之。

「三者㈥不可致詰，混然爲一，繩繩㈦兮不可名，復歸于無物，無物之象，是謂怳惚。」下章云：「道之爲物，惟怳惟惚；惚兮怳兮，其中有象，怳兮惚兮，其中有物。」此二章，或言無物，或言有物，先有所不宜也。

「執古之道，以御今之有㈧。」下章「執者失之，爲者敗之。」而復云「執古之道，以御今之有。」或執或否，得無陷矛盾之論乎？

「絕聖棄知，民利百倍。」孫盛曰：「夫有仁聖，必有仁聖之德跡，此而不崇，則陶訓焉融，仁義不尚，則孝慈道喪。老氏既云絕聖，而每章輒稱聖人，既稱聖人，則迹焉能得絕；若所欲絕者，絕堯舜周孔之迹，則所稱聖者，爲是何聖之迹乎？即如其言，聖人有宜滅其迹者，有宜稱其迹者；稱滅不同，吾誰適從。『絕仁棄義，民復孝慈。』若如此談，仁義不絕，則不孝不慈矣。復云：『居善地，與㈨善仁。』不審與善仁之仁，是向所云欲絕者非邪？如其是也，則不宜復稱述矣！如其非也，則未詳二仁之義，一仁宜絕，一仁宜明，此又所未達也。」「王侯得一以爲天下貞。」貞正也。下章云：「孰知其極，其無正。正復爲奇，善復爲妖。」尋此二章，或云天下正，或言無正，既云：「善人不善人師。」而復云爲妖，天下之善一也，而或師或妖；天下之正道一也，而云正復爲奇；斯反鄙見所未能通也。

《題解》

此文見廣弘明集卷五，蓋就老子之文，加以反駁，而抉其矛盾之處者，晉世談玄之風盛行，以老莊爲指歸，玆選五節，以見其反對思想之一斑。

《作者事略》

孫盛字安國，孫統從弟。歷參陶侃庾亮庾翼桓溫軍事。從溫平蜀，封安懷縣侯，遷從事中郎。從平洛，進封吳昌縣侯，補長沙太守，加給事中。卒年七十二，有魏氏春秋二十卷，晉陽秋三十二卷，集十卷。

《注釋》

㈠天下皆知美之爲美……：此老子第二章文也。

㈡嚚　音銀，左傳：「口不道忠信之言爲嚚。」

㊂惡不積…… 此易繫辭文也。

㊃美在其中…… 此易坤卦文也。

㊄韶盡美矣…… 此論語八佾文也。

㊅三者不可致詰 老子第十四章曰：「視之不見名曰幾，聽之不聞名曰希，搏之不得名曰微，此三者不可致詰。」傅奕曰：幾者，幽而無象也。

㊆繩繩 猶綿綿不絕也。

㊇有 劉師培曰：「有即域之假借字，詩商頌烈祖：『奄有九有』毛傳：九域，九州也。國語楚語：『共工氏之伯九有也。』韋注：有域也。並其證。」

㊈與 猶相與也。

安身論

潘尼

蓋崇德莫大乎安身，安身莫尚乎存正，存正莫重乎無私，無私莫深乎寡欲。是以君子安其身而後動，易其心而後語，定其交而後求，篤其志而後行。然則動者，吉凶之端也，語者，榮辱之主也，求者，利病之幾也，行者，安危之決也。故君子不妄動也，動必適其道；不徒語也，語必經于理；不苟求也，求必造于義；不虛行也，行必由于正；夫然，用能免或擊之凶，享自天之祐。故身不安則殆，言不從則悖，交不審則惑，行不篤則危，四者行乎中，則患憂接乎外矣。憂患之接，必生于自私，而興于有欲，自私者，不能成其私；有欲者，不能濟其欲；理之至也。欲苟不濟，能無爭乎；私苟不從，能無伐乎；人人自私，家家有欲，衆欲並爭，羣私交伐；爭則亂之萌也，伐則怨之府也，怨亂既構，危害及之，得不懼乎？

然棄本要末之徒，戀進忘退之士，莫不飾才銳智，抽鋒擢穎，傾側乎勢利之交，馳騁乎當塗㈠之務，朝有彈冠㈡之朋，野有結綬㈢之友，黨與熾于前，榮名扇其後，握權則赴者鱗集，失寵則散者瓦解，求利則託刎頸㈣之懽，爭路則構刻骨㈤之隙；于是浮僞波騰，曲辯雲沸，寒暑殊聲，朝夕異价，駑蹇㈥希奔放之迹，鈆刀㈦競一割之用；至于愛惡相攻，與奪交戰誹謗★嗒㈧，毀譽縱橫，君子務能，小人伐技，風頹于上，俗弊于下，禍結而恨爭也不彊，患至而悔伐之未辨，大者傾國喪家，次則覆身滅祀，其故何邪？豈不始于私欲，而終于爭伐哉！

君子則不然，知自私之害公也，故後外其身；知有欲之傷德也，故遠絕榮利；知爭競之遘災也，故犯而不挍㈨；知好伐之招怨也，故有功而不德。安身而不爲私，故身正而私全；慎言而不適欲，故言濟而欲從；定交而不求益，故交立而益厚；謹行而不求名，故行成而名美。止則立乎無私之域，行則由乎不爭之塗，必將通天下之理，而濟萬物之性；天下猶我，故與天下同其欲，己猶萬物，故與萬物同其利。夫能保其安者，非謂崇生生之厚，而耽逸豫之樂也，不忘危而已。有期進者，非謂窮貴寵之榮，而藉名位之重也，不忘退而已。存其治者，非謂嚴刑政之威，而明司察之禁也，不忘亂而已。故寢蓬室，隱陋巷，披短褐，茹藜藿，環堵而居，易衣而出，苟存乎道，非不安也；雖坐華殿，載文軒，服黼繡，御方丈，重門而處，成列而行，不得與之齊榮。用天時，分地利，甘布衣，安藪澤，沾體塗足，耕而後食，苟崇乎德，非不進也；雖居高位，饗重祿，執權衡，握機祕，功蓋當時，勢侔人主，不得與之比逸。遺意慮，没才智。忘肝膽，棄形器，貌若無能，志若不及，苟正乎心，非不治也；雖繁計策，廣術藝，審刑名，峻法制，文辯流離㊀，議論絕世，不得與爭功。故安也者，安乎道者也；進也者，進乎德者也；治也者，治乎心者也；未有安身而不能保國家，進德而不能處富貴，治心而不能治萬物者也。

然思危所以求安，慮退所以能進，懼亂所以保治，戒亡所以獲存也。若乃弱志虛心，曠神遠致，徙倚乎不拔之根㊁，浮遊乎無垠之外㊂，不自貴于物而物宗焉，不自重于人而人敬焉，可親而不可慢也，可尊而不可遠也，親之如不足，天下莫之能狎也，舉之如易勝，而當世莫之能困也，達則濟其道而不榮也，窮則善其身而不悶也，用則立于上而非爭也，舍則藏于下而非讓也；夫榮之所不能動者，則辱之所不能加也；利之所不能勸者，則害之所不能嬰㊂也；譽之所不能益者，則毀之所不能損也；今之學者，誠能釋自私之心，塞有欲之求，杜交爭之原，去矜伐㈣之態，動則行乎至通之路，靜則入乎大順之門，泰則翔乎寥廓㈤之宇，否則淪乎渾冥㈥之泉；邪氣不能干其度，外物不能擾其神，哀樂不能盪其守，死生不能易其真，而以造化爲工匠，天地爲陶鈞㈦，名位爲糟粕，勢利爲埃塵；治其內而不飾其外，求諸己而不假諸人；忠肅以奉上，愛敬以事親，可以御一體，可以牧㈧萬民，可以處富貴，可以居賤貧，經盛衰而不改，則庶幾乎能安身矣。

《題解》

晉書潘尼傳：「尼少有清才，與岳俱以文章見知，性靜退不競，惟以勤學著述爲事，著安身論以明所守。」

《作者事略》

潘尼字正叔，潘岳從子，漢尚書右丞勖孫。太康中，舉秀才，爲太常博士。元康初，拜太子舍人，入補尚書郎，轉著作郎。趙王倫篡位，引疾去。齊王冏引爲參軍，封爲安昌公，歷黃門侍郎，侍中，祕書監。永興末爲中書令。永嘉中，遷太常卿。洛陽沒，攜家回里，道病卒。有集十卷。

《注釋》

㊀當塗　謂當道也。

㊁彈冠　漢書：王陽在位，貢公彈冠。言貢禹與王吉爲友，吉既貴顯，貢禹亦將仕宦也。

㊂結綬　綬，所以承受印環也。後漢輿服志秦以采組連結於璲，光明章表，轉相結受，故謂之綬。漢蕭育與朱博友善，著聞當世，故長安語曰：蕭朱結綬，王貢彈冠。

㊃刎頸　史記：廉頗因賓客至相如門謝罪，卒爲刎頸之交。言以性命相許也。

㊄刻骨　後漢書：刻骨定分，有死無二。喻深切而不能忘也。

㊅駑蹇　謂馬之無用者也。

㊆鈆刀　謂刀之不利者也。後漢書班超上疏請兵曰：昔魏絳列國大夫，尚能和

輯諸戎，況臣奉大漢之威，而無鉛刀一割之用乎？

(八)噂沓　噂，子損切，說文：聚語也。沓，徒合切，又通沓。詩小雅：「噂沓背憎。」箋謂相對談語，背則相憎逐也。

(九)犯而不校　論語泰伯：「曾子曰：以能問于不能，以多問于寡，有若無，實若虛，犯而不校。」包注：校，報也，言見侵犯而不報也。

(一〇)流離　即陸離也。揚雄賦：曳紅采之流離。

(一一)徙倚……　徙倚，低徊也。不拔之根，喻有定志也。

(一二)無垠之外　所以喻曠神遠致也。

(一三)嬰　加也。

(一四)伐　誇也。

(一五)寥廓　顏師古漢書注：天上寬廣之處。

(一六)渾溟　史記自序：「渾渾冥冥。」注：謂元氣神著之貌也。

(一七)天地爲陶鈞　顏師古漢書注：「陶家名轉者爲鈞，蓋取周回調鈞耳。」言天地之大，亦猶陶者之轉鈞耳。

(一八)牧　養也。以牧人之養畜，喻在上者之治民，故曰牧民。管子有牧民篇，即取此義。

條諸葛亮五事

郭沖

其一事曰：亮刑法峻急，刻剝百姓，自君子小人，咸懷怨歎。法正諫曰：「昔高祖入關，約法三章，秦民知德。今君假借威力，跨踞一州，初有其國，未垂惠撫；且客主之義㊀，宜相降下，願緩刑弛禁，以慰其望。」亮答曰：「君知其一，未知其二；秦以無道，政苛民怨，匹夫大呼，天下土崩，高祖因之，可以弘濟。劉璋暗弱，自焉㊁以來，有累世之恩，文法羈縻，互相承奉，德政不舉，威刑不肅，蜀土人士，專權自恣，君臣之道，漸以陵替。寵之以位，位極則賤；順之以恩，恩竭則慢；所以致弊，實由于此。吾今威之以法，法行則知恩；限之以爵，爵加則知榮。榮恩並濟，上下有節，爲治之要，于斯而著。」

其二事曰：曹公遣刺客見劉備，方得交接，開論伐魏形勢，甚合備計；稍欲親近，刺者尚未得便會；既而亮入，魏客神色失措，亮因而察之，亦知非常人；

須臾，客如廁，備謂亮曰：「向得奇士，足以助君補益。」亮問所在，備曰：「起者其人也！」亮徐歎曰：「觀客色動而神懼，視低而忤數，奸形外漏，邪心內藏，必曹氏刺客也。」追之，已越牆而走。

三事曰：亮屯于陽平，遣魏延諸軍，并兵東下，亮惟留萬人守城。晉宣帝率二十萬衆拒亮，而與延軍錯道，徑至前當亮六十里所，偵候白宣帝說亮在城中，兵少力弱，亮亦知宣帝垂至，已與相逼，欲前赴延軍，相去又遠，回迹反追，勢不相及，將士失色，莫知其計，亮意氣自若，敕軍中皆臥旗息鼓，不得妄出菴幔㊂，又令大開四城門，掃地卻灑，宣帝常謂亮持重，而猥見勢弱，疑其有伏兵；于是引軍北趣山，明日食時，亮謂參佐拊掌大笑曰：「司馬懿必謂吾怯，將有彊伏，循山走矣。」候邏還白，如亮所言，宣帝後知，深以爲恨。

四事曰：亮出祁山，隴西南安二郡應時降；圍天水，拔冀城，虜姜維㊃，驅略士女數千人。還，蜀人皆賀亮，亮顏色愀然有戚容，謝曰：「普天之下，莫非漢民，國家威力未舉，使百姓困于豺狼之吻；一夫有死，皆亮之罪，以此相賀，能不爲愧！」于是蜀人咸知亮有吞魏之意，非惟拓境而已。

五事曰：魏明帝自征蜀，幸長安，遣宣王督張郃諸軍雍涼勁卒三十餘萬，潛軍密進，規向劍閣。亮時在祁山，旌旗利器，守在險要，十二更下在者八萬㈤。時魏軍始陳㈥，幡兵適交，參佐咸以賊衆强盛，非力所制，宜權停下兵一月，以并聲勢。亮曰：「吾統武行師，以大信爲本，『得原失信』㈦，古人所惜；去者束裝以待期，妻子鶴望而計日，雖臨征難，義所不廢。」皆催遣令去。于是 去者感悅，願留一戰；住者憤踊，思致死命。相謂曰：「諸葛公之恩，死猶不報也！」臨戰之日，莫不拔刀爭先，以一當十。殺張郃，卻宣王，一戰大克，此信之由也。

《題解》

蜀志諸葛亮傳注引王隱蜀記云：「晉初扶風王駿鎮關中，司馬高平劉寶，長史滎陽桓隰，諸官屬士大夫，共論諸葛亮；于是譚者多譏亮託身非所，勞困蜀民，力小謀大，不能度德量力。金城郭沖以爲亮權智英略，有踰管晏，功業未濟，論者惑焉；條亮五事，隱歿不聞於世者。寶等亦不能復難，扶風王慨然善沖之言。

《作者事略》

郭沖金城人，魏東安太守智之子。扶風王駿鎮關中，以爲僚屬，遷代郡太守。

《注釋》

㈠主客之義　漢獻帝建安十六年，益州牧劉璋遣法正將四千人迎先主，正因陳益州可取之策。至十九年夏，雒城破，進圍成都，數十日，璋出降。此蓋劉備新定益州之後，故云客主也。

㈡焉　蜀志劉焉字君郎，江夏竟陵人，漢魯恭王之後。子璋字季玉

㈢菴幔　指駐兵之艸舍及營幕也。

㈣姜維　字伯約，天水人。建興六年，諸葛亮軍向祁山，天水太守聞蜀軍垂至，疑維等皆有異心，夜亡保上邽，閉不納維等，維等乃俱詣諸葛亮。

㈤十二更下在者八萬　謂士卒之應交替者有八萬也。

㈥陳　通陣。

㈦得原失信　左傳僖公二十五年冬，晉侯圍原，命三日之糧，原不降，命去之。諜出曰：「原將降矣。」軍吏曰：「請待之。」公曰：「信，國之寶也，民之所庇也，得原失信，何以庇之？所亡滋多。」退一舍而原降。遷原伯貫于冀。

解尚書表

殷仲文

臣聞洪波振壑，川無恬鱗㈠，驚飈㈡拂野，林無靜柯；何者？勢弱則受制於巨力，質微則莫以自保，於理雖可得而言，於臣實非所敢喻。昔桓玄之世㈢，誠復驅迫者衆，至於愚臣，罪實深矣！進不能見危授命，忘身殉國；退不能辭粟首陽㈣，拂衣高謝。遂乃宴安昏寵，叨味僞封，錫文篡事㈤，曾無獨固，名義以之俱淪，情節自玆兼撓，宜其極法，以判忠邪。

鎮軍臣裕㈥，匡復社稷，大弘善貸；佇一戮於微命，申三驅於大信㈦，既惠之以首領，復引之以縶維㈧。于時皇輿否隔，天人未泰，用忘進退，惟力是視，是以黽勉從事，自同全人。今宸極反正，惟新告始，憲章既明，品物思舊，臣亦胡顏之厚，可以顯居榮次；乞解所職，待罪私門，違謝闕庭，乃心愧戀，謹拜表以聞。

《題解》

晉書：桓玄之姊，仲文之妻也。玄平京師，棄郡投玄，玄以爲咨議參軍。玄將爲亂，使仲文總領詔命。及玄爲劉裕所敗，隨玄西走，至巴陵，因奉二后投義軍，而爲鎮軍長史，轉尚書。帝初反正，仲文乃抗表自解尚書。即此文也。

《作者事略》

殷仲文，殷覬之弟，陳郡人。少有才藻，美容貌，諂事桓玄，玄誅，爲鎮軍長史，何無忌中傷之，義熙三年見殺。

《注釋》

㈠恬　安也。

㈡驚飈　暴風也。

㈢桓玄　字敬道，溫之孽子。玄自知怨滿天下，欲速定簒逆，殷仲文卞範之等；又共促之，諷帝禪位，劉裕何無忌劉毅等，率義軍而進，益州都督馮遷斬玄，亂乃平。

㈣退不能辭粟首陽　指伯夷叔齊，恥食周粟，餓死首陽山事。

㈤錫文簒事　晉書桓玄傳：「玄矯詔爲楚王加九錫，仲文之辭也。既至姑熟，羣臣勸進，遂簒位。」

㈥裕　指劉裕，時爲鎮軍將軍，桓玄簒逆，裕討平之。

㈦申三驅於大信　易：「王用三驅失前禽。」注，禽惟向己背己趣己，故左右及後皆驅之。此喻仲文之被赦，如三驅之開一面之網也。

㈧縶維　留賢之意，見詩白駒。

記薛靈芸

王　嘉

文帝㈠所愛美人，姓薛，名靈芸，常山㈡人也。父名鄴，爲酇鄉亭長。母陳氏，隨鄴舍於亭傍，居生窮賤，至夜，每聚鄰婦夜績，以麻蒿自照。靈芸年至十五，容貌絕世，鄰中少年，夜來竊窺，終不得見。咸熙㈢元年，谷習出守常山郡，聞亭長有美女，而家甚貧。時文帝選良家子女，以入六宮㈣，習以千金寶賂聘之。既得，乃以獻文帝。靈芸聞別父母，歔欷累日，淚下霑衣，至升車就路之時，以玉唾壺㈤承淚。壺則紅色；既發常山，及至京師，壺中淚凝如血。帝以文車十乘迎之，車皆鏤金爲輪輞㈥，丹畫其轂軛㈦，前有雜寶爲龍鳳，銜百子鈴，鏘鏘和鳴，響於林野，駕青色之牛，日行三百里，此牛尸塗國所獻，足如馬蹄也。道側燒石葉之香，此石重疊，狀如雲母，其光氣辟惡厲之疾，此香腹題國所進也。

靈芸未至京師數十里，膏燭之光，相續不滅，車徒咽路，塵起蔽於星月，時人謂爲塵宵。又築土爲臺，基高三十丈，列燭於臺下。名曰燭臺，遠望如列星之墜地。又於大道之傍，一里一銅表，高五尺，以誌里數。故行者歌曰：「青槐夾道多塵埃，龍樓鳳闕望崔嵬，清風細雨雜香來，土上出金火照臺。」此七字是妖辭也！爲銅表誌里數於道側，是土上出金之義，以燭置臺下，則火在土下之義，漢火德王，魏土德王，火伏而土興，土上出金，是魏滅而晉興也。

靈芸未至京師十里，帝乘雕玉之輦，以望車徒之盛，嗟曰：「昔者言，朝爲行雲，暮爲行雨㈧，今非雲非雨，非朝非暮。」改靈芸之名曰夜來。入宮後，居寵愛，外國獻火珠龍鸞之釵，帝曰：「明珠翡翠，尚不能勝，況乎龍鸞之重。」乃止不進。夜來妙於鍼工，雖處於深帷之內，不用燈燭之光，裁製立成。非夜來縫製，帝則不服，宮中號爲鍼神。

《題解》

拾遺記十卷，苻秦王嘉撰。書本二百二十二篇。經亂亡殘，梁蕭綺爲之補綴。隋唐志並作二卷。蓋倣郭憲洞冥記而作，其言荒誕，證以史傳皆不合，如皇娥讌歌之事，趙高登仙之說，或上誣古聖，或下獎賊臣，蕭綺雖于此書搜羅補綴，亦無所糾正。然歷代詞人，取材不竭，亦劉勰所謂事豐奇偉，辭富膏腴，無益經典，有助文章者歟。今選其記薛靈芸記翔風二篇。

《作者事略》

王嘉字子年，隴西安陽人。清虛服氣，不與世人交，鑿崖穴居，弟子數百人，苻堅累徵不起。言未然之事皆驗，後爲姚萇所殺。事見晉書藝術傳。

《注釋》

㈠文帝　舊說俱以爲三國魏文帝曹丕，惟此文言及咸熙事則似指晉太祖文帝司馬昭。姑誌之以存疑。

㈡常山　在今直隸元氏縣西北。

㈢咸熙　魏元帝年號。

㈣六宮　周禮注：皇后正寢一，燕寢五，是爲六宮，夫人以下分居焉。

㈤唾壺　承唾之壺也。

㈥輞　音罔，車輪之外周也。

㈦軛　音厄，車衡兩端，作缺月形，以扼馬頸者。

㈧朝爲行雲暮爲行雨　見宋玉高唐賦。

記翔風

王　嘉

石季倫㈠愛婢名翔風，魏末於胡中得之，年始十歲，使房內養之。至十五，無有比其容貌，特以姿態見美，妙別玉聲，巧觀金色。石氏之富，方比王家，驕侈當世，珍寶奇異，視如瓦礫，積如糞土，皆殊方異國所得，莫有辯識其出處者；乃使翔風別其聲色，悉知其處，言：「西方北方，玉聲沈重而性溫潤，佩服者益人性靈；東方南方，玉聲輕潔而性清涼，佩服者利人精神。」石氏侍人美豔者數千人，翔風最以文辭擅愛；石崇嘗語之曰：「吾百年之後，當指白日以汝爲殉。」答曰：「生愛死離，不如無愛，妾得爲殉，身其何朽！」於是彌見寵愛。崇常擇美容姿相類者十人，裝飾衣服，大小一等，使忽視不相分別，常侍於側。使翔風調玉以付工人，爲倒龍之珮，縈金爲鳳冠之釵——言刻玉爲倒龍之勢，鑄金釵象鳳皇之冠，——結袖繞楹而舞，晝夜相接，謂之恆舞。欲有所召，不呼姓名，悉聽珮聲，視釵色，玉聲輕者居前，金色豔者居後，以爲行次而進也。使數十人各含異香，行而語笑，則口氣從風而颺，又屑㊁沉水之香如塵末，布象床㊂上，使所愛者踐之，無迹者，賜以真珠百琲㊃，有迹者，節其飲食，令身輕弱；故閨中相戲曰：「爾非細骨輕軀，那得百琲真珠！」

及翔風年三十，妙年者爭嫉之。或者云：「胡女不可爲羣。」競相排毀，石崇受浸潤之言㊄，即退翔風爲房老，使主羣少，乃懷怨而作五言詩曰：「春華誰不美，卒傷秋落時，突煙還自低，鄙退豈所期，桂芳徒自蠹，失愛在蛾眉，坐見芳時歇，憔悴空自嗤。」石氏房中並歌此爲樂曲，至晉末乃止。

《題解》

此文與前篇俱爲雜記體，雜記者，所以敍見聞所及，亦雜志雜識之流也。凡遺聞軼事，下至一事一物之微，靡所不有。晉人小說，全書類皆此體，亦當時風尚如此。蓋亦別傳之流亞也。

《注釋》

㈠石季倫　名崇，南皮人，石苞次子。少敏慧，爲散騎郎。元康初，累遷荆州刺史，嘗劫遠使商客，致富不貲，于河陽置金谷別墅，與貴戚王愷羊琇之徒，以奢靡相尚。崇有妓綠珠，美而豔，孫秀求之不與，秀怒，勸趙王倫殺崇，一門皆被害。

㈡屑　碎也。

㈢象床　象牙所爲床也。國策：孟嘗君出行國，至楚，獻象床。舊唐書訶陵國傳：悉用象牙爲床。

㈣琲　珠五百枚也。又珠十貫爲琲。

㈤浸潤　論語顏淵：「浸潤之譖，膚受之愬。」鄭注：譖人之言，如水之浸潤，漸以成之。

劉先主志

常璩

先主諱備，字元德，涿郡涿縣㊀人，漢景帝中山靖王勝後也。勝子貞，元狩六年封涿縣陸城亭侯，因家焉。祖父雄，察孝廉，爲東郡范令。父宏早亡。先主幼孤，其母販履織席自業；舍東南角籬外有桑樹，高五丈餘，遙望童童如車蓋，人皆異之，或謂當出貴人；先主少時，與宗中諸兒，戲於樹下，言：「吾必乘此羽葆蓋車。」叔父子敬謂曰：「汝勿妄言，滅吾門也。」年十五，母遣行學，與宗人劉德然，遼西公孫瓚，俱事故九江太守同郡盧子幹㊁。德然父元起，常資給先主，與德然等；元起妻曰：「各自一家，何能常爾！」起曰：「宗中有此兒，非常人也。」而瓚深與先主善，瓚年長，先主兄事之。喜狗馬音樂，美衣服，長七尺五寸，垂臂下膝，顧自見耳，能下人，喜怒不形於色，善交結，豪俠年少爭附之。中山大商張世平蘇雙等見而奇之，多與之金，先主由是得合從衆。河東關羽雲長，同郡張飛翼德，並以壯烈，爲之禦侮。先主與二子，寢則同牀，食則共器，恩若兄弟，然於稠人廣衆中，侍立終日。

中平㊂元年，從校尉鄒靖討黃巾賊有功，除安喜尉。求謁督郵不得，乃入縛執之，杖二百，以綬繫督郵頸著馬柳柱，委官亡命。頃之，應大將軍何進㊃募，有功除下密丞，復爲高堂尉；遷爲令。瓚爲中郎將，表先主爲別部司馬，拒冀州牧袁紹，數有戰功，守平原令，進領平原相。郡民劉平恥爲之下，使客刺之，客服其德，告之而去。北海相魯國孔融，爲黃巾賊所圍，使太史慈㊄求救於先主，先主曰：「孔文舉聞天下有劉備乎？」以兵救之。廣陵太守下邳陳登元龍，太尉球孫也，有儁才，輕天下士，謂功曹陳矯曰：「閨門雍穆有行，吾敬陳元方父子；冰清玉潔，有德有言，吾敬華子魚；博聞强識，奇偉卓犖，吾敬孔文舉；雄姿傑出，有王霸之略，吾敬劉元德。」後徐州牧陶謙，表先主爲豫州刺史，謙病篤，謂別駕東海麋竺曰：「非劉備不能安此州也！」謙卒，竺率州人迎先主，先主未許，廣陵太守下邳陳登進曰：「今漢室陵遲，海內傾覆，立功立事在今日；鄙州殷富，戶口百萬，欲屈使君撫臨州事。」先主曰：「袁公路㊅近在壽春，此君四世五公，海內所歸，可以州與之。」登曰：「公路驕豪，非治亂之主，今欲爲使君合騎步十萬，上可以匡主濟民，成五霸之業，下可以割地守境，書功於竹帛，若使君不見聽許，登亦未敢聽使君也。」北海相孔融謂先主曰：「袁術豈愛國忘家者耶！家中枯骨，何足介意，今日之事，百姓與能，天與不取，悔不可追。」先主遂領徐州牧。

建安㊆元年，曹公表爲鎮東將軍，封宜城亭侯。先主與袁術相拒，而下邳守將曹豹叛，爲呂布所敗，先主失妻子，轉軍海西。糜竺進妹爲夫人，及奴客二千，金銀寶物資之，先主因而獲振，連和於布，還其妻子。先主衆萬餘移軍小沛，布惡之，自攻先主，先主歸曹公。公以爲豫州牧，益其軍使伐布，失利，布將高順復虜先主妻子送布。公使夏侯惇助先主，不能克。三年，公自征布，生禽之。布曰：「使布爲明公將騎，天下不足定也。」公有疑色，先主曰：「公待布能如丁建陽董太師乎㊇？」公頷之，布目先主曰：「大耳兒最叵信者也。」遂殺布。先主還，得妻子，從公還許，爲左將軍，公禮之甚重，出則同輿，坐則同席，又拜關羽張飛爲中郎將，公謀臣程昱郭嘉㊈，勸公殺先主，公慮失英豪望，不許。

袁術自淮南欲經徐州，北就袁紹。獻帝舅車騎將軍董承，受命衣帶中密詔

㊁，當殺公；承先與先主及長水校尉种輯，將軍吳子蘭王子服等同謀，以將行未發；公從容謂先主曰：「天下英雄，惟使君與操，本初㊂之徒，不足數也。」先主方食，失匕箸，會天震雷，先主曰：「聖人言，迅雷風烈必變㊃，良有以也；一震之威，乃至於此也。」公亦悔失言。先主還沛廨，公使覘之，見其方拔葱，使廝人爲之，不端正，舉杖擊之；公曰：「大耳翁未之覺也。」其夜先主急東行，昱嘉復言之，公馳使追之，不及。先主遂殺徐州刺史車冑以叛。留關羽行下邳太守事，身還小沛，而承等謀洩受誅。先主衆數萬，遣從事北海孫乾自結於袁紹，公遣將軍劉岱王忠擊之，不克。

五年，公東征先主，先主敗績，妻子及關羽見獲。先主奔青州，刺史袁譚，奉迎道路，馳以白父紹，紹身出鄴二百里，與先主相見。公壯羽勇銳，拜偏將軍；初羽隨先主從公圍呂布於濮陽，時秦宜祿爲布求救於張楊，羽啓公妻無子，下城，乞納宜祿妻，公許之；及至城門，復白，公疑其有色，自納之；後先主與公獵，羽欲於獵中殺公，先主爲天下惜，不聽，故羽常懷懼。公察其神不安，使將軍張遼，以情問之；羽歎曰：「吾極知曹公待我厚，然吾受劉將軍恩，誓以共死，不可背之；要當立效以報曹公。」公聞而義之。是歲紹征官渡，遣梟將顏良攻東郡太守劉延於白馬，公使遼羽爲先鋒，羽望見良麾蓋，策馬刺良於萬衆中，斬其首還，紹將莫敵，遂解延圍。公即表封羽漢壽亭侯，重加賞賜，羽盡封其物，拜書告辭而歸先主；左右欲追之，公曰：「彼各有主。」

先主說紹南連荊州牧劉表㊂，紹遣將其本兵至汝南，公使將蔡陽擊之，先主謂曰：「吾勢雖不便，汝等百萬來，未如吾何，曹孟德單車來，吾自去。」陽等必戰，爲先主所殺。公既破紹，自南征汝南，先主遣糜竺孫乾詣劉表，表郊迎之，待以上賓，使屯新野㊃。潁川徐元直㊄，致㊅瑯琊諸葛亮曰：「孔明臥龍也，將軍願見之乎？」先主曰：「君與俱來。」庶曰：「此人可就見，不可屈致也。」先主遂造亮，凡三，因屏人曰：「漢室傾頹，姦臣竊命，主上蒙塵；孤不度德量力，欲信㊆大義於天下，而智術淺短，遂用猖蹶，至于今日，志猶未已，君謂計將安出？」亮對曰：「自董卓以來，豪傑並起，跨州連郡，不可勝數。曹操比於袁紹，則名微而衆寡，然遂能克紹，以弱爲彊，雖云天時，抑人謀也。今操已擁百萬之衆，挾天子而令諸侯，此誠不可與爭鋒也。孫權據有江東，已歷三世，國險而民附，賢能爲之用，此可以爲援，而不可圖也。荊州北據漢沔，利盡南海，東連吳會，西通巴蜀，此用武之國而其主不能守，殆天所以資將軍也。益州嶮塞沃野，天府之土，高祖因之，以成帝業；劉璋闇弱，張魯在北，國富民殷，而不知卹，賢能之士，思得明君，將軍既帝室之冑，信義著於四海，總覽英雄，思賢如渴，若跨有荆益，保其險阻，西和諸戎，南撫夷越，結好孫權，內修政理，天下有變，命一上將，將荆州之軍，以向宛洛⑯，將軍身率益州之衆，出於秦川，天下孰不簞食壺漿，以迎將軍者乎！如此，則霸業可成，漢室可興矣。」先主曰：「善。」與亮情好日密，自以爲猶魚得水也。

十三年，表卒，少子琮襲位。曹公南征，琮遣使請降。先主屯樊⑲，不知曹公卒至，至宛，先主乃知，遂將其衆去，比到當陽⑳，衆十餘萬人，車數千兩，日行十餘里，別遣關羽乘船會江陵。或謂先主曰：「宜速行，雖擁大衆，披甲者少，曹公軍至，何以禦之？」先主曰：「夫濟大事，以人爲本，今人歸吾，何忍棄之！」公以江陵有軍實，恐先主據之，乃釋輜重，以輕騎五千追先主，一日一夜，行三百里，及於當陽之長坂，先主棄妻子，與諸葛亮張飛等數十騎走，公盡獲其民衆，急追先主；張飛據水斷橋橫馬按矛曰：「我張翼德也！可來決死！」公徒乃止。先主徑趨漢津，適與羽船會，而趙雲身抱先主弱子後主，及擁先主甘夫人相及濟江；亮曰：「事急矣！請奉命求救於孫將軍。」時權軍柴桑㉑，既服先主大名，又悅亮奇雅，即遣周瑜程普水軍三萬助先主，拒曹公，大破公軍於赤壁[22]，焚其舟船，曹公引歸。

先主表琦[23]爲荊州刺史，又南征四郡[24]，武陵太守金旋，長沙太守韓元，桂陽太守趙範，零陵太守劉度，皆降。會琦病死，羣下推先主爲荊州牧，治公安。權稍畏之，進妹固好，權遣使云：「欲共取蜀。」荊州主簿殷觀進曰：「若爲吳先驅，進未能克蜀，退爲吳所乘，即事去矣。今但可然贊其伐蜀，而自說新據諸郡，未可與動，吳必不敢越我而獨取蜀，如此進退之計，可以收吳蜀之利。」先主從之，權果輟計，遷觀爲別駕從事。

十六年，益州牧劉璋，遙聞曹公向漢中討張魯[25]，內懷恐懼；別駕從事蜀郡張松說璋曰：「曹公兵彊無敵，若因張魯之資，以取蜀土，誰能禦之。」璋曰：「吾固憂之，而未有計。」松曰：「劉豫州使君之宗室，而曹公之深讎也，善用兵；若使之討魯，魯必破，魯破則益州彊，曹公雖來，無能爲也。」璋然之，遣法正迎先主，正因陳益州可取之策，先主留諸葛亮關羽等守荊州，自將萬人入益州，至涪[26]，璋出迎，相見甚歡；張松令法正白先主，及謀臣龐統進說，便可於會所襲璋，先主曰：「此大事也，不可倉卒。」璋推先主行大司馬，領司隸校尉，先主亦推璋持鎮西大將軍益州牧，璋增先主兵，使擊張魯，璋還成都，先主到葭萌㉗，未即討魯，樹恩德以收衆心。

明年曹公征孫權，權呼先主自救，先主遣使告璋曰：「曹公征吳，吳憂危急，孫氏與孤，本爲脣齒，又樂進在青泥㉘，與關羽相拒，今不往救羽，進必大克，轉侵州界，其憂有甚於魯，魯自守之賊，不足慮也。」乃從璋求萬兵及資寶，欲以東行。璋但許兵四千，其餘皆給半，張松書與先主及法正曰：「今大事垂可立，如何釋去？」松兄廣漢太守肅，懼禍及己，白璋發其謀；于是璋斬松，嫌隙始構矣。

璋敕關戍諸將，文書勿復關通先主，先主怒，名璋白水軍督楊懷，責以無禮，斬之。使黃忠卓膺勒兵向璋，先主徑至關中，質諸將并士卒妻子，引兵與忠膺等進到涪，據其城；璋遣劉璝等拒先主於涪，皆敗，退保綿竹㉙；璋復遣李嚴督綿竹諸軍，嚴率衆降先主，先主軍益强，分遣諸將平下屬縣。諸葛亮張飛趙雲等，將兵泝流，定白帝江州江陽，惟關羽留鎮荆州，先主進軍圍雒，時璋子循守城，被攻且一年。

十九年夏，雒城破，進圍成都數十日，璋出降。蜀中殷盛豐樂，先主置酒大饗士卒，取蜀城金銀，分賜將士，先主遂領益州牧。諸葛亮爲軍師將軍，署左將軍府事；法正揚武將軍，蜀郡太守；關羽督荊州事，張飛爲巴西太守，馬超平西將軍；不用許靖，法正說曰：「有獲虛譽而無實者，靖也，然其浮名稱播海內，人將謂公輕士。」乃以爲長史。龐羲爲司馬，李嚴爲犍爲太守，費觀爲巴郡太守，徵益州太守南郡董和，掌軍中郎太守漢嘉王謀爲別駕，廣漢彭羕爲治中，辟零陵劉巴爲西曹掾，廣漢長黃權爲偏將軍。於是亮爲股肱，正爲謀主，飛羽超爲爪牙，靖羲及麋竺簡雍孫乾山陽伊籍爲賓友；和嚴權，本劉璋所授用也，吳懿費觀，璋之婚親也，彭羕，璋所排擯也，劉巴，己所宿恨也，皆處之顯位，盡其器能，有志之士，無不競勸。

羣下勸先主納劉瑁妻，先主嫌其同族；法正曰：「論其親疏，何異晉文之於子圉㊂乎。」從之。正既臨郡，睚眥之怨，一餐之惠，無不報復，或謂諸葛亮曰：「法正臨蜀郡太縱橫，將軍宜啓主公。」亮曰：「公之在公安也，北畏曹操之强，東憚孫權之逼，內慮孫夫人變於肘腋之下，孝直爲輔翼，遂翻飛翱翔，不可復制，如何禁法使不得行其志也。」孫夫人才捷剛猛，有諸兄風，侍婢百人，皆仗劍侍立，先主每下車，心常凜凜，正勸先主還之。

二十年，孫權使使報先主欲得荊州，先主報曰：「吾方圖涼州，涼州定，以荊州相與。」孫權怒，遣呂蒙襲奪長沙零陵桂陽三郡。先主下公安，令關羽入益州。會曹公入漢中，張魯走巴西，黃權進曰：「若失漢中，則三巴不振，此割蜀人股臂也」於是先主與吳連和，分荊州江夏長沙桂陽東屬㊂，南郡零郡武陵西屬，引軍還江夏，以權爲護軍迎魯，魯已北降曹公，權破公所署三巴太守杜護朴胡袁約等，公留征西將軍夏侯淵，益州刺史趙顒，及張郃守漢中。公東還，郃數犯掠巴界。先主率張飛等進軍宕渠之蒙頭㊂，拒郃，相持五十餘日，飛從他道邀郃，戰於陽石，遂大破郃軍，郃失馬緣山，獨與麾下十餘人，從間道還。

二十二年，蜀郡太守法正進曰：「曹操一舉降張魯，定漢中，不因此勢以圖巴蜀，而留淵郃，身遽北還，非智不逮，力不足，將內有憂逼耳。今算淵郃才略，不勝我將率㊂，舉衆往討，則必可禽，天以與我，時不可失也。」先主從之，以問儒林校尉巴西周羣，羣對曰：「當得其地，不得其民，若出偏軍必不利。」先主遂行，諸葛亮居守，足食足兵也。

二十三年，先主急書發兵，軍師亮以問從事犍爲楊洪，洪對曰：「漢中蜀之咽喉，存亡之機，若無漢中，則無蜀矣。此家門之禍，男子當戰，女子當運，發兵何疑！」亮以法正從行，白先主以洪領蜀郡太守，後遂即真。初洪爲犍爲太守李嚴功曹，去郡數年，已爲蜀郡，嚴故在職，而蜀郡何祇爲洪門下書佐，去郡數年，已爲廣漢太守，洪故在官，是以西土咸服亮之能攬拔英秀也。後洪祇俱會亮門下，洪謂祇曰：「君馬何駃？」祇對曰：「故吏馬不爲駃，明府馬不進耳。」

二十四年，先主定漢中，斬夏侯淵，張郃率吏民內徙。先主遣將吳蘭雷同入武都，皆沒。乃舉羣茂才，時州後部司馬張裕，亦知占術，坐漏言，言：「先主得蜀，寅卯之間當失漢，凶年在庚子。」誅。曹公爲魏王，王西征，聞法正策，曰：「固知元德不辨此。」又曰：「吾收奸雄略盡，獨不得正邪？」羣下上先主爲漢中王大司馬，以許靖爲太傅。法正爲尚書令，零陵賴恭爲太常，南陽黃權爲光祿勳，王謀爲少府，武陵廖立爲侍中，關羽爲前將軍，張飛爲右將軍，馬超爲左將軍，皆假節鉞；又以黃忠爲後將軍，趙雲翊軍將軍，其餘各進官號。軍師諸葛亮曰：「黃忠名望，本非關張馬超之倫也，今張馬在近，親見其功，猶可喻指，關遙聞之，恐必不悅。」先主曰：「吾自解之。」時關羽自江陵圖曹仁於樊城，遣前部司馬犍爲費詩拜假節；羽怒曰：「大丈夫終不與老兵同列！」不肯受拜，詩謂曰：「昔蕭曹[33]與高祖幼舊，陳韓亡命後至[34]，論其拜爵，韓最居上，未聞蕭曹以此爲怨；今王以一時之功，隆崇於漢升㉖，意之輕重，寧當與君侯齊乎？王與君侯，譬猶一體，禍福同之，愚謂君臣不宜計官號之高下，爵位之多少也。」羽即受拜。

初，羽聞馬超來降，素非知故，書與諸葛亮，問其人才；亮知羽忌前，答曰：「孟起黥彭㉗之徒，一世之傑，當與翼德並驅爭先，猶不如髯之絕倫也。」羽省書忻悅，以示賓客，羽美鬚髯，故亮稱云髯也。羽臂嘗中流矢，每天陰疼痛，醫言矢鋒有毒，須破臂刮毒，患乃可除；羽即伸臂使治，時適會客，臂血流離，盈於盤器，而羽引酒割炙，言笑自若。魏王遣左將軍于禁督七軍三萬人救樊，漢水暴長，皆爲羽所獲，又殺魏將龐德，威震華夏。魏王議徙許都以避其銳，而孫權襲江陵，將軍傅士仁，南郡太守糜芳，降吳，羽久不拔城，魏右將軍徐晃救樊，羽退還，遂爲孫權所殺，吳盡取荆州，以劉璋爲益州牧，住秭歸。是歲尚書令法正卒，諡曰翼侯，以尚書劉巴爲尚書令。

二十五年春正月，魏武王㉘薨，嗣王丕即位，改元延康。蜀傳聞漢帝見害，先主乃發喪制服，追諡曰孝愍皇帝。所在並言衆瑞，故議郎楊泉亭侯劉豹，青衣侯向舉，偏將軍張裔黃權，司馬屬殷純，別駕趙莋，治中楊洪，從事祭酒何宗，議曹從事杜瓊，勸學從事張爽，尹默，譙周等，上河洛符驗㊴，願速即洪業，以寧海內，先主未許。冬，魏王丕即皇帝位，改元黃初，漢獻帝遜位爲山陽公。

章武㊵元年，魏黃初二年也，春，太傅許靖，安漢將軍糜竺，軍師將軍諸葛亮，太常賴恭，光祿勳黃權，少府王謀等，乃勸先主紹漢絕統，即帝號，先主不許；亮進曰：「昔吳漢耿弇等勸世祖㊶，世祖辭讓，耿純㊷進曰：「天下英雄喁喁冀有所望，若不從議者，士大夫各歸求主，無從公也，世祖感之；今曹氏篡漢，天下無主，大王紹世而起，乃其宜也；士大夫隨大王久勤苦者，亦欲望尺寸之功，如純言耳。」先主乃從之。

亮與博士許慈，議郎孟光，建立禮儀，擇令辰，費詩上疏曰：「殿下以曹操父子逼主篡位，故乃羈旅萬里，糾合士衆，將以討賊，今大敵未克，而先自立，恐人心疑惑；昔高祖與楚約，先破秦者王，及屠咸陽，獲子嬰，猶推護，況今殿下未出門，便欲自立，愚臣誠不爲殿下取也。」朝廷左遷詩部永昌從事。

夏四月丙午，先主即帝位，大赦，改元章武，以諸葛亮爲丞相，假節錄尚書，許靖爲右司徒，張飛車騎將軍，領司隸校尉，進封西鄉侯，馬超驃騎將軍領涼州刺史，封斄鄉侯，北督臨沮，偏將軍吳懿爲關中都督，進魏延鎮北將軍，李嚴輔漢將軍，襄陽馬良爲侍中，楊儀爲尚書，蜀郡何宗爲鴻臚；立宗廟，祫祭高皇帝，世祖光武皇帝。五月辛巳，立皇后吳氏——吳懿妹，劉璋兄瑁妻也。子禪爲皇太子。六月，立子永爲魯王，理爲梁王。

先主將東征，以復關羽之恥，命張飛率巴西兵將，會江州。飛帳下將張達范彊殺飛，持其首奔吳。初，飛羽勇冠三國，俱稱萬人之敵，羽善待小人，而驕士大夫；飛愛敬君子，而不卹小人，是以皆敗。先主常戒之曰：「卿刑殺過差，鞭撻健兒，令在左右，此取禍之道。」飛不悟，故敗；先主聞飛營軍都督之有表也，曰：「噫，飛死矣！」命丞相亮領司隸校尉。秋七月，先主東伐，羣臣多諫不納；廣漢秦宓，上陳天時必無其利，先主怒，縶之于理。孫權送書請和，先主不聽，吳將陸議李異劉阿等軍秭歸[43]，左右領軍南郡馮習，陳留吳班，自建平攻破異等；軍次秭歸，武陵五谷蠻夷遣使請兵。

二年春正月，先主軍秭歸，吳班陳戒等水軍屯夷陵，夾江東西岸。二月，將軍黃權諫曰：「吳人悍戰，而水軍泝流，進易退難，臣請爲先驅以當寇，陛下宜爲後鎮。」先主不從，以權爲鎮北將軍督江北軍。先主連營稍前，軍於夷道猇亭[44]，遣侍中馬良經佷山，安慰五溪蠻夷。夏六月黃氣見，自秭歸十餘里中，廣十餘丈，後十數日，與吳人戰，先主敗績，馮習及將張南皆死；先主嘆曰：「吾之敗，天也！」委舟舫由步道還魚復㊺，將軍義陽傅彤爲後殿，兵衆死盡，彤氣益烈，吳將喻令降，彤罵曰：「吳狗！何有漢將軍降者！」遂戰死。從事祭酒程畿，獨泝江退，衆曰：「後追已至，宜解舫輕行。」畿曰：「吾在軍未習爲敵而走，況從天子乎！」亦見殺。黃權偏軍孤絕，遂北降魏。李異劉阿等，追躡先主屯南山，先主改魚復曰永安；丞相亮聞而歎曰：「法孝直若在，則能制主上使不東行，既復東行，必不傾危矣！」

八月，司徒靖卒。是歲驃騎將軍馬超亦卒，臨没上疏曰：「臣宗門二百餘口，爲孟德所誅略盡。唯從弟岱，當爲微宗血食之係，深託陛下。」岱官至平北將軍，拜彤子僉左中郎將。冬十月，詔丞相亮營南北郊於成都。孫權聞先主在白帝，甚懼，遣使請和，先主使太中大夫南陽宗瑋報命。十有一月，先主寢疾，十有二月，漢嘉太守黃元，素亮所不善，聞先主寢病，慮有後患，舉兵拒守。

三年春正月，召丞相亮於成都，詔亮省疾於永安。元燒臨卭城，治中從事楊洪，啓太子遣將軍陳曶鄭綽，由青衣水㊻伐元，滅之。二月，亮至永安，先主謂曰：「君才十倍曹丕，必能安國，終定大事，若嗣子可輔則輔之，如其不才，君可自取。」亮涕泣對曰：「臣敢竭股肱之力，效忠貞之節，繼之以死。」先主又爲詔敕太子曰：「汝與丞相從事，事之如父。」亮與尚書令李嚴，並受寄託。夏四月，先主崩於永安宮，時年六十三。亮表後主曰：「大行皇帝，邁仁樹德，覆育無疆，昊天不弔，今月二十四日，奄忽升遐，臣妾號咷，如喪考妣，乃顧遺詔，是惟太宗，百寮發哀，三日除服，到葬期復服，其郡國宰相令長丞尉，三日除服。」五月，梓宮至成都，謚曰昭烈皇帝。秋八月，葬惠陵。

《題解》

四庫總目提要：華陽國志十二卷附錄一卷，始于開闢。終于永和三年，首爲巴志，次漢中志，次蜀志，次南中志，次公孫劉二牧志，次劉先主志，次劉後主志，次大同志，次李特雄期壽勢志，次先賢士女總讚論，次後賢志，次序志，次三州士女目錄。晉常璩撰。隋志華陽國志十二卷，舊唐志同，新唐志作十三卷，疑傳寫誤也；今選其劉先主志一篇。

《作者事略》

常璩字道將，成漢江原人，李勢時，官至散騎常侍，晉書載勸勢降魏溫者，即璩，蓋亦譙周之流也。隋書經籍志又載璩撰漢義書十卷，今佚。

《注釋》

㈠涿郡　漢置，即今河北涿縣，平漢鐵道通過之。

㈡盧子幹　即盧植，馬融弟子。

㈢中平　漢靈帝年號。

㈣何進　字遂高，宛人。靈帝朝，以女弟爲皇后，拜大將軍。

㈤太史慈　字子義，吳黃人。

㈥袁公路　即袁術。

㈦建安　漢獻帝年號。

㈧丁建陽董太師　丁建陽，指丁原。董太師，指董卓。皆呂布先事之而後殺之者也，故先主以此警曹操。

㈨程昱郭嘉　程昱字仲德，東阿人，封安鄉侯，卒謚肅。郭嘉字奉孝，陽翟人，爲司空軍祭酒，卒謚貞。

㈩受命衣帶中密詔　事在漢獻帝建安五年，尚有偏將軍王服預其事，事發，操殺董承等，夷三族。

㈠本初　袁紹字。

㈡迅雷風烈必變　語見論語鄉黨。

㈢劉表　字景升，高平人。時爲荊州刺史。

㈣新野　在今河南新野縣南，今縣治乃元所建置。

㈤徐元直　名庶，潁川人，初名福。初平中，南客荊州，與諸葛亮友善。少好任俠，爲人報仇，被捕，其黨伍共篡解之，得脫，乃折節學問，後曹操獲其母，乃歸操，仕至御史中丞，母自縊死，庶終身不爲操設一計。

㈥致　傳致也。

㈦信　通伸。

㈧宛洛　指魏也。宛在今湖北荊門縣南六十里。

㈨樊　在今湖北襄陽縣北。

(二〇)當陽　在今湖北當陽縣東。

(二一)柴桑　在今江西九江縣西南二十里。

(二二)赤壁　在今湖北嘉魚縣東北江濱，與蘇軾赤壁賦所指，實爲二處。蘇軾所遊，乃湖北黃岡縣城外之赤鼻磯也。

(二三)琦　劉表長子。

(二四)四郡　即下文之武陵長沙桂陽零陵也。

(二五)張魯　字公祺。張道陵孫，據漢中，以鬼道教民，自號師君，後降操，封閬中侯。

(二六)涪　在今四川彭水縣。

(二七)葭萌　在今四川昭化縣東南五十里。

(二八)樂進　字文謙，衞國人。魏右將軍，諡威。青泥，在陝西藍田縣。

(二九)緜竹　在今四川德陽縣北，爲由涪入成都必經之要道。

(三〇)子圉　春秋時晉惠公之太子，質于秦，秦穆公以女妻之，即懷嬴也；圉將逃歸于晉，詔懷嬴曰：「與子歸乎？」對曰：「從子而歸，棄君命也，不敢從亦不敢言。」圉遂逃歸。其後楚送公子重耳于秦，穆公納女五人，懷嬴與焉。是晉文公娶子圉妻也。

㉜東屬　謂屬吳也。下文西屬，謂屬蜀也。
㉝蒙頭　在今四川渠縣東北。
㉞將率　即將帥。
㉟蕭曹　謂蕭何曹參也。
㊱陳韓　謂陳平韓信也。
㊲漢升　黃忠字。
㊳黥彭　謂黥布彭越也。
㊴魏武王　曹操也。
㊵河洛　謂河圖洛書也，古每用以爲真主受命之瑞。按三國蜀志：獻帝建安二十五年，傳聞漢帝見害，陽泉侯劉豹等上書曰：臣聞河圖洛書，五經讖緯，孔子所甄，驗應自遠……云云，蓋即此也。
㊶章武　漢昭烈帝備年號。
㊷世祖　漢光武帝也，吳漢耿弇，並從光武定天下，後漢書俱有傳。
㊸耿純　字伯山。鉅鹿人，後漢書有傳。
㊹秭歸　在今湖北秭歸縣。
㊺猇亭　在今湖北宜都縣北三十里。

㊺魚復　在今四川奉節縣東北。

㊻青衣水　亦名平羌江，源出四川蘆山縣西北，流入岷江。

五柳先生傳

陶潛

先生不知何許人也，亦不詳其姓字，宅邊有五柳樹，因以爲號焉。閒靜少言，不慕榮利。好讀書，不求甚解㊀。每有會意，便欣然忘食。性嗜酒，家貧不能常得，親舊知其如此，或置酒而招之，造飲輒盡，期在必醉，既醉而退，曾不吝㊁情去留。環堵㊂蕭然，不蔽風日；短褐㊃穿結，簞瓢屢空，晏如也。常著文章自娛，頗示己志，忘懷得失，以此自終。

贊曰：黔婁㊄有言：「不戚戚於貧賤，不汲汲於富貴。」其言茲若人之儔乎！銜觴賦詩，以樂其志，無懷氏之民歟！葛天氏㊅之民歟！

《題解》

劉裕將移晉祚，潛恥不復仕，自號五柳先生，乃作五柳先生傳以自況。

《作者事略》

陶潛字元亮，一名淵明，潯陽人。陶侃曾孫。初爲州祭酒，後至鎮軍建威參軍，補彭澤令。晉安帝義熙三年，解印歸，徵著作郎，不就。宋元嘉中卒，顏延之諡之曰：靖節徵士，有集九卷。爲詩高澹自然，爲山林文學之代表。

《注釋》

㊀不求甚解　謂讀書但通大意也。

㊁忝　與吝同。

㊂環堵　堵，長一丈，高一尺，環一堵爲方丈，故曰環堵之室。韓詩外傳：原

憲居魯，環堵之室，茨以蒿萊。此言居貧而安于簡陋也。

㈣褐　貧者之服，以毛布爲之。詩：「無衣無褐，何以卒歲。」

㈤黔婁　齊之隱士，魯恭公聞其賢，賜粟三千鍾，辭不受。著書四篇，號黔婁子。

㈥無懷氏葛天氏　皆上古之帝也。

歸去來辭

陶　潛

歸去來兮，田園將蕪，胡不歸！既自以心爲形役㈠，奚惆悵而獨悲？悟已往之不諫，知來者之可追，實迷途其未遠，覺今是而昨非，舟遙遙以輕颺，風飄飄而吹衣，問征夫以前路，恨晨光之熹微㈡。

乃瞻衡宇，載㈢欣載奔，僮僕歡迎，稚子候門，三徑㈣就荒，松菊猶存，攜幼入室，有酒盈罇，引壺觴以自酌，眄㈤庭柯以怡顏，倚南窗以寄傲，審容膝之易安，園日涉以成趣，門雖設而常關，策扶老㈥以流憩，時矯首而遐觀，雲無心以出岫，鳥倦飛而知還，景翳翳㈦以將入，撫孤松而盤桓。

歸去來兮！請息交以絕游，世與我而相遺，復駕言兮焉求，悅親戚之情話，樂琴書以消憂，農人告余以春及，將有事於西疇㈧，或命巾車㈨，或棹孤舟，既窈窕以尋壑㈩，亦崎嶇而經丘，木欣欣以向榮，泉涓涓而始流，羨萬物之得時，感吾生之行休。

已矣乎！寓形宇內復幾時，曷不委心任去留㈡，胡爲遑遑㈢欲何之！富貴非吾願，帝鄉㈢不可期，懷良辰以孤往，或植杖而耘耔，登東皋以舒嘯，臨清流而賦詩，聊乘化以歸盡，樂夫天命復奚疑。

《題解》

歸去來者，言去彭澤而來南村也。潛居南村，爲彭澤令時，郡守遣督郵至，吏白：「當束帶見之。」潛歎曰：「吾不能爲五斗米折腰！」即日解印綬歸田里，作歸去來辭以明志。時晉安帝義熙元年乙巳十一月也。潛自序謂：「彭澤去家百里，眷然有歸歟之情。尋程氏妹喪于武昌，情在駿奔，自免去職。」蓋不欲盡言之耳。

《注釋》

㈠心為形役　言心在求祿，不能自主，反為形體所役也。

㈡熹微　光未明也。

㈢載　語助詞。

㈣三徑　西漢末，有蔣詡者，舍中開三徑，惟故人羊仲求仲從之遊。

㈤眄　密硯切。衺視也。

㈥扶老　杖也。龜山多扶竹，高節實中，宜為杖，名扶老竹，見山海經。流憩，周流而憩息也。

㈦翳翳　漸陰也。景即影之本字。

㈧西疇　一井為疇，西疇即先疇，謂舊遺之田也。有事，謂耕作也。

㈨巾車　有幕之車。

㈩窈窕以尋壑　窈窕，深長貌。壑，澗水也。謂舟行之所歷也。

(十一)委心任去留　委，棄也。謂委棄名利之心而聽時之去留也。一說去留指生死。

(十二)遑遑　不安貌。

(十三)帝鄉　莊子：「乘彼白雲，至于帝鄉。」謂上帝所居，即仙宮也。

桃花源記

陶潛

晉太元㊀中，武陵㊁人，捕魚爲業，緣㊂溪行，忘路之遠近，忽逢桃花林，夾岸數百步，中無雜樹，芳草鮮美，落英繽紛㊃，漁人甚異之。復前行，欲窮其林，林盡水源，便得一山，山有小口，髣髴若有光，便捨船從口入，初極狹，纔通人，復行數十步，豁然開朗，土地平曠，屋舍儼然，有良田美池桑竹之屬，阡陌㊄交通，雞犬相聞；其中往來種作，男女衣著，悉如外人，黃髮垂髫㊅，並怡然自樂。

見漁人，乃大驚，問所從來，具答之；便要㊆還家，設酒殺雞作食，村中聞有此人，咸來問訊，自云：「先世避秦時亂，率妻子邑人來此絕境，不復出焉，遂與外人間隔。」問今是何世，乃不知有漢，無論魏晉；此人一一爲具言所聞，皆歎惋，餘人各復延至其家，皆出酒食。停數日，辭去，此中人語云：「不足爲外人道也。」既出，得其船，便扶向路㈧，處處誌之；及郡下，詣太守說如此，太守即遣人隨其往，尋向所誌，遂迷不復得路。南陽㈨劉子驥㈩，高尚士也，聞之，欣然規往，未果，尋病終，後遂無問津者。

《題解》

桃花源者，陶潛理想之境也。潛以晉世衰亂，超然有高隱之志，乃爲此記以寓意。

《注釋》

㈠太元　晉武帝年號。

㈡武陵郡　漢置。在今湖南常德縣西。

㈢緣　沿也。

㈣繽紛　錯亂也。

㈤阡陌　田間小路。南北曰阡，東西曰陌。

㈥黃髮垂髫　黃髮，指老人。垂髫，指小兒。

㈦要　音邀，請也。

㈧向路　來時之路也。

㈨南陽　今河南南陽縣。

㈩劉子驥　名驎之，字子驥，南陽人。嘗入衡山採藥，深入忘返。

答楊茗華書

竺僧度

夫事君以治一國，未若弘道以濟萬邦；事親以成一家，未若弘道以濟三界㊀；髮膚不毀㊁，俗中之近言耳。但吾德不及遠，未能兼被，以此爲愧，然積簣成山㊂，亦冀從微至著也。

且披袈裟，振錫杖，飲清流，詠波若㊃，雖王公之服，八珍之饍，鏗鏘之聲，煒曄之色，不與易也。若能懸契，則同期於泥洹㊄矣。

且人心各異，有若其面，卿之不樂道，猶我之不慕俗矣。楊氏！長別離矣！萬世因緣，於今絕矣！歲聿云暮，時不我與，學道者當以日損爲志，處世者當以及時爲務，卿年德并茂，宜速有所慕，莫以道士經心，而坐失盛年也！

《題解》

楊苕華者，竺僧度之妻。僧度既出家，爲書與苕華相訣，兼以相勉。

《作者事略》

竺僧度，姓王名晞，字玄宗，東莞人，後爲僧改名。

《注釋》

㊀三界　一欲界，此諸天人，皆有情慾。二色界，此諸天人，但有形色，情欲俱無。三無色界，此諸天人，色相皆空，得無上樂。

㊁髮膚不毀　孝經曰：身體髮膚，受之父母，不敢毀傷。

㊂積簣成山　論語：譬如爲山，未成一簣，止吾止也；譬如平地；雖覆一簣，進吾往也。

㈣波若　此指佛經也。與般若同。

㈤泥洹　涅槃之異譯，梵語謂永離諸趣，入于不生不滅之門也。

擎鉢大臣

竺法護譯

昔有一國王，選擇一國明智之人以爲輔臣。爾時國王設權方便無量之慧，選得一人，聰明博達，其志弘雅，威而不暴，名德具足。王欲試之，故以重罪加於此人；勅告臣吏盛滿鉢油而使擎之，從北門來，至於南門，去城二十里，園名調戲，令將到彼。設所持油墮一滴㊀者，便級其頭㊁，不須啓問！

爾時羣臣受王重教，盛滿鉢油以與其人，其人兩手擎之，甚大愁憂，則自念言：其油滿器，城里人多，行路車馬觀者塡道；是器之油，擎至七步，尚不可詣，況在里數邪？

此人憂憒，心自懷懅。

其人心念：吾今定死，無復有疑也。設能擎鉢使油不墮，到彼園所，爾乃活耳。當作專計。若見是非而不轉移，唯念油鉢，志不在餘，然後度耳。

於是其人安步徐行，時諸臣兵及觀衆人無數百千，隨而視之，如雲興起，圍繞太山。衆人皆言，觀此人形體舉動，定是死囚。斯之消息，乃至其家；父母宗族皆共聞之，悉奔走來，到彼子所，號哭悲哀。其人專心，不顧二親兄弟妻子及諸親屬；心在油鉢，無他之念。

時一國人普來集會，觀者擾擾，喚呼震動，馳至相逐，躄地復起，轉相登躡，間不相容。其人心端，不見衆庶。

觀者復言，有女人來，端正姝好，威儀光顏，一國無雙；如月盛滿，星中獨明，色如蓮華，行於御道。爾時其人一心擎鉢，志不動轉，亦不察觀。

觀者皆言，寧使今日見此女顏，終身不恨，勝於久存而不覩者也。彼時其人雖聞此語，專精擎鉢，不聽其言。

當爾之時，有大醉象，放逸奔走，入於御道，舌赤如血，其腹委地，口脣如垂，行步縱橫，無所省錄，人血塗體，獨游無難，進退自在，猶若國王，遙視如山，暴鳴哮吼，譬如雷聲，而擎其鼻，瞋恚忿怒；恐怖觀者，令其馳散，破壞兵衆，諸衆奔逝。

爾時街道市里坐肆諸買賣者，皆懅，收物，蓋藏閉門，畏壞屋舍，人悉避走。

又殺象師，無有制御，瞋或轉甚，踏殺道中象馬牛羊豬犢之屬；碎諸車乘，星散狼藉。

或有人見，懷振恐怖，不敢動搖。或有稱怨，呼嗟淚下。或有迷惑，不能覺知。有未著衣，曳之而走。復有迷誤，不識東西。或有馳走，如風吹雲，不知所至也。

彼時有人燒化象咒，即舉大聲而誦神咒。爾時彼衆聞此正教，即捐自大，降伏其人，便順本道，還至象廏，不犯象人，無所嬈害㊂。

其擎鉢人不省象來，亦不覺還。所以者何？專心懼死，無他觀念。

爾時觀者擾攘馳散，東西走故，城中失火，燒諸宮殿，及衆寶舍，樓閣高臺，現妙巍巍，展轉連及。譬如大山，無不見者，烟皆周遍，火尚盡徹。

火燒城時，諸蜂皆出，放毒螫人。觀者得痛，驚怪馳走。男女大小，面色變惡，亂頭衣解，寶飾脫落；爲烟所薰，眼腫淚出。遙見火光，心懷怖懅，不知所湊，展轉相呼。父子兄弟妻息奴婢，更相教言，「避火！離水！莫墮泥坑！」

爾時官兵，悉來滅火，其人專精，一心擎鉢，一滴不墮，不覺失火及與滅時。所以者何？秉心專意，無他念故。

爾時其人，擎滿鉢油，至彼園觀，一渧不墮。諸臣兵吏，悉還王宮，具為王說所更衆難，而其人專心，擎鉢不動，不棄一渧，得王園觀。王聞其言，歎曰：「此人難及，人中之雄！雖遇衆難，其心不移，如是人者，無所不辦。」其王歡喜，立為大臣。

心堅强者，志能如是，則以指爪壞雪山㊃，以蓮華根鑽穿金山㊄，以鋸斷須彌寶山㊅。有信精進，質直知慧，其心堅强，亦能吹山而使動搖，何況除婬怒癡也！

《題解》

此修行道地經勸意品中文也。經於太康五年譯成，茲之所節，係據胡適白話文學史第九章；為故事體，寫擎鉢大臣因專心而卒成其事，亦寓言也。

《作者事略》

竺法護月支人，世居敦煌，幼即出家，隨師至西域求經，獲賢劫正法華光讚等一百六十五部，孜孜所務，唯以弘通爲業，終身寫譯，勞不告勸。武帝太康七年，來中國，經法所以廣流中國者，護之力也。

《注釋》

㈠渧　同滴。
㈡級其頭　猶言斬其頭也。
㈢嬈害　同擾害。
㈣雪山　指今喜馬拉雅山。
㈤金山　指今阿爾泰山。
㈥須彌寶山　亦指喜馬拉雅山，其義爲妙高，故亦稱妙高山。

南朝文

南詩文

報應問

何承天

西方說報應，其枝末雖明，而根本常昧，其言奢而寡要，其譬迂而無徵。乖背五經，故見弃於先聖；誘掖近情，故得信於季俗。夫欲知日月之行，故假察於璇璣㈠，將申幽明之信，宜取符於見事；故鑑燧懸而水火降㈡，雨宿離而風雲作㈢，斯皆遠由近驗，幽以顯著者也。

夫鵝之爲禽，浮清池，咀春草，衆生蠢動，弗之犯也；而庖人執焉，尠有得免刀俎者。燕翻翔求食，唯飛蟲是甘，而人皆愛之，雖巢幕而不懼。非直鵝燕也，羣生萬有，往往如之；是知殺生者無惡報，爲福者無善應，所以爲訓者如彼，所以示世者如此，余甚惑之！

若謂燕非蟲不甘，故罪所不及，民食芻豢，奚獨嬰辜？若謂禽豸無知，而人識經教，斯則未有經教之時，畋漁網罟，亦無罪也。無故以科法入中國，乃所以爲民陷穽也，彼仁人者，豈其然哉！

故余謂佛經，但是假設權教，勸人爲善耳，無關實敍。是以聖人作制，推德翳㊃物，我將我享，實膺天祐，田獲三品㊄，賓庖豫焉，若乃見生不忍死，聞聲不食肉，固君子之所務也，竊願高明，更加三思。

《題解》

此何承天問劉少府也，見廣弘明集，并附劉少府答書。案元嘉中有劉興祖，由少府拜青州刺史，前廢帝紀有少府劉勝之，未知孰是。

《作者事略》

何承天東海郯人。五歲喪父，從母學，母徐廣姊也。儒史百家，莫不該覽；歷官皆有建白，性剛愎，頗以所長侮同列。嘗改定元嘉歷，官至御史中丞，文帝每有疑議，必先訪之，後坐宣漏密旨，免官。卒年七十八。有禮論三百卷，集三十二卷，今佚。

《注釋》

㈠璇璣　尚書：「在璇璣玉衡，以齊七政。」注曰：「璇，美玉也。璣，衡玉也，正天文之器，可轉運者。」

㈡鑑燧懸而水火降　周禮：秋官司烜氏，掌以夫遂取明火于日，以鑒取明水于月。鄭注：夫遂，陽遂；鑒，鏡屬取水者，世謂之方諸。

㈢雨宿離而風雲作　周禮注：以畢宿爲雨師，詩小雅漸漸之石：「月離于畢，俾滂沱矣。」

㈣翳　國語周語：去其藏而翳其人。韋昭注：翳，猶屏也。一曰滅也。

㈤田獲三品　易巽卦：六四，田獲三品。注曰：一曰乾豆，二曰賓客，三曰充君之庖。

班超傳

范曄

班超，字仲升，扶風平陵人㊀，徐令彪㊁之少子也。為人有志，不修細節，然內孝謹，居家常執勤苦，不恥勞辱。有口辯，而涉獵㊂書傳。永平五年㊃，兄固被召詣校書郎，超與母隨至洛陽，家貧，常為官傭書以供養，久勞苦，嘗輟業投筆歎曰：「大丈夫無他志略，猶當效傅介子張騫㊄立功異域，以取封侯，安能久事筆研間乎！」左右皆笑之。超曰：「小子安知壯士志哉！」其後行詣相者，曰：「祭酒布衣諸生耳，而當封侯萬里之外。」超問其狀，相者指曰：「生燕頷虎頸，飛而食肉，此萬里侯相也。」久之，顯宗㊅問固：「卿弟安在？」固對為官寫書，受直以養老母，帝乃除超為蘭臺令史㊆，後坐事免官。

十六年，奉車都尉竇固㊇，出擊匈奴，以超為假司馬，將兵別擊伊吾㊈，戰於蒲類海㊉，多斬首虜而返；固以為能，遣與從事郭恂俱使西域。超到鄯善(十一)，鄯善王廣奉超禮敬甚備，後忽更疏懈，超謂其官屬曰：「寧覺廣禮意薄乎？此必有北虜㊁使來，狐疑未知所從故也。明者睹未萌，況已著邪！」乃召侍胡㊂詐之曰：「匈奴使來數日，今安在乎？」侍胡惶恐，具服其狀。超乃閉侍胡，悉會其吏士三十六人，與共飲。酒酣，因激怒之曰：「卿曹與我俱在絶域，欲立大功以求富貴；今虜使到裁數日，而王廣禮敬即廢，如令鄯善收吾屬送匈奴，骸骨長爲豺狼食矣！爲之奈何？」官屬皆曰：「今在危亡之地，死生從司馬。」超曰：「不入虎穴，不得虎子，當今之計，獨有因夜以火攻虜使，彼不知我多少，必大震怖，可殄盡也；滅此虜，則鄯善破膽，功成事立矣。」衆曰：「當與從事議之。」超怒曰：「吉凶決於今日，從事文俗吏，聞此必恐而謀泄，死無所名，非壯士也。」衆曰：「善」。初夜，遂將吏士往奔虜營，會天大風，超令十人持鼓藏虜舍後，約曰：「見火然㊃，皆當鳴鼓大呼。」餘人悉持兵弩夾門而伏。超乃順風縱火，前後鼓噪，虜衆驚亂，超手格殺三人，吏兵斬其使，及從士三十餘級，餘衆百許人悉燒死。明日，乃還告郭恂，恂大驚，既而色動㊄；超知其意，舉手曰：「掾雖不行，班超何心獨擅之乎。」恂乃悅。超於是召鄯善王廣，以虜使首示之，一國震怖。超曉告撫慰，遂納子爲質；還，奏於竇固，固大喜，具上超功效，并求更選使使西域。帝壯超節，詔固曰：「吏如班超，何故不遣而更選乎？今以超爲軍司馬，令遂前功。」超復受使，固欲益其兵，超曰：「願將本所從三十餘人足矣，如有不虞，多益爲累。」

是時于寘王廣德新攻破莎車⑯，遂雄張南道⑰，而匈奴遣使監護其國，超既西，先至于寘，廣德禮意甚疏；且其俗信巫，巫言：「神怒，何故欲向漢？漢使有騧馬⑱，急求取以祠我！」廣德乃遣使就超請馬，超密知其狀，報許之，而令巫自來取馬。有頃，巫至，超即斬其首以送廣德，因辭讓之；廣德素聞超在鄯善誅滅虜使，大惶恐，即攻殺匈奴使者而降超。超重賜其王以下，因鎮撫焉。

時龜茲王建⑲爲匈奴所立，倚恃虜威，據有北道，攻破疏勒⑳，殺其王，而立龜茲人兜題爲疏勒王。明年春，超從間道至疏勒，去兜題所居槃橐城九十里，逆遣吏田慮先往降之；勑慮曰：「兜題本非疏勒種，國人必不用命，若不即降，便可執之。」慮既到，兜題見慮輕弱，殊無降意；慮因其無備，遂前劫縛兜題，左右出其不意，皆驚懼奔走。慮馳報超，超即赴之，悉召疏勒將吏，說以龜茲無道之狀，因立其故王兄子忠㉑爲王，國人大悅。忠及官屬皆請殺兜題，超不聽，欲示以威信，釋而遣之，疏勒由是與龜茲結怨。

十八年，帝崩，焉耆[22]以中國大喪，遂攻沒都護陳睦。超孤立無援，而龜茲姑墨[23]數發兵攻疏勒，超守槃橐城，與忠爲首尾，士吏單少，拒守歲餘。肅宗[24]初即位。以陳睦新沒，恐超單危，不能自立，下詔徵超，超發還，疏勒舉國憂恐。其都尉黎弇曰：「漢使棄我，我必復爲龜茲所滅耳！誠不忍見漢使去。」因以刀自剄。超返至于寘，王侯以下皆號泣曰：「依漢使如父母，誠不可去！」互抱超馬腳不得行。超恐于寘終不聽其東，又欲遂本志，乃更還疏勒。疏勒兩城，自超去後，復降龜茲。而與尉頭[25]連兵。超捕斬反者，擊破尉頭，殺六百餘人，疏勒復安。

建初[26]三年，超率疏勒，康居[27]，于寘，拘彌[28]兵一萬人，攻姑墨石城，破之，斬首七百級。超欲因此叵平[29]諸國，乃上疏請兵曰：「臣竊見先帝欲開西域，故北擊匈奴，西使外國。鄯善，于寘，即時向化。今拘彌，莎車，疏勒，月氏，烏孫[30]，康居，復願歸附，欲共并力破滅龜茲，平通漢道。若得龜茲，則西域未服者，百分之一耳。臣伏自惟念卒伍小吏，實願從谷吉[31]效命絕域，庶幾張騫棄身曠野；昔魏絳[32]列國大夫，尚能和輯諸戎，況臣奉大漢之威，而無鉛刀一割之用乎？前世議者，皆曰：三十六國，號爲斷匈奴右臂，今西域諸國，自日之所入，莫不向化，大小欣欣，貢奉不絕，唯焉耆、龜茲，獨未服從。臣前與官屬三十六人，奉使絕域，備遭難厄，自孤守疏勒，於今五載，胡夷情數，臣頗識之；問其城郭小大[34]，皆言倚漢與依天等。以是效之，則葱領可通，葱領通，則龜茲可伐。今宜拜龜茲侍子白霸爲其國王，以步騎數百送之，與諸國連兵，歲月之間，龜茲可禽；以夷狄攻夷狄，計之善者也。臣見莎車、疏勒，田地肥廣，草牧饒衍，不比敦煌[35]鄯善間也；兵可不費中國，而糧食自足。且姑墨溫宿[36]二王，特爲龜茲所置，既非其種，更相厭苦，其勢必有降反，若二國來降，則龜茲自破。願下臣章，參考行事，誠有萬分，死復何恨！臣超區區，特蒙神靈，竊冀未便僵仆，目見西域平定，陛下舉萬年之觴，薦勳祖廟，布大喜於天下。」書奏，帝知其功可成，議欲給兵，平陵人徐幹[37]，素與超同志，上疏願奮身佐超。五年，遂以幹爲假司馬，將弛刑及義從[38]千人就超。

先是莎車以爲漢兵不出，遂降於龜茲，而疏勒都尉番辰，亦復反叛；會徐幹適至，超遂與幹擊番辰，大破之，斬首千餘級，多獲生口。超既破番辰，欲進攻龜茲，以烏孫兵彊，宜因其力；乃上言：「烏孫大國，控弦十萬，故武帝妻以公主[39]，至孝宣皇帝，卒得其用[40]。今可遣使招慰，與共合力。」帝納之。八年，拜超爲將兵長史，假鼓吹幢麾(四一)，以徐幹爲軍司馬，別遣衞侯李邑護送烏孫使者，賜大小昆彌(四二)以下錦帛，李邑始到于寘，而值龜兹攻疏勒，恐懼不敢前；因上書陳西域之功不可成；又盛毀超擁愛妻，抱愛子，安樂外國，無內顧心。超聞之，歎曰：「身非曾參，而有三至(四三)之讒，恐見疑於當時矣。」遂去其妻，帝知超忠，乃切責邑曰：「縱超擁愛妻，抱愛子，思歸之士千餘人，何能盡與超同心乎？」令邑詣超受節度，詔超若邑任在外者，便留與從事。超即遣邑將烏孫侍子返京師。徐幹謂超曰：「邑前親毀君，欲敗西域，今何不緣詔書留之，更遣他吏送侍子乎？」超曰：「是何言之陋也！以邑毀超，故今遣之，內省不疚，何卹人言，快意留之，非忠臣也。」

明年，復遣假司馬和恭等四人將兵八百詣超，超因發疏勒于寘兵擊莎車。莎車陰通使疏勒王忠，啖以重利，遂反從之，西保烏即城。超乃更立其府丞成大爲疏勒王，悉發其不反者以攻忠；積半歲而康居遣精兵救之，超不能下。是時月氏新與康居婚，相親，超乃使使多齎錦帛遺月氏王，令曉示康居王，康居王乃罷兵，執忠以歸其國；烏即城遂降於超。後三年，忠說康居王，借兵遠據損中，密與龜兹謀，遣使詐降於超，超內知其姦，而僞許之；忠大喜，即從輕騎詣超，超密勒兵待之，爲供張設樂，酒行，乃叱吏縛忠斬之，因擊破其衆，殺七百餘人，南道於是遂通。

明年，超發于寘諸國兵二萬五千人復擊莎車，而龜茲王遣左將軍發溫宿姑墨尉頭合五萬人救之。超召將校及于寘王議曰：「今兵少不敵，其計莫若各散去，于寘從是而東，長史亦於此西歸，可須夜鼓聲而發。」陰緩所得生口。龜茲王聞之，大喜，自以萬騎於西界遮超，溫宿王將八千騎於東界徼于寘。超知二虜已出，密召諸部勒兵，雞鳴，馳赴莎車營，胡大驚亂奔走，追斬五千餘級，大獲其馬畜財物，莎車遂降。龜茲等因各退散，自是威震西域。

初，月氏嘗助漢擊車師(四四)有功，是歲，貢奉珍寶，符拔，師子(四五)，因求漢公主，超拒返其使，由是怨恨。永元(四六)二年，月氏遣其副王謝將兵七萬攻超，超衆少，皆大恐。超譬軍士曰：「月氏兵雖多，然數千里踰葱領來，非有運輸，何足憂邪；但當收穀堅守，彼飢窮自降，不過數十日決矣。」謝遂前攻超，不下，又鈔掠無所得。超度其糧將盡，必從龜茲求救，乃遣兵數百於東界要之，謝果遣騎齎金銀珠玉以賂龜茲，超伏兵遮擊，盡殺之，持其使首以示謝，謝大驚，即遣使請罪，願得生歸，超縱遣之，月氏由是大震，歲奉貢獻。

明年，龜茲，姑墨，溫宿皆降，乃以超爲都護，徐幹爲長吏，拜白霸爲龜茲王，遣司馬姚光送之。超與光共脅龜茲，廢其王尤利多而立白霸，使光將尤利多還詣京師。超居龜茲它乾城，徐幹屯疏勒，西域唯焉耆，危須，尉犂㊼以前没都護，懷二心，其餘悉定。六年秋，超遂發龜茲鄯善等八國兵合七萬人，及吏士賈客千四百人，討焉耆。兵到尉犂界，而遣曉説焉耆尉犁危須曰：「都護來者，欲鎮撫三國，即欲攻過向善，宜遣大人來迎，當賞賜王侯已下。事畢，即返。今賜王綵五百匹。」焉耆王廣遣其左將北鞬支奉牛酒迎超，超詰鞬支曰：「汝雖匈奴侍子㊽，而今秉國之權，都護自來，王不以時迎，皆汝罪也。」或謂超可便殺之，超曰：「非汝所及，此人權重於王，今未入其國而殺之。遂令自疑，設備守險，豈得到其城下哉。」於是賜而遣之，廣乃與大人迎超於尉犂，奉獻珍物。焉耆國有葦橋之險，廣乃絕橋，不欲令漢軍入國，超更從它道厲度。七月晦，到焉耆，去城二十里，止營大澤中；廣出不意，大恐，乃欲悉驅其人共入山保，焉耆左侯元孟先嘗質京師，密遣使以事告超，超即斬之，示不信用。乃期大會諸國王，因揚聲當重加賞賜。於是焉耆王廣，尉犂王汎及北鞬支等三十人相率詣超，其國相腹久懼誅，皆亡入海；而危須王亦不至，坐定，超怒詰廣曰：「危須王何故不到？腹久等所緣[49]逃亡？」遂叱吏士收廣汎等，於陳睦故城斬之，傳首京師。因縱兵鈔掠，斬首五千餘級，獲生口萬五千人，馬畜牛羊三十餘萬頭。更立元孟爲焉耆王。超留焉耆半歲，慰撫之。於是西域五十餘國，悉皆納質內屬焉。

明年，下詔曰：「往者匈奴獨擅西域，寇盜河西，永平之末，城門晝閉，先帝深愍邊氓嬰罹寇害，乃命將帥擊右地，破白山[50]，臨蒲類，取車師；城郭諸國，震慴響應，遂開西域，置都護。而焉耆王舜，舜子忠，獨謀悖逆，恃其險隘，覆没都護，并及吏士。先帝重元元[51]之命，憚兵役之興，故使軍司馬班超安集于窴以西，超遂踰葱領，迄縣度[52]，出入二十二年，莫不賓從；改立其王而綏其人，不動中國，不煩戎士，得遠夷之和，同異俗之心，而致天誅，蠲宿恥，以報將士之讎；司馬法[53]曰：「賞不踰月，」欲人速覩爲善之利也。其封超爲定遠侯，邑千戶。」

超自以久在絕域，年老思土。十二年，上疏曰：「臣聞太公封齊，五世葬周；狐死首丘[54]，代馬依風[55]；夫周齊同在中土千里之間，況於遠處絕域，小臣能無依風首丘之思哉？蠻夷之俗，畏壯侮老，臣超犬馬齒殲，常恐年衰，奄忽僵仆，孤魂棄捐，昔蘇武留匈奴中尚十九年，今臣幸得奉節，帶金銀，護西域，如自以壽終屯部，誠無所恨。然恐後世或名臣爲没西域，臣不敢望到酒泉郡，但願生入玉門關，臣老病衰困，冒死瞽言。謹遣子勇㊅隨獻物入塞，及臣生在，令勇目見中土。」而超妹同郡曹壽妻昭㊆亦上書請超曰：「妾同產兄西域都護定遠侯超，幸得以微功，特蒙重賞，爵列通侯，位二千石，天恩殊絕，誠非小臣所當被蒙。超之始出，志捐軀命，冀立微功以自陳效。會陳睦之變，道路隔絕，超以一身，轉側絕域，曉譬諸國，因其兵衆，每有攻戰，輒爲先登，身被金夷，不避死亡；賴蒙陛下神靈，且得延命沙漠，至今積三十年，骨肉生離，不復相識；所與相隨時人士衆，皆已物故，超年最長，今且七十，衰老被病，頭髮無黑，兩手不仁，耳目不聰明，扶杖乃能行；雖欲竭盡其力，以報塞天恩；迫於歲暮，犬馬齒索，蠻夷之性，悖逆侮老，而超旦暮入地，久不見代，恐開姦宄之源，生逆亂之心，而卿大夫感懷一切，莫肯遠慮；如有卒暴，超之氣力，不能從心，便爲上損國家累世之功，下棄忠臣竭力之用，誠可痛也！故超萬里歸誠，自陳苦急；延頸踰望，三年於今，未蒙省錄。妾竊聞古者十五受兵，六十還之，亦有休息不任職也。緣陛下以至孝理天下，得萬國之歡心，不遺小國之臣，況超得備侯伯之位，故敢觸死，爲超求哀，匄超餘年，一得生還，復見闕庭，使國永無勞遠之慮，西域無倉卒之憂，超得長蒙文王葬骨[59]之恩，子方哀老[59]之惠，詩云：『民亦勞止，汔可小康，惠此中國，以綏四方[60]。』超有書與妾生訣，恐不復相見。妾誠傷超以壯年竭忠孝於沙漠，疲老則便捐死於曠野，誠可哀憐；如不蒙救護，超後有一旦之變，冀幸超家得蒙趙母衞姬[61]先請之貸。妾愚戇，不知大義，觸犯忌諱。」書奏，帝感其言，乃徵超還。超在西域三十一年。十四年八月，至洛陽，拜爲射聲校尉。超素有胸脅疾，既至，病遂加，帝遣中黃門問疾，賜醫藥。其九月，卒，年七十一。朝廷愍惜焉，使者弔祭，贈賵[62]甚厚，子雄嗣。

初超被徵，以戊己校尉任尚爲都護，與超交代。尚謂超曰：「君侯在外國三十餘年，而小人猥承君後，任重慮淺，宜有以誨之。」超曰：「年老失智，任君數當大位，豈班超所能及哉！必不得已，願進愚言：塞外吏士，本非孝子順孫，皆以罪過，徙補邊屯；蠻夷懷鳥獸之心，難養易敗，今君性嚴急，水清無大魚，察政不得下和，宜蕩佚簡易，寬小過，總大綱而已。」超去後，尚私謂所親曰：「我以班君當有奇策，今所言平平耳。」尚至數年，而西域反亂，以罪被徵，如超所戒。

《題解》

後漢書一百二十卷，宋范曄撰。凡帝紀十，志三十，列傳八十，唐章懷太子賢爲之註。此班超列傳，乃後漢書之第七十七卷也。

《作者事略》

范曄字蔚宗，范泰少子。小字塼，出繼從伯弘之，襲封武興縣侯。晉安帝義熙末，爲彭城王義康冠軍參軍。宋受禪，爲隨府轉右軍參軍，秘書丞。父憂服闋，爲檀道濟征南司馬，尋爲司徒從事中郎。文帝即位，左遷宜城太守，尋爲長沙王義欣鎮軍長史，加寧朔將軍。母憂服闋，爲始興王濬後軍長史，太子詹事。元嘉二十二年，與孔熙先等謀立彭城王義康，事泄棄市，有集十五卷。

《注釋》

㈠平陵　故城在今陝西咸陽縣西北。

㈡班彪　字叔皮，其長子即班固，後漢書均有傳。

㈢涉獵　粗窺也。

㈣永平　東漢明帝年號。

㈤傅介子張騫　傅介子，北地人，元帝時，使西域，刺殺樓蘭王，封義陽侯。張騫，漢中人。嘗奉使通西域，經匈奴，留十餘載，史所稱「張騫鑿空」是也，封博望侯。

㈥顯宗　漢明帝也，名莊。

㈦蘭臺令　續漢志：蘭臺令史六人，秩百石，掌文書。

㈧竇固　字孟孫，平陵人。光武帝壻，封顯親侯。

㈨伊吾　匈奴地名，在今新疆哈密縣境。爲匈奴呼衍王庭。後漢書西域傳：「伊吾地宜五穀桑麻葡萄，皆膏腴之地，故漢帝與匈奴爭之，以制西域。」

㈩蒲類海　在今新疆鎮西縣西北。今名巴爾庫勒泊。本書竇固傳：「竇固擊呼衍王，追至蒲類海。」

（一一）鄯善　在新疆鄯善縣東南，漢西域三十六國之一，本名樓蘭，昭帝時始更名。西域圖考曰：「今噶順之千里戈壁皆其地。」

（一二）北虜　指匈奴。

（一三）侍胡　謂左右侍奉之胡人。

（一四）然　即燃字。

（一五）恂大驚……　言恂忌超之獨建奇功也。

（一六）于寘王廣德新攻破莎車　于寘莎車並西域國名，于寘在今新疆于寘和寘兩縣。莎車在今新疆莎車縣。

（一七）雄張南道　雄張，猶熾盛也，從鄯善傍南山北波河西行至莎車爲南道。

（一八）騧馬　謂黃馬而黑喙者，一說，馬淺黑色也。

（一九）龜茲　在新疆庫車沙雅二縣間，亦西域三十六國之一。王治居延城。

（二〇）疏勒　亦西域國名，在今新疆喀什噶爾英吉莎爾兩地。

（二一）故王兄子忠　原名榆勒，立後，更名曰忠。見章懷太子注引續漢書。

（二二）焉耆　西域國名，在今新疆焉耆縣。

（二三）姑墨　在今新疆拜城縣。

㉔肅宗　漢章帝也，名炟。

㉕尉頭　西域國名，在今新疆烏什縣西。

㉖建初　章帝年號。

㉗康居　國名，領有今新疆北境及中亞西亞地。

㉘拘彌　西域國名，亦稱扜彌，在今新疆于寘縣克勒底雅東。

㉙亘　猶遂也。

㉚月氏烏孫　並西方國名，均不屬于都護。

㉛谷吉　長安人，谷永之父。元帝時爲衞司馬，使送郅支單于侍子，爲郅支所殺。

㉜魏絳　春秋時晉大夫，晉悼公嘗遣絳與諸戎盟。

㉝三十六國　漢時所稱三十六國，皆在匈奴之西，烏孫之南，即婼羌樓蘭且末小宛精絕拘彌戎盧渠勒于闐皮山難兜烏秅西夜子合蒲犂依耐無雷大宛桃林休循捐毒莎車疏勒尉頭姑墨溫宿龜茲尉犂渠犂危須焉耆車師墨山劫狐胡烏壘也。

㉞城郭大小　謂具有城郭之大小諸國。

㉟敦煌　漢置郡，其治在今甘肅敦煌縣。

㊱溫宿　地在今新疆阿克蘇縣。

㊲徐幹　字伯張，工章草，與班固亦相善。

㊳弛刑及義從　弛刑，謂應刑之囚犯，弛放之使充兵役。義從，謂自願服兵者。

㊴武帝妻以公主　章懷太子注：「武帝元封中，以江都王建女細君爲公主，以妻烏孫，贈送盛甚，烏孫以爲右夫人。」

㊵至孝宣皇帝……　西域傳：宣帝即位，烏孫上書願發精兵五萬，盡力擊匈奴，分道並出，獲四萬餘級，馬牛羊七十餘萬。

㊶鼓吹幢麾　鼓吹，胡樂；幢麾，以鳥羽爲之：漢制皆大將所有，超非大將，故言假。

㊷昆彌　烏孫稱王爲昆彌。宣帝時，漢令立大小兩昆彌，以息其內爭。

㊸三至　見諸葛恪與丞相陸遜書注。

㊹車師　西域國名，在新疆吐魯番昌吉奇台等地，亦名姑師。

㊺符拔師子　續漢書曰：符拔，形似麟而無角。師子，即獅子也。

㊻永元　漢和帝年號。

㊼危須尉犂　並國名，在新疆焉耆縣。

㊽匈奴侍子　北鞬文本匈奴人而入侍焉者。

㊾緣　因也，言腹久逃亡之故何在也。

㊿白山　西河舊事曰：白山，匈奴謂之天山，去蒲類海百里。郭義恭曰：白山通歲有雪，亦名雪山。破白山見明帝紀。

(五一)元元　謂百姓也。

(五二)懸度　山名，以其須用繩索懸縋而過，故名。在罽賓國之東。

(五三)司馬法　書名，舊題司馬穰苴撰，證以史記，蓋齊威王諸臣集兵法爲之，而附穰苴于其中耳。三代兵制，頗可于此書見之，今存。

(五四)狐死首丘　禮檀弓：「狐死正首丘，仁也。」言狐死時，其首必向其故丘也。

(五五)代馬依風　代馬，代郡之馬也。韓詩外傳：「代馬依北風，飛鳥揚故巢。」

(五六)勇　班勇，字宜僚，亦嘗立功西域及匈奴。

(五七)昭　班昭，一名姬，字惠姬。適曹壽，壽亡，和帝召入宮，令皇后貴人師事之，號曹大家。作女誡七章，兄固作漢書未就卒，詔昭就東觀藏書續成之。

(五八)文王葬骨　周文王出遊，見路中枯骨，使葬之。諸侯以澤及枯骨，遂相率歸周。

(五九)子方哀老　田子方見魏文侯棄其老馬，以爲不仁，曰：「少盡其力，老而棄之，非仁也。」收而養之。

(六〇)民亦勞止……　此大雅民亦勞止詩也。

(六一)趙母衞姬　趙母，趙奢之妻，趙括之母也。知括出兵必敗，先請，得不坐罪。見史記。衞姬，齊桓公之姬，桓公與管仲謀伐衞，姬請衞之罪，得不伐。見列女傳。

(六二)賵　敷衆切，贈死之物也，公羊傳：「車馬曰賵，貨財曰賻。」

黃憲傳

范曄

黃憲，字叔度，汝南慎陽㈠人也。世貧賤，父為牛醫。潁川荀淑㈡至慎陽，遇憲於逆旅；時年十四，淑竦然異之，揖與語移日不能去。謂憲曰：「子，吾之師表也！」既而前至袁閎㈢所，未及勞問；逆曰：「子國有顏子，寧識之乎？」閎曰：「見吾叔度邪！」

是時，同郡戴良㈣，才高倨傲，而見憲未嘗不正容；及歸，罔然若有失也，其母問曰：「汝復從牛醫兒來邪？」對曰：「良不見叔度，不自以為不及，既覩其人，則瞻之在前，忽焉在後，固難得而測矣。」同郡陳蕃周舉㈤常相謂曰：「時月之間，不見黃生，則鄙吝之萌復存乎心。」及蕃為三公，臨朝歎曰：「叔度若在，吾不敢先佩印綬矣！」太守王龔㈥在郡，禮進賢達，多所降致，卒不能屈憲。

郭林宗㈦少游汝南，先過袁閎，不宿而退。進往從憲，累日方還。或以問林宗，林宗曰：「奉高之器，譬諸氿濫，雖清而易挹；叔度汪汪若千頃波，澄之不清，淆之不濁，不可量也！」

憲初舉孝廉，又辟公府；友人勸其仕，憲亦不拒之，暫到京師而還，竟無所就。年四十八終，天下號曰徵君㈧。

論曰：黃憲言論風旨，無所傳聞，然士君子見之者。靡不服深遠，去玭吝，將以道周性全，無德而稱乎！余曾祖穆侯㈨，以爲「憲隤然㈩其處順，淵乎其似道；淺深莫臻其分，清濁未議其方，若及門於孔氏，其殆庶乎。」故嘗著論云。

《題解》

此文在後漢書卷八十三，與周燮徐穉姜肱申屠蟠合傳，皆清節貞亮之士也。

《注釋》

㈠愼陽　縣名，在愼水之南。故城在今河南正陽縣北四十里。

㈡荀淑　字季和，潁川潁陰人，少有高行，博學而不好章句，李固李膺等宗師之，舉賢良方正。建和中卒。

㈢袁閎　字夏甫，汝陽人。累徵聘辟召，皆不就。朋黨事作，乃築土室而隱。惟下文稱奉高，則當爲袁閬，閬字奉高，汝南人。爲郡功曹，數辭公府之命，不修異操而致名當時。

㈣戴良　字叔鸞，恃才傲物，舉孝廉不就，再辟司空府不至，州郡追之，與妻子逃入江夏山中，終身不仕。

㈤陳蕃周舉　陳蕃字仲舉，汝南人，官至豫章太守，後封侯。以謀誅宦官，反爲所害。周舉字宣光，汝陽人，博學治聞，爲儒者宗；順帝時爲并州刺史，劾奏貪猾，朝廷稱之。

㈥王龔　字伯宗，高平人。好才愛士，人多歸之；安帝時爲青州刺史，劾奏貪濁，遷汝南太守。

㈦郭林宗　名泰，界休人。與河南尹李膺友善，名震京師。居家教授，弟子至數千人。嘗舉有道不就，及卒，蔡邕為之曰：「吾惟於郭有道碑，無愧色耳。」

㈧徵君　有學行之士，經詔書徵召者，曰徵君。

㈨穆侯　即范汪，字玄平。為晉安北將軍，謚曰穆。

㈩隤然　柔順貌。

范式傳

范曄

范式字巨卿，山陽金鄉㈠人也，一名氾。少遊太學，爲諸生，與汝南張劭爲友——劭字元伯——二人並告歸鄉里，式謂元伯曰：「後二年，當還，將過拜尊親，見孺子焉。」乃共剋期日，後期方至，元伯具以白母，請設饌以候之，母曰：「二年之別，千里結言，爾何相信之審邪？」對曰：「巨卿信士，必不乖違！」母曰：「若然，當爲爾醞㈡酒。」至其日，巨卿果到，升堂拜飲，盡歡而別，——式仕爲郡功曹。

後元伯寢疾篤，同郡郅君章殷子徵晨夜省視之，元伯臨盡歎曰：「恨不見吾死友！」子徵曰：「吾與君章，盡心於子，是非死友，復欲誰求？」元伯曰：「若二子者，吾生友耳，山陽范巨卿，所謂死友也。」尋而卒，式忽夢見元伯，玄冕垂纓，屣履㈢而呼曰：「巨卿！吾以某日死，當以爾時葬，永歸黃泉，子未我忘，豈能相及！」式怳然覺寤，悲歎泣下，具告太守，請往奔喪；太守雖心不信，而重違其情許之。式便服朋友之服㊃，投其葬日，馳往赴之。式未及到，而喪已發引，既至壙，將窆㊄而柩不肯進；其母撫之曰：「元伯！豈有望邪？」遂停柩。移時，乃見有素車白馬，號哭而來，其母望之曰：「是必范巨卿也。」巨卿既至，叩喪言曰：「行矣元伯！死生路異，永從此辭！」會葬者千人，咸爲揮涕，式因執紼而引，柩於是乃前；式遂留止冢次，爲修墳樹，然後乃去。

後到京師，受業太學，時諸生長沙陳平子亦同在學，與式未相見，而平子被病將亡，謂其妻曰：「吾聞山陽范巨卿，烈士也！可以託死，吾歿後，但以屍埋巨卿戶前。」乃裂素爲書，以遺巨卿，既終，妻從其言，時式出行適還，省書見瘞，愴然感之，向墳揖哭，以爲死友；乃營護平子妻兒，身自送喪於臨湘㊅，未至四五里，乃委素書於柩上，哭別而去。其兄弟聞之，尋求不復見。長沙上計掾史到京師，上書表式行狀，三府㊆並辟，不應，舉州茂才，四遷荆州刺史。

友人南陽孔嵩，家貧親老，乃變姓名傭爲新野縣阿里街卒。式行部到新野，而縣選嵩爲導騎迎式，式見而識之，呼嵩把臂謂曰：「子非孔仲山邪？」對之歎息，語及平生！曰：「昔與子俱曳長裾，遊息帝學，吾蒙國恩，致位牧伯，而子懷道隱身，處於卒伍，不亦惜乎！」嵩曰：「侯嬴㈧長守於賤業，晨門肆志於抱關㈨，子欲居九夷㈩，不患其陋，貧者士之宜，豈爲鄙哉！」式勅縣代嵩，嵩以爲先傭未竟，不肯去。嵩在阿里，正身厲行，街中子弟，皆服其訓化；遂辟公府，之京師，道宿下亭，盜共竊其馬，尋問知其嵩也，乃相責讓曰：「孔仲山善士，豈宜侵盜乎？」於是送馬謝之，嵩官至南海太守。式後遷廬江太守，有威名，卒於官。

《題解》

此文在後漢書卷一百十一，爲獨行列傳中之第八篇。獨行者，范曄序所謂「不得中行而有取于狂狷」者也。所傳共二十四人。

《注釋》

㈠金鄉　即今山東金鄉縣。

㈡醞　于問切，釀酒也。

㈢屣履　屣，色倚切，屣履謂納履未正，曳之而行也。

㈣朋友之服　儀禮喪服記注：朋友雖無親，有同道之恩，相爲服緦之經帶。

㈤窆　臂驗切，葬下棺也。

㈥臨湘　在今湖南長沙縣南。

㈦三府　三公之府也，東漢以太尉司徒司空爲三公。

㈧侯嬴　戰國魏隱士，年七十，家貧，爲大梁夷門監者。

㈨晨門肆志於抱關　論語憲問：「子路宿于石門，晨門曰：奚自？曰：自孔氏。」注：晨門者，閽人也。高士傳：石門守者，魯人也，亦避居不仕，自隱姓名，爲魯守石門。抱關，守門者也。

㈩子欲居九夷　論語子罕：「子欲居九夷。」馬注：「九夷，東方之夷。」皇疏：「九夷，一玄菟，二樂浪，三高麗，四滿飾，五鳧更，六索家，七東屠，八倭人，九天鄙。」

梁鴻傳

范　曄

梁鴻字伯鸞，扶風平陵人也。父讓，王莽時爲城門校尉，封修遠伯，使奉少昊後，寓於北地㊀而卒，鴻時尚幼，以遭亂世，因卷席而葬。後受業太學，家貧而尚節介，博覽無不通，而不爲章句。學畢，乃牧豕於上林苑㊁中，曾誤遺火，延及它舍，鴻乃尋訪燒者，問所去失，悉以豕償之；其主猶以爲少，鴻曰：「無它財，願以身居作。」主人許之，因爲執勤，不懈朝夕。鄰家耆老，見鴻非恆人，乃共責讓主人，而稱鴻長者，於是始敬異焉，悉還其豕，鴻不受而去，歸鄉里。

勢家慕其高節，多欲女之，鴻並絕不娶。同縣孟氏有女，狀肥醜而黑，力舉石臼，擇對不嫁，至年三十，父母問其故，女曰：「欲得賢如梁伯鸞者。」鴻聞而聘之，女求作布衣麻屨織作筐緝績之具，及嫁，始以裝飾入門，七日而鴻不答：妻乃跪牀下請曰：「竊聞夫子高義，簡斥數婦，妾亦偃蹇㊂數夫矣，今而見擇，敢不請罪。」鴻曰：「吾欲裘褐之人，可與俱隱深山者爾，今乃衣綺縞，傅粉墨，豈鴻所願哉！」妻曰：「以觀夫子之志耳，妾自有隱居之服。」乃更爲椎髻，著布衣，操作而前，鴻大喜曰：「此真梁鴻妻也，能奉我矣！」字之曰德曜，名孟光。

居有頃，妻曰：「常聞夫子欲隱居避患，今何爲默默，無乃欲低頭就之乎？」鴻曰：「諾。」乃共入霸陵山㊃中，時耕織爲業，詠詩書彈琴以自娛；仰慕前世高士，而爲四皓㊄以來二十四人作頌。因東出關，過京師，作五噫之歌，曰：「陟彼北芒㊅兮，噫！顧覽帝京兮，噫！宮室崔嵬㊆兮，噫！人之劬勞兮，噫！遼遼未央兮，噫！」肅宗㊇聞而非之，求鴻不得。乃易姓運期，名燿，字侯光，與妻子居齊魯之間，有頃，又去，適吳；將行，作詩曰：「遊舊邦兮遐征，將遙集兮東南，心惙怛㊈兮傷悴，志菲菲㊉兮升降，欲乘策兮縱邁，疾吾俗兮作讒，競舉枉兮措直㊀，咸先佞兮唌唌㊁，固靡慙兮獨建，冀異州兮尚賢㊂，聊逍搖兮遨嬉，纘仲尼兮周流㊃，儻云覯兮我悅，遂舍車兮即浮，過季札㊄兮延陵，求魯連㊅兮海隅，雖不察兮光貌㊆，幸神靈兮與休㊇，惟季春兮華阜，麥含含兮方秀，哀茂時兮逾邁，愍芳香兮日臭(一九)。悼吾心兮不獲，長委結兮焉究(二〇)，口囂囂兮余訕，嗟恇恇兮誰留(二一)。」

遂至吳，依大家臯伯通，居廡下(二二)，爲人賃舂。每歸，妻爲具食，不敢於鴻前仰視，舉案齊眉。伯通察而異之，曰：「彼傭能使其妻敬之如此，非凡人也！」乃方舍之於家。鴻潛閉著書十餘篇，疾且困，告主人曰：「昔延陵季子，葬子於嬴博(二三)之間，不歸鄉里，慎勿令我子持喪歸去。」及卒，伯通等爲求葬地於吳要離(二四)冢傍，咸曰：「要離烈士，而伯鸞清高，可令相近。」葬畢，妻子歸扶風。

初，鴻友人京兆高恢(二五)，少好老子，隱於華陰山中。及鴻東遊，思恢，作詩曰：「鳥嚶嚶兮友之期(二六)，念高子兮僕懷思，想念恢兮爰集茲。」二人遂不復相見，恢亦高抗，終身不仕。

《題解》

此文在後漢書卷一百十三，爲逸民列傳中之第七篇。逸民者，范曄序所謂

「不事王侯，高尚其事」者也。所傳共十六人。

《注釋》

㈠北地　在今甘肅環縣東南。

㈡上林苑　在陝西長安縣西至盩厔邱縣界，秦舊苑，漢武帝更增廣之，周袤三百里，離宮七十所。

㈢偃蹇　夭撟也，沿用爲傲慢之義。凡物之高者盛者，亦曰偃蹇。

㈣霸陵　在今陝西長安。

㈤四皓　漢初隱士東園公、綺里季、夏黃公、角里先生也，亦稱商山四皓。

㈥北芒　山名，在河南洛陽縣東北。接孟津、偃師、鞏三縣界，後漢城陽王祉，葬於北芒，其後王侯公卿多葬此。

㈦崔嵬　高峻也。

㈧肅宗　漢章帝也，名炟。明帝第五子。

㈨惙怛　憂傷也。

㈩菲菲　高下不定也。

(二一)措直　措，舍也，置也。論語：「舉枉措諸直，則民不服。」

(二二)唌唌　讒言捷急之貌。

(二三)固靡塹兮獨建……　建，立也。言己無塹于獨立，所以適吳者，冀異州之人，貴尚賢德也。

(二四)周流　指孔子周遊列國也。

(二五)季札　吳王壽夢季子，季札賢，壽夢欲立之，季札不可，乃立長子諸樊；季札封于延陵，故又號曰延陵季子。

(二六)魯連　魯仲連，戰國齊人。高蹈不仕，喜爲人排難解紛。田單言于齊王，欲爵之，連逃于海上。

(二七)光貌　光儀也。

(二八)休　美也。言雖不見季札及魯連，幸冀其神靈與之同美也。

(二九)臭　敗也。

(三〇)長委結兮誰究　委結，懷恨也。究，窮也。

(三一)恇恇　鄭玄禮注曰：「恐也。」

(三二)廡　說文：堂下周屋也。

(三三)嬴博　嬴，春秋齊邑，今山東萊蕪縣西北。博，亦齊邑，在今山東泰安縣東南。禮檀弓：延陵季子適齊，其長子死，葬于嬴博之間。

㉔要離　春秋時刺客。吳公子光既弒王僚，使要離刺其子慶忌，要離詐負罪出奔，使吳戮其妻子，而見慶忌于衞，與之俱渡江，至吳地，乘慶忌不意，刺中其要害，慶忌義之，使還吳以旌其忠，離至江陵，伏劍以報。冢在今蘇州吳縣西，梁鴻墓在其北。

㉕高恢　字伯通，疑與皐伯通相混。

㉖鳥嚶嚶兮友之期　詩伐木：「伐木丁丁，鳥鳴嚶嚶，出自幽谷，遷于喬木，嚶其鳴矣，求其友聲。」

左慈傳

范曄

左慈字元放，廬江人也。少有神道，嘗在司空曹操坐，操從容顧衆賓曰：「今日高會，珍羞略備，所少吳松江㊀鱸魚耳。」元放於下坐，應曰：「此可得也。」因求銅盤貯水，以竹竿餌釣於盤中，須臾引一鱸魚出。操拊掌大笑，會者皆驚。操曰：「一魚不周坐席，可更得乎？」放乃更餌釣。沈之，須臾復引出，皆長三尺餘，生鮮可愛。操使目前鱠之，周浹會者。操又謂曰：「既已得魚，恨無蜀中薑耳。」放曰：「亦可得也。」操恐其近即所取，因曰：「吾前遣人到蜀買錦，可過敕使者，增市二端。」語頃，即得薑還，并獲操使報命。後操使蜀反，驗問增錦之狀，及時日早晚，若符契焉。

後操出近郊，士大夫從者百許人，慈乃爲齎㊁酒一升，脯一斤，手自斟酌，百官莫不醉飽。操怪之，使尋其故，行視諸鑪，悉亡其酒脯矣。

操懷不喜，因坐上欲收殺之，慈乃卻入壁中，霍然不知所在。或見於市者，又捕之，而市人皆變形與慈同，莫知誰是。後人逢慈於陽城山㊂頭，因復逐之，遂入走羊羣；操知不可得，乃令就羊中告之曰：「不復相殺，本試君術耳。」忽有一老羝，屈前兩膝，人立而言曰：「遽如許㊃。」即競往赴之，而羣羊數百，皆變爲羝，並屈前膝人立，云：「遽如許。」遂莫知所取焉。

《題解》

此文在後漢書卷一百十二，爲方術列傳中之第二十八篇，所傳共三十四人，皆擅醫卜星相等種種異術者。

《注釋》

㊀吳松江　即今江蘇松江一帶，神仙傳：松江出好鱸魚，味異他處。

㊁齎　則私切；持以與人也。

㈢陽城山　在今河南登封縣東北。

㈣遽如許　章懷太子注：「言何遽如許為事。」

華佗傳

范曄

華佗字元化，沛國譙人也，一名旉。遊學徐土，兼通數經，曉養性之術，年且百歲，而猶有壯容，時人以爲仙。沛相陳珪舉孝廉，太尉黃琬辟，皆不就。精於方藥，處齊㈠不過數種，心識分銖，不假稱量，針灸不過數處，裁七八九，若疾發結於內，針藥所不能及者，乃令先以酒服麻沸散，既醉，無所覺，因刳破腹背，抽割積聚；若在腸胃，則斷截㈡湔洗，除去疾穢，既而縫合，傅以神膏，四五日創愈，一月之間皆平復。

嘗行道，見有病咽塞者，因語之曰：「向來道隅，有賣餅人萍虀㈢甚酸，可取三升飲之，病自當去。」即如佗言，立吐一蛇，乃懸於車而候佗。時佗小兒戲於門中，逆見，自相謂曰：「客車邊有物，必是逢我翁也。」及客進，顧視壁北，懸蛇以十數，乃知其奇。

又有一郡守，篤病久，佗以爲盛怒則差，乃多受其貨，而不加功，無何棄去，又留書罵之，太守果大怒，令人追殺佗，不及，因瞋恚，吐黑血數升而愈。

又有疾者，詣佗求療，佗曰：「君病根深，應當剖破腹，然君壽亦不過十年，病不能相殺也。」病者不堪其苦，必欲除之，佗遂下療，應時愈，十年竟死。

廣陵太守陳登，忽患匈中煩懣，面赤不食；佗脉之曰：「府君胃中有蟲，欲成內疽，腥物所爲也。」即作湯二升，再服，須臾，吐出三升許蟲，頭赤而動，半身猶是生魚膾，所苦便愈。佗曰：「此病後三朞當發，遇良醫可救。」登至期疾動，時佗不在，遂死。

曹操聞而召佗，常在左右；操積苦頭風眩，佗針隨手而差。有李將軍者，妻病，呼佗視脉，佗曰：「傷身而胎不去。」將軍言：「間實傷身，胎已去矣。」佗曰：「案脉，胎未去也。」將軍以爲不然，妻稍差，百餘日復動，更呼佗，佗曰：「脉理如前，是兩胎，先生者去血多，故後兒不得出也；胎既已死，血脉不復歸，必燥著母脊。」乃爲下針，并令進湯，婦因欲產而不通，佗曰：「死胎枯燥，勢不自生。」使人探之，果得死胎，人形可識，但其色已黑；佗之絕技，皆此類也。

爲人性惡難得意，且恥以醫見業，又去家思歸；乃就操求還取方，因託妻疾，數期不還，操累書呼之，又勑郡縣發遣，佗恃能厭事，猶不肯至。操大怒，使人廉之，知妻詐疾，乃收付獄訊，考驗首服。荀彧請曰：「佗方術實工，人命所懸，宜加全宥。」操不從，竟殺之。佗臨死，出一卷書與獄吏曰：「此可以活人。」吏畏法不敢受，佗亦不强，索火燒之。

初，軍吏李成苦欬，晝夜不寐，佗以爲腸癰，與散兩錢服之，即吐二升膿血，於此漸愈；乃戒之曰：「後十八歲，疾當發動，若不得此藥，不可差也。」復分散與之。後五六歲，有里人如成先病，請藥甚急，成愍而與之，乃故往譙㊃，更從佗求，適值見收，意不忍言；後十八年，成病發，無藥而死。

廣陵吳普，彭城樊阿，皆從佗學；普依準佗療，多所全濟。佗語普曰：「人體欲得勞動，但不當使極耳，動搖則穀氣得銷，血脈流通，病不得生；譬如戶樞，終不朽也。是以古之仙者，爲導引之事，熊經鴟顧㊄，引挽要體，動諸關節，以求難老；吾有一術，名五禽之戲，一曰虎，二曰鹿，三曰熊，四曰猨，五曰鳥，亦以除疾，兼利蹏足，以當導引；體有不快，起作一禽之戲，怡而汗出，因以著粉，身體輕便而欲食。」普施行之，年九十餘，耳目聰明，齒牙完堅。阿善針術，凡醫咸言背及匈藏之間，不可妄針，針之不可過四分，而阿針背入一二寸，巨闕匈藏，乃五六寸，而病皆瘳。阿從佗求方，可服食益於人者，佗授以漆葉青黏散，漆葉屑一斗，青黏㊅十四兩，以是爲率；言久服去三蟲，利五藏，輕體，使人頭不白。阿從其言，壽百餘歲，漆葉處所而有，青黏生於豐沛彭城及朝歌間。漢世異術之士甚衆，雖云不經，而亦有不可誣，故簡其美者，列于傳末。

《題解》

此文亦在後漢書卷一百十二，爲方術列傳中之第二十三篇。

《注釋》

㊀齊　音才計切，今通作劑。

㊁㦰　截本字。

㊂荓蘲　荓，同萍。荓蘲，魏志及本草並作𦯬蘲，詩疏：麄大爲蘋，小者爲

萍，季春始生。

㈣譙郡 在今安徽亳縣。

㈤熊經鴟顧 章懷太子注曰：「熊經，若熊之攀枝自懸也。鴟顧，身不動而回顧也。」

㈥青黏 章懷太子曰：青黏者一名地節，一名黃芝。

㈦三蟲 即三尸蟲也。一居腦，二居明堂，三居腹胃。太上三尸中經曰：上尸名彭倨，在人頭中，中尸名彭質，在人腹中。下尸名彭蟜，在人足中。

鑄象造寺宜加裁檢奏

蕭摩之

佛化被於中國，已歷四代㈠，形象塔寺，所在千數，進可以繫心，退足以招勸。而自頃以來，情敬浮末，不以精誠爲至，更以奢競爲重；舊宇頹弛，曾莫之修，而各務造新，以相姱尚。甲第顯宅，於茲殆盡，材竹銅綵，糜損無極。無關神祇，有累人事。違中越制，宜加裁檢，不爲之防，流遁未息。

請自今以後，有欲鑄銅像者，悉詣臺㈡自聞。興造塔封精舍，皆先詣在所二千石通辭，郡依事列言，本州須許報，然後就功。其有輒造寺舍者，皆依不承用詔書律，銅宅林苑，悉没入官。

《題解》

宋書夷蠻傳：天竺迦毗黎國，蘇摩黎國，斤陁利國，婆黎國，凡此諸國，皆事佛道。佛道自後漢明帝，法始東流，自此以來，其教稍廣；自帝王至于民庶，莫不歸心；經誥充積，訓義深造。別爲一家之學焉。民間鑄象造寺，漫無限制。元嘉十二年，丹陽尹蕭摩之乃上奏云云。按奏之爲體，七國以前，皆稱上書，秦始改書曰奏。漢定禮儀，則有四品：一曰章，二曰奏，自後遂沿用不廢。

《作者事略》

蕭摩之字仲緒，南蘭陵人，元嘉初，爲益州刺史，領南蠻校尉，遷湘州刺史，後爲丹陽尹。

《注釋》

㈠四代　謂漢魏晉宋也。

㈡臺　即臺官，謂尚書也。漢尚書稱中臺，在禁省中，故稱臺省。又唐書百官志：御史臺其屬有三院，一曰臺院。

蕪城賦

鮑　照

瀰迤(一)平原，南馳蒼梧漲海(二)，北走紫塞雁門(三)。柂以漕渠(四)，軸以崑岡(五)。重江複關之隩(六)，四會五達之莊(七)。

當昔全盛之時(八)，車絓轊(九)，人駕肩，廛閈(一〇)撲地，歌吹沸天，孳貨鹽田，鏟利銅山(一一)，才力雄富，士馬精妍。故能奓(一二)秦法，佚周令，劃崇墉，刳濬洫，圖修世以休命。是以板築雉堞(一三)之殷，井幹烽櫓(一四)之勤，格高五嶽(一五)，袤廣三墳(一六)，崪(一七)若斷岸，矗似長雲，制磁石以禦衝(一八)，糊赬壤以飛文(一九)，觀基扃之固護，將萬祀而一君，出入三代(二〇)，五百餘載，竟瓜剖而豆分！

澤葵(二一)依井，荒葛罥塗(二二)，壇羅虺蜮(二三)，階鬥麏鼯(二四)，木魅(二五)山鬼，野鼠城狐，風嗥雨嘯，昏見晨趨，饑鷹厲吻，寒鴟嚇雛，伏甝(二六)藏虎，乳血餐膚，崩榛塞路，崢嶸古馗(二七)，白楊早落，塞草前衰，稜稜霜氣，蔌蔌風威，孤蓬自振，驚砂坐飛，灌莽杳而無際，叢薄紛其相依；通池㉘既已夷，峻隅㉙又已頹，直視千里外，惟見起黃埃，凝思寂聽，心傷已摧！

若夫藻扃黼帳㉚，歌堂舞閣之基，璿淵碧樹㉛，弋林釣渚之館，吳蔡齊秦之聲，魚龍爵馬㉜之玩，皆薰歇燼滅，光沈響絕；東都妙姬，南國麗人，蕙心紈質，玉貌絳脣，莫不埋魂幽石，委骨窮塵；豈憶同輿之愉樂，離宮之苦辛哉！天道如何，吞恨者多，抽琴命操㉝，爲蕪城之歌。

歌曰：「邊風急兮城上寒，井徑㉞滅兮邱隴殘，千齡兮萬代，共盡兮何言！」

《題解》

蕪城，指廣陵故城也。廣陵，漢高帝時屬吳，景帝更名江都，武帝又更名廣陵，江都易王非，廣陵厲王胥，皆都焉，今屬江蘇江都縣。宋武帝孝建三年，竟陵王誕據城以反，沈慶之討平之，命悉誅城內丁男，以女口爲軍實，照因感事而作此賦。

《作者事略》

鮑照字明遠，東海人，文辭贍逸。宋文帝時，爲中書舍人，帝好文章，自謂人莫之及，照悟其旨，爲文因多鄙累之句，或謂照才盡，實不然也。臨海王子頊爲荊州，照爲前軍參軍，子頊敗，爲亂軍所殺。照一作昭，乃唐人避武后嫌名而改之也。

《注釋》

㊀瀰迤　讀如弭以，相連斜平之貌。

㊁蒼梧漲海　蒼梧，今廣西蒼梧縣。漲海南海之別稱。

㊂紫塞雁門　崔豹古今注曰：「秦所築長城，土色皆紫，漢塞亦然，故稱紫塞。」雁門，今山西代縣。

㊃柂以漕渠　柂，引也。漕渠，邗溝也。

㊄崑岡　一名廣陵岡，在今江都縣西北。河圖括地象曰：「崑岡之山，橫為地軸。」
㊅隩　藏也。
㊆四會五達之莊　爾雅：五達謂之康，六達謂之莊。
㊇全盛之時　指漢時也。
㊈絓轊　絓，行有所阻也。轊音衞，車軸頭也。
㊉廛閈　鄭玄周禮注：廛，氏居區域之稱。說文：閈，閭也。
⑪銅山　史記：吳有豫章郡銅山，吳王濞盜鑄錢，又煮海水為鹽。
⑫奓　同侈字。
⑬板築雉堞　三蒼解詁：板築，牆上下板築杵頭鐵沓也。周禮鄭注：雉長三丈，高一丈。杜預曰：堞，女牆也。
⑭井幹烽櫓　幹讀如寒；井幹，樓名，漢武帝所築。以此文言，當係井上之木欄，淮南子所謂雞棲井幹是也。櫓，望樓也。
⑮五嶽　嵩泰華衡恆五山也。
⑯墳　土脈墳起也。禹貢：兗州土黑墳，青州土白墳，徐州土赤埴墳，此三州與楊州接。

⑰崒　高峻也。

⑱磁石以禦衝　三輔黃圖曰：「阿房宮以磁石爲門，懷刃者止之。」

⑲糊頳壤以飛文　糊，黏也。頳壤，赤土也。飛文，言文采生動也。

⑳三代　王逸廣陵圖經曰：「廣陵郡城吳王濞所築。」自漢歷魏晉，故云三代。

㉑澤葵　苔類。

㉒昋　猶結也。

㉓虺蜮、蜮，小蛇也。虺，短狐也。

㉔麏鼯　麏與麇音義並同。鼯，鼠也。

㉕魅　老物精也。

㉖虤　古暴字，虎屬。

㉗馗　與逵通。

㉘通池　城壕也。

㉙崚隅　城隅也。

㉚藻扃黼帳　藻扃，扃施藻繪者也。黼帳，白黑相間之帳也。

㉛璿淵碧樹　璿淵，玉池也。碧樹，玉樹也。

㉒魚龍爵馬　皆戲玩之事。

㉓命操　命，名也。操，琴曲也。

㉔井徑　周禮：九夫爲井。又曰：夫間有遂，遂上有徑。

求自試啓

王融

臣聞春庚秋蟀㈠，集候相悲㈡；露木風榮㈢，臨年共悅；夫惟動植，且或有心，況在生靈，而能無感。臣自奉望宮闕，沐浴恩私，拔迹庸虛㈣，參名盛列，纓劍紫複㈤，趨步丹墀，歲時歸來，誇榮邑里。然無勤而官，昔賢曾議，不任而祿，有識必議，臣所用慷慨憤懣，不遑自安；誠以深恩解報，聖主㈥難逢，蒲柳先秋㈦，光陰不待，貪及明時，展悉愚効，以酬陛下不世之仁；若微誠獲信，短才見序，文武吏法，惟所施用。

夫君道含弘，臣術無隱，翁歸乃居中自見㈧，充國曰莫若老臣㈨，竊景前修，敢蹈輕節，以冒不媒㈢之鄙，式罄㈢奉公之誠，抑又唐堯在上，不參二八㈢，管夷吾恥之，臣亦恥之，願陛下裁覽。

《題解》

南齊書王融傳：融博涉有文才，以父官不通，弱冠便欲紹興家業，乃上書南齊世祖求自試，即此啓也。

《作者事略》

王融字元長，琅玡臨沂人。父道琰，盧陵內史，母謝惠宣女，教融書學，舉秀才，累官中書郎。武帝幸芳林園，禊宴朝臣，使融爲曲水詩序，文藻富麗，稱于當世。後坐事死于獄。

《注釋》

㈠春庚秋蟀　庚，倉庚也。蟀，蟋蟀也。

㈡集候相悲　集，就也，言就時而鳴，各有所悲也。

㊂棨　爾雅：「草謂之棨。」

㊃庸虛　謂庸俗空虛，無所表見也。時融遷太子舍人。

㊄纓劍紫複　纓，冠系也，有裡之衣曰複，謂冠劍而披紫複之衣也。

㊅聖主　指世祖蕭賾也。

㊆蒲柳先秋　楊樹一名蒲柳，晉書顧悅之傳：悅之與簡文同年，而髮早白，帝問其故，對曰：「蒲柳常質，望秋先零！」

㊇翁歸乃居中自見　尹翁歸字子況，河東人。田延年爲河東太守，悉召吏五六十人，令文者東，武者西，閱到翁歸，獨伏不肯起，曰：翁歸文武兼備，唯所設施。

㊈充國曰莫若老臣　漢書趙充國傳：充國年七十餘，上老之，使御史大夫丙吉，問誰可將者。充國對曰：「亡踰于老臣者。」

㊉不媒　謂無人介紹也。

㊀式罄　式，用也。罄，盡也。

㊁二八　指八元八愷也。左傳：高辛氏有才子八人：伯奮仲堪叔獻季仲伯虎仲熊叔豹季貍，天下之民，謂之八元。高陽氏有才子八人：蒼舒隤敳檮戭大臨龍降庭堅仲容叔達，天下之民，謂之八愷。

文選序

蕭統

式㊀觀元始，眇覿玄風㊁，冬穴夏巢之時，茹毛飮血之世，世質民淳，斯文未作。逮乎伏羲氏之王天下也，始畫八卦，造書契，以代結繩之政，由是文籍生焉㊂。易曰：「觀乎天文，以察時變；觀乎人文，以化成天下㊃。」文之時義遠矣哉！若夫椎輪爲大輅㊄之始，大輅寧有椎輪之質，增冰爲積水所成，積水曾微增冰之凜㊅；何哉？蓋踵㊆其事而增華，變其本而加厲，物既有之，文亦宜然，隨時改變，難可悉詳。

嘗試論之曰：詩序云，詩有六義焉，一曰風，二曰賦，三曰比，四曰興，五曰雅，六曰頌。至於今之作者，異乎古昔，古詩之體，今則全取賦名，荀宋㊇表之於前，賈馬㊈繼之於後，自兹以降，源流實繁，述邑居則有憑虛亡是㊉之作，戒畋遊則有長楊羽獵⑪之制，若其紀一事，詠一物⑫，風雲草露之興，魚蟲禽獸之流㉓，推而廣之，不可勝載矣。

又楚人屈原，含忠履潔，君匪從流，臣進逆耳㉔，深思遠慮，遂放湘南；耿介㉕之意既傷，壹鬱之懷靡愬㉖，臨淵有懷沙㉗之志，吟澤有憔悴之容，騷人之文，自茲而作。

詩者，蓋志之所之也，情動於中而形於言，關雎，麟趾，正始之道著，桑間，濮上㉘，亡國之音表，故風雅之道，粲然可觀。自炎漢中葉，厥塗漸異，退傅㉙有在鄒之作，降將㉚著河梁之篇，四言五言，區以別矣。又少則三字，多則九言，各體互興，分鑣㉛並驅。

頌者，所以游揚德業，褒讚成功，吉甫有穆若之談㉜，季子有至矣之嘆㉝；舒布爲詩，既言如彼，總成爲頌，又亦若此。次則箴興於補闕，戒出於弼匡，論則析理精微，銘則序事清潤，美終則誄發，圖像則讚興，又詔、誥、教、令之流，表、奏、箋、記之列，書、誓、符、檄之品，弔、祭、悲、哀之作，答客、指事㉞之制，三言、八字㉟之文，篇辭引序，碑碣志狀，衆制鋒起，源流間出，譬陶匏異器，並爲入耳之娛，黼黻不同，俱爲悅目之翫；作者之致，蓋云備矣。

余監撫㊱餘閒，居多暇日，歷觀文囿，游展辭林，未嘗不心游目想，移晷忘倦。自姬漢以來，眇焉悠邈，時更七代(二七)，數逾千祀；詞人才子，則名溢於縹囊，飛文染翰，則卷盈乎緗帙；自非略其蕪穢，集其清英，蓋欲兼功太半，難矣！若夫姬公之籍，孔父之書，與日月俱懸，神鬼爭奧，孝敬之準式，人倫之師友，豈可重以芟夷，加之剪截。老莊之作，管孟之流，蓋以立意爲宗，不以能文爲本，今之所撰，又以略諸。若賢人之美辭，忠臣之抗直，謀夫之話，辯士之端(二八)，冰釋泉涌，金相玉振(二九)，所謂坐狙丘，議稷下(三〇)，仲連之卻秦軍(三一)，食其之下齊國(三二)，留侯之發八難(三三)，曲逆之吐六奇(三四)。蓋乃事美一時，語留千載，概見墳籍，旁出子史，若斯之流，又亦繁博，雖傳之簡牘，而事異篇章，今之所集，亦所不取。至於記事之史，繫年之書，所以褒貶是非，紀別異同，方之篇翰，亦已不同。若其讚論之綜緝辭采，序述之錯比文華，事出於沈思，義歸乎翰藻，故與夫篇什，雜而集之；遠自周室，迄于聖代，都爲三十卷，名曰文選云爾。

《題解》

文選舊本三十卷，今李善及六臣注本俱六十卷。所選諸文，上自姬周，下迄齊梁，爲總集之要著。其所分類，共列三十八門，雖嫌煩瑣，然亦可睹當時對於文體分類之觀念。此序則昭明太子選成以後，爲之以見旨耳。

《作者事略》

昭明太子蕭統字德施，高祖長子。生而聰叡，讀書數十行下，過目皆憶，引納才學之士，商搉古今，閒則繼以文章著述。中大通三年三月，與姬人蕩舟，舟覆後湖，因得風疾，卒時年三十一，諡曰昭明。有文集二十卷，又撰古今典誥文言爲正序十卷，五言詩之善者爲文章英華二十卷，文選三十卷。

《注釋》

㈠式　發語詞。

㈡眇覿玄風　眇，遠也。覿，見也。玄風，張杓曰：無爲之風也。

㈢逮乎伏羲氏之王天下也……　此數句係東晉僞古文尚書序文，說文序稱黃帝之史倉頡，初造書契，與此說異。

㈣觀乎天文……　此易賁卦彖傳文也。集解引虞翻曰：日月星辰爲天文，在天成變，故以察時變。干寶曰：聖人之化，成乎文章，觀文明而化成天下。

㈤椎輪大輅　椎輪，即椎車也。無輻。大輅，即玉輅也。

㈥積水曾微增冰之凜　高誘淮南注：曾，則也。詩毛傳：微，無也。廣雅：增，重也。楚辭招魂：增冰峨峨，雪千里些。

㈦踵　繼也。

㈧荀宋　荀況宋玉也。漢志荀卿賦十篇，宋玉賦十六篇，今荀子有賦篇。

㈨賈馬　賈誼司馬相如也。漢志賈誼賦七篇，司馬相如賦二十九篇。

㈩憑虛亡是　張衡西京賦開端有云：「有憑虛公子者。」案憑虛公子，亡是公，烏有先生，皆虛設之人，蓋借此三人之辭，以爲文之發端者。見漢書司馬相如傳。

⑪長楊羽獵　二賦，皆揚雄作。

⑫紀一事詠一物　羅日章曰：紀事如潘岳籍田西征射雉，詠物如王褒洞簫馬融長笛嵇康琴賦潘岳笙賦。

⑬風雨草露……　羅日章曰：如宋玉風賦，荀況雲賦，孫楚菊花賦，曹植槐

賦，摯虞觀魚賦，蔡邕蟬賦，禰衡嬰武賦，顏延之赭白馬賦，皆其例也。

(二四)君匪從流……　左氏昭十三年傳：叔向曰：齊桓公從善如流。史記留侯世家：張良曰：忠言逆耳利于行。

(二五)耿介　王逸曰：耿介，執節守道，不順枉也。

(二六)壹鬱之懷靡愬　壹鬱，猶堙鬱也。愬，同訴，告也。

(二七)懷沙　屈原所作。

(二八)桑間濮上　禮記樂記曰：桑間濮上之音，亡國之音也。鄭康成注：濮水之上，地有桑間者，亡國之音，於此出也。

(二九)退傅　謂韋孟也，孟作詩諷諫，後逐去位，徙家于鄒，又作在鄒詩。

(三〇)降將　謂李陵也。陵與蘇武詩三首；有云：攜手上河梁，遊子暮何之，故曰：河梁篇也。

(三一)鑣　馬銜也。

(三二)吉甫有穆若之談　詩大雅蒸民曰：「吉甫作頌，穆如清風。」鄭箋：穆，和也。漢司隸校尉魯峻碑作穆若。

(三三)季子有至矣之嘆　左氏襄二十九年傳：吳公子來聘，請觀于周樂，爲之歌頌，曰：至矣哉。

㉔答客指事　張杓曰：答客謂東方朔答客難，班固答賓戲也。曾釗曰：指事蓋七類，如七發說七事以發太子是也。

㉕三言八字　三言如戰國策之「海大魚，」八字指蔡邕題曹娥碑之「黃絹幼婦，外孫齏臼，」皆隱語也。

㉖監撫　左氏閔二年傳：里克曰：太子軍行則守，有守則從，從曰撫軍，守曰監國。

㉗七代　謂周秦漢魏晉宋齊也。

㉘若賢人之美辭……　此數句蓋敍不選戰國策及兩漢奏疏之意。

㉙金相玉振　詩毛傳：相，質也。孟子趙注：振，揚也。

㉚坐狙丘議稷下　曹植與楊德祖書引魯連子曰：齊之辨者曰田巴，辨于狙邱，而議于稷下，毀五帝，辠三皇，一旦而服千人。

㉛仲連之卻秦軍　魯仲連說新垣衍拒帝秦事，見戰國策。

㉜食其之下齊國　史記：酈食其伏軾下齊七十餘城。

㉝留侯之發八難　漢書高帝紀：酈食其欲立六國後以樹黨，漢王以問張良，良發八難。

㉞曲逆之吐六奇　曲逆侯，謂陳平也。從高祖擊臧荼陳豨黥布，凡六出奇計。

采蓮賦

蕭繹

紫莖兮文波，紅蓮兮芰荷，綠房㈠兮翠蓋，素實兮黃螺㈡。於時妖童媛女，蕩舟心許，鷁首㈢徐迴，兼傳羽杯，櫂將移而藻挂，船欲動而萍開。爾其纖腰束素，遷延顧步，夏始春餘，葉嫩花初，恐沾裳而淺笑，畏傾船而斂裾。故以水濺蘭橈，蘆侵羅襦，菊澤未及，梧臺㈣迥見，荇溼霑衫，菱長繞釧，汎柏舟而容與，歌采蓮於江渚。

歌曰：「碧玉小家女，來嫁汝南王㈤，蓮花亂臉色，荷葉雜衣香，因持薦㈥君子，願襲芙蓉裳。」

《題解》

賦者，風雅之遺也，楚人最工爲之，類多寓以諷諫。及荀卿始以之詠物。降及南北朝，小賦盛行，選此以見一斑。

《作者事略》

梁元帝蕭繹字世誠，小字七符，武帝第七子。天監十三年，封湘東王。建康陷，奉密詔爲侍中，假黃鉞大都督中外諸軍事，進位相國，總百揆。大寶三年十一月，即位于江陵，改元承聖。在位三年，爲西魏所擒，遇害。有漢書注孝德傳忠臣傳顯忠錄懷舊志鴻烈金樓子玉韜等書及集五十二卷，小集十卷。

《注釋》

㈠綠房　房謂蓮房也。魯靈光殿賦，綠房紫菂。

㈡黃螺　夏侯湛芙蓉賦：析碧皮，食素實。……黃螺圓出。

㈢鷁首　指船之首也。淮南子：龍舟鷁首。

㈣梧臺　列子：宋之愚人，得燕石于梧臺之側。

㈤碧玉小家女……　樂府有情人碧玉歌碧玉一說汝南王妾。庾信詩：「定知劉碧玉，偷嫁汝南王。」

㈥薦　進也。

散逸論

蕭方等

人生處世，如白駒過隙耳。一壺之酒，足以養性；一簞之食，足以怡形；生在蓬蒿，死葬溝壑，瓦棺石槨，何以異茲。吾嘗夢爲魚，因化爲鳥，當其夢也，何樂如之；及其覺也，何憂斯類；良由吾之不及魚鳥者遠矣！故魚鳥飛浮，任其志性，吾之進退，恆存掌握。舉手懼觸，搖足恐墮，若使吾終得與魚鳥同遊，則去人間如脫屣耳。

《題解》

梁書世祖二子傳。蕭方等少聰敏，有俊才，善騎射，尤長巧思，性愛林泉，特好散逸，嘗著論云云，即此論也。

《作者事略》

蕭方等字實相，元帝長子。太清三年，討河東王譽，敗死，年二十二。有三十國春秋三十一卷。

郭世道傳

沈約

郭世道，會稽永興㈠人也。生而失母，父更娶，世道事父及後母，孝道淳備，年十四，又喪父，居喪過禮，殆不勝喪。家貧，無產業，傭力以養繼母。婦生一男，夫妻共議曰：「勤身供養，力猶不足，若養此兒，則所費者大。」乃垂泣瘞之。母亡，負土成墳，親戚或共賻助，微有所受；葬畢，傭賃倍還先直。服除後，哀戚思慕，終身如喪者，以為追遠之思，無時去心，故未嘗釋衣幍㈡；仁厚之風，行於鄉黨，鄰村小大，莫有呼其名者。

嘗與人共於山陰市貨物，誤得一千錢，當時不覺，分背方悟；請其伴，求以此錢追還本主，伴大笑不答，世道以己錢充數，送還之，錢主驚嘆，以半直與世道，世道委之而去。元嘉㈢四年，遣大使巡行天下，散騎常侍袁愉，表其淳行；太祖嘉之，勅郡牓表閭門，蠲其稅調㈣，改所居獨楓里為孝行焉。太守孟顗，察孝廉，不就。

子原平，字長泰，又禀至行。養親必己力，性閑木功，傭賃以給供養，性謙虛，每爲人作匠，取散夫價。主人設食，原平自以家貧父母不辦有肴味，唯飡鹽飯而已。若家或無食，則虛中竟日，義不獨飽，要須日暮作畢，受直歸家，於里中買糴，然後舉爨。父抱篤疾彌年，原平衣不解帶，口不嘗鹽菜者，跨積寒暑；又未嘗睡臥。父亡，哭踊慟絕，一日方蘇，以爲奉終之義，情禮所畢。營壙凶功，不欲假人，本雖智巧，而不解作墓，乃訪邑中有營墓者，助人運力，經時展勤，久乃閑練，又自賣十夫，以供衆費，窀穸㈤之事，儉而當禮。性無術學，因心自然；葬畢，詣所買主，執役無懈。與諸奴分務，每讓逸取勞，主人不忍使，每遣之，原平服勤，未曾暫替。所餘私夫傭賃，養母有餘，聚以自贖。本性智巧，既學搆冢，尤善其事，每至吉歲，求者盈門，原平所赴，必自貧始，既取賤價，又以夫日助之。父喪既終，自起兩間小屋，以爲祠堂，每至節歲烝嘗㈥，於此數日中，哀思絕飲粥。父服除後，不復食魚肉，於母前示有所噉，在私室未曾安嘗，自此迄終，三十餘載。

高陽㈦許瑤之，居在永興，罷建安郡㈧丞還家，以綿一斤遺原平，原平不受，送而復反者，前後數十。瑤之乃自往曰：「今歲過寒，而建安綿好，以此奉尊上下耳。」原平乃拜而受之。

及母終，毀瘠彌甚，僅乃免喪。墓前有數十畝田，不屬原平，每至農月，耕者恆裸袒；原平不欲使人慢其墳墓，乃販質家資，貴買此田，三農之月，輒束帶垂泣，躬自耕墾。每出市賣物，人問幾錢，裁言其半，如此積時，邑人皆共識悉，輒加本價與之，彼此相讓，欲買者稍稍減價，要使微賤，然後取直。

居宅下溼，遶宅爲溝，以通淤水。宅上種少竹，春月夜有盜其筍者，原平偶起見之，盜者奔走墜溝；原平自以不能廣施，至使此人顛沛，乃於所植竹處溝上，立小橋令足通行，又采筍置籬外，鄰曲慚愧，無復取者。太祖㊈崩，原平號哭致慟，日食麥料㊁一枚，如此五日。人或問之曰：「誰非王民，何獨如此？」原平泣而答曰：「吾家見異先朝，蒙褒贊之賞，不能報恩，私心感慟耳！」

又以種瓜爲業，世祖大明七年，大旱，瓜瀆不復通船，縣官劉僧秀愍其窮老，下瀆水與之。原平曰：「普天大旱，百姓俱困，豈可減溉田之水，以通運瓜之船！」乃步從他道，往錢唐貨賣。每行來，見人牽埭未過，輒迅檝㊂助之，已而引船，不假旁力。若自船已渡，後人未及，常停住須待，以此爲常。嘗於縣南郭鳳隷助人引船，遇人相鬥者，爲吏所錄，鬥者逃散，唯原平獨住；吏執以送縣，縣令新到，未相諳悉，將加嚴罰，原平解衣就罪，義無一言。左右小大，咸稽顙請救，然後得免。由來不謁官長，自此以後，乃修民敬。

太守王僧朗察孝廉，不就。太守蔡興宗臨郡，深加貴異，以私米饋原平，原平固讓頻煩，誓死不受。人或問曰：「府君嘉君淳行，愍君貧老，故加此贍，豈宜必辭。」原平曰：「府君若以吾義行邪，則無一介之善，不可濫荷此賜。若以其貧老邪，耋齒甚多，屢空㊂比室，非吾一人而已。」終不肯納。

原平少長交物，無忤辭於人；與其居處者，數十年未嘗見喜慍之色。三子一弟，並有門行：長子伯林，舉孝廉；次子靈馥，儒林祭酒；皆不就。

《題解》

宋書一百卷，梁沈約撰。約表上其書，謂本紀列傳，繕寫已畢，合志表七十卷。所撰諸志，須成續上。今此書有紀志傳而無表，史通謂此書爲紀十志三十列傳六十，合百卷，不言其有表。隋志亦作百卷，或唐以前，其表早佚。今選其郭世道傳。

《作者事略》

沈約字休文，梁武康人。仕宋及齊，累官司徒左長史，武帝受禪，爲尚書僕射，遷尚書令，卒謚隱。博物洽聞，該悉舊章，爲當世所取則。時謝玄暉善爲詩，任彥昇工於筆，約兼而有之，自負才長，昧于榮利，用事十餘年，政之得失，唯唯而已。

《注釋》

㈠永興　本漢餘暨縣，孫權改曰永興，在今浙江蕭山縣西。

㈡幍　土刀切，編絲繩也。

㈢元嘉　宋文帝義隆年號。

㈣蠲其稅調　蠲，除也。調，賦也。氏賦曰調，晉平吳，制戶調，見晉書。

㈤窀穸　墓穴也。

㊅烝嘗　冬祭曰烝，秋祭曰嘗。

㊆高陽　在今山東高密縣西北。

㊇建安郡　三國吳置，即今福建建甌縣。

㊈太祖　宋文帝也，在位三十年。

㊉粔　博管切，屑米餅也。

㊁檝　同楫。

㊂屢空　謂貧乏也。論語：「回也其庶乎屢空。」言數至空乏也。

難范縝神滅論

沈約

來論云：「形即是神，神即是形。」又云：「人體是一，故神不得二。」若如雅論，此二物不得相離，則七竅百體，無處非神矣。七竅之用既異，百體所營不一，神亦隨事而應，則其名亦應隨事而改。神者，對形之名，而形中之形，各有其用，則應神中之神，亦應各有其名矣。今舉形則有四肢百體之異，屈伸聽受之別，各有其名，各有其用；言神唯有一名，而用分百體，此深所未了也。若形與神對，片不可差，則何形之名多，神之名寡也！

若如來論七尺之神，神則無處非形，形則無處非神矣。刀則唯刃獨利，非刃則不受利名，故刀是舉體之稱，利是一處之目。力之與利，既不同矣，形之與神，豈可妄合邪！又昔日之刀，今鑄爲劍，劍利即是刀利，而刀形非劍形；於利之用弗改，而質之形已移，與夫前生爲甲，後生爲丙，夫人之道或異，往識之神猶傳，與夫劍之爲刀，刀之爲劍，有何異哉！又一刀之質，分爲二刀，形已分矣，而各有其爲利；今取一半之身，而剖之爲兩，則飲齕㊀之生即謝，任重之爲不分，又何得以刀之爲利，譬形之與神邪！

來論謂刀之與利，即形之有神，刀則舉體是一利，形則舉體是一神。神用於體，則有耳目手足之別，手之用不爲足用，耳之用不爲眼用；而利之爲用，無所不可，亦可斷蛟蛇，亦可截鴻雁，非一處偏可割東陵之瓜㊁，一處偏可割南山之竹㊂。若謂利之爲用，亦可得分，則足可以執物，眼可以聽聲矣；若謂刀背亦有利，兩邊亦有利，但未鍛而銛㊃之耳。利若遍施四方，則利體無處復立，形方形直，並不得施利，利之爲用，正存一邊毫毛處耳。神之與形，舉體若合，又安得同乎？刀若舉體是利，神用隨體則分，若使刀之與利，其理若一，則胛下㊄亦可安眼，背上亦可施鼻，可乎？不可也。若以此譬爲盡邪，則不盡；若謂本不盡邪，則不可以爲譬也。

若形即是神，神即是形，二者相資，理無偏謝。則神亡之日，形亦應消；而今有知之神亡，無知之形在，此則神本非形，形本非神，又不可得强令如一也。若謂總百體之質謂之形，總百體之用謂之神，今百體各有其分，則眼是眼形，耳是耳形，眼形非耳形，耳形非眼形；則神亦隨百體而分，則眼有眼神，耳有耳神，耳神非眼神，眼神非耳神也。而偏枯之體，其半已謝，已謝之半，事同木石，譬彼僵尸，永年不朽，此半同滅，半神既滅，半體猶存，形神俱謝，彌所駭惕。若夫二負之尸㈥，經億載而不毀，單開之體㈦，尚餘質於羅浮，神形若合，則此二士不應神滅而形存也。

來論又云：「欻㈧而生者，欻而滅者，漸而生者，漸而滅者。」請借子之衝，以攻子之城；漸而滅，謂死者之形骸，始乎無知，而至於朽爛也，若然，則形之與神，本爲一物，形既病矣，神亦告病，形既謝矣，神亦云謝；漸之爲用，應與形俱，形以始亡末朽爲漸，神獨不得以始末爲漸邪。

來論又云：「生者之形骸，變爲死者之骨骼。」案如來論，生之形骸，既化爲骨骼矣，則生之神明，獨不隨形而化乎！若附形而化，則應與形同體，若形骸即是骨骼，則死之神明，不得異生之神明矣，向所謂死，定自未死也。若形骸非骨骼，則生神化爲死神，生神化爲死神，即是三㈨世，安謂其不滅哉！神若隨形，形既無知矣，形既無知，神本無質，無知便是神亡，神亡而形在，又不經通；若形雖無知，神尚有知，形神既不得異，則向之死形，翻復非枯木矣。

《題解》

梁書范縝傳：「范縝字子真，南鄉舞陰人。晉安北將軍汪六世孫，父濛早卒，縝少孤貧，事母孝謹，博通經術，尤精三禮。在齊世嘗侍竟陵王子良，子良精信釋教，而縝盛稱無佛。子良問曰：君不信因果，世間何得有富貴，何得有貧賤？縝答曰：人之生，譬如一樹花，同發一枝，俱開一蔕，隨風而墮，自有拂簾幌墜于茵席之上，自有關籬牆落于溷糞之側。墜茵席者，殿下是也；落糞溷者，下官是也；貴賤雖復殊途，因果竟在何處？子良不能屈，深怪之，縝退論其理，著神滅論」云云。當時難之者甚多，一場神滅與神靈不滅之論戰，牽入者凡數十人。茲選沈約此篇爲代表。

《注釋》

㈠齕　音覈又音紇，齧也。

㈡東陵之瓜　史記：召平者，故東陵侯，秦破爲布衣，貧，種瓜于長安城東，瓜美，故世俗謂之東陵瓜。

㈢南山之竹　南山，終南山也，其地多竹。故漢公孫賀捕京師大俠朱安世，安世曰：南山之竹，不足受我辭。

㈣銛　利也。

㈤胛　音甲，背胛也，俗謂之肩胛。

㈥二負之尸　山海經海內西經：「貳負之臣曰危危，與貳負殺窫窳，帝乃梏之疏屬之山，桎其右足，反縛二手與髮。」郭璞注曰：「漢宣帝使人上郡發盤石，石室中得一人，徒裸被髮，反縛，械一足，以問羣臣，莫能知，劉子政案此言對之，宣帝大驚，于是時人爭學山海經矣；論者多以爲是其尸象，非真體也。」

㈦單開之體　單道開晉敦煌人，常衣粗褐，呑細石子，晝夜不臥，一日行七百餘里，升平中至京師，後入羅浮山，百餘歲而卒。

㈧欻　欻本字，許勿切，忽也。

㈨三世　佛家以過去現在未來爲三世。

恨賦

江淹

試望平原，蔓草縈骨，拱木㊀斂魂，人生到此，天道寧論！於是僕本恨人，心驚不已，值念古者，伏恨而死。

至如秦帝按劍㊁，諸侯西馳，削平天下，同文共規㊂，華山爲城，紫淵㊃爲池，雄圖既溢，武力未畢，方架黿鼉以爲梁㊄，巡海右以送日㊅，一旦魂斷，宮車晚出㊆。

若乃趙王既虜㊇，遷於房陵，薄暮心動，昧旦神興，別豔姬與美女，喪金輿及玉乘，置酒欲飲，悲來填膺，千秋萬歲，爲怨難勝。

至於李君降北㊈，名辱身冤，拔劍擊柱，弔影慚魂，情往上郡，心留雁門，裂帛繫書㊉，誓還漢恩，朝露溘⑪至，握手何言！

若夫明妃去時⑫，仰天太息，紫臺⑬稍遠，關山無極，搖風忽起，白日西匿，隴雁少飛，代雲寡色，望君王兮何期，終蕪絕兮異域。

至乃敬通見抵㉔，罷歸田里，閉關卻掃㉕，塞門不仕㉖，左對孺人，右顧稚子，脫略公卿，跌宕㉗文史，齎志沒地，長懷無已。

及夫中散下獄㉘，神氣激揚，濁醪夕引，素琴晨張，秋日蕭索，浮雲無光，鬱青霞之奇意，入修夜之不暘㉙。

或有孤臣危涕，孽子㉚墜心，遷客海上，流戍隴陰㉛，此人但聞悲風汨起，血下霑衿，亦復含酸茹歎㉜，銷落湮沈。

若乃騎疊迹，車屯軌，黃塵匝地，歌吹四起，無不煙斷火絕，閉骨泉裡。

已矣哉！春草暮兮秋風驚，秋風罷兮春草生，綺羅畢兮池館盡，琴瑟滅兮邱隴平，自古皆有死，莫不飲恨而吞聲！

《題解》

淹以自古以來，帝王列侯名將美人才士高人及窮困榮華者，每不稱其情，飲恨而死，故為之賦。

《作者事略》

江淹字文通，濟陽考城人。祖皝，丹陽令，父康之，南沙令。淹少而沈敏，六歲能屬詩，及長，愛奇尚異，自以孤賤，厲志篤學，漸得聲譽。嘗夢郭璞謂之曰：君借我五色筆，今可見還，淹即探囊以筆付璞，自此以後，才思稍減。歷仕宋齊梁三代，卒，贈醴泉侯。

《注釋》

㈠拱木　言墓木可兩手合抱也。

㈡秦皇按劍　說苑：「始皇按劍而坐。」

㈢同文共規　規，法也。禮中庸：「車同軌，書同文。」

㈣紫淵　在今山西離石縣北。

㈤黿鼉以爲梁　竹書紀年：「周武王三十七年伐紂，大起九師，東至于九江，叱黿鼉以爲梁。

㈥送日　列子：「穆王駕八駿之乘，乃西觀日所入。」

㈦宮車晚出　史記：王稽謂范睢曰：「宮車一日晏駕，是事之不可知也。」

㈧趙王既虜　趙王，戰國趙王遷也，爲秦所滅，流房陵，思故鄉，作山水之謳，聞者莫不隕涕。案房陵在漢中，今湖北房縣。

㈨李君北降　漢書：武帝天漢二年，李陵爲騎都尉，領步卒三千，出居延，至浚稽山，與匈奴相值，戰敗，弓矢並盡，陵遂降。

㈩裂帛繫書　漢蘇武爲匈奴所囚，紿漢不在，漢使求之，詐言：「天子射上林中，得雁足，有繫帛書，言武等在某澤中。」匈奴驚，乃卒歸武。

(十一)朝露溘至　漢書：李陵謂蘇武曰：「人生如朝露，何久自苦如此。」溘，奄忽也。

(十二)明妃去時　漢書元帝竟寧元年正月，呼韓邪單于，詔掖庭王嬙爲閼氏。應劭曰：王嬙字昭君。案晉人以犯司馬昭諱，改爲明君，故此云明妃也。

(十三)紫臺　漢天子之臺也。

(十四)敬通見抵　東觀漢紀：「馮衍字敬通，明帝以衍才過其實，抑而不用。」

(十五)閉關卻掃　續漢書：「趙壹閉門卻掃，非德不交。」

(十六)塞門不仕　三國志吳志：「張昭稱疾不朝，孫權恨之，土塞其門。」

(二七)跌宕　言放逸不羈也。

(二八)中散下獄　中散，嵇康也。康拜中散大夫。東平呂安以事下獄，安嘗以語康，辭相證引，遂復收康。

(二九)暘　音陽，明也。

(三〇)孽子　庶子也。此處心當云危，涕當云墜，江氏愛奇，故互文以見義。

(三一)遷客海上流戍隴陰　史記：「婁敬，齊人也，戍隴陰。」遷客海上，李善以爲即匈奴徙蘇武北海事。

(三二)茹歎　茹，食也，言欲歎而又咽下也。

答謝中書書

陶弘景

山川之美，古來共談，高峯入雲，清流見底。兩岸石壁，五色交輝，青林㈠翠竹，四時俱備。曉霧將歇，猿鳥亂鳴，夕日欲頽㈡，沈鱗競躍。實是欲界㈢之仙都，自康樂㈣以來，未能有與其奇者。

《題解》

謝中書，謝徵也。梁書謝徵傳：徵好學，善屬文，爲豫章王記室，兼中書舍人。一說：中書名微字元度，陳郡陽夏人。

《作者事略》

陶弘景字通明，秣陵人。齊高帝引爲諸王侍讀，永明中，挂冠神武門去，居勾曲山，設帳授徒，自號華陽隱士。梁武帝少與之遊，及即位，徵之不出，有大事無不諮詢，時人謂之山中宰相。著有古今刀劍錄一卷，真誥二十卷。

《注釋》

㈠青林　指松。庾信詩：「青林隱士松。」

㈡頽　落也。

㈢欲界　摩夷等六天爲欲界，見護命經。

㈣康樂　謝靈運仕宋，官永嘉太守，襲爵康樂侯，故世稱謝康樂，愛山水，每尋山涉水，必造幽峻，故書中稱之。

追答劉秣陵沼書

劉峻

劉侯既重有斯難㈠，値余有天倫之戚，竟未之致也。尋而此君長逝，化爲異物，緒言餘論，蘊而莫傳；或有自其家得而示余者，余悲其音徽未沬，而其人已亡，青簡尚新，而宿草將列㈡，泫然㈢不知涕之無從也！雖隙駟不留，尺波電謝㈣，而秋菊春蘭，英華靡絕，故存其梗概，更酬其旨；若使墨翟之言無爽㈤，宣室之談有徵㈥，冀東平之樹，望咸陽而西靡㈦，蓋山之泉，聞弦歌而赴節㈧，但懸劍空壠㈨，有恨如何！

《題解》

劉沼字明信，中山魏昌人。終秣陵令。時峻以不得志，著辨命論，沼致書難之，往反非一。後沼作書未發卒，有人于沼家得書以示峻，峻乃作此書答之，以劉沼已死，故曰追答。

《作者事略》

劉峻字孝標，平原人。好學安貧，耕讀不輟；聞人有異書，必往借之，時人謂之書淫。天監初，典校祕書，安成王秀引爲戶曹參軍，使撰類苑，未成，以疾去。因遊東陽紫巖山，築室居焉。梁武帝引見，峻占對失旨，不見用，乃著辨命論以寄懷。普通中卒，門人謚曰玄靖先生。註世說新語。

《注釋》

㈠難　詰難也。

㈡宿草將列　禮：「朋友之墓有宿草不哭。」列，成行也。

㈢泫然　流涕貌。

㈣尺波電謝　陸機詩：「寸陰無停晷，尺波豈待旋。」電謝，謂電光之一閃而過也。

㈤墨翟之言無爽　墨子：周宣王殺杜伯不以罪，杜伯曰：若死而有知，不出三年，必使吾君知之，後宣王田于圃，見杜伯執弓矢射宣王，折脊殪車中，伏弢而死。

㈥宣室之談有徵　史記賈誼傳：孝文帝方受釐坐宣室，因感鬼神事，而問鬼神之本。索隱引三輔故事曰：宣室在未央殿北，應劭曰：釐，祭餘肉也。

㈦冀東平之樹……　聖賢冢墓記：東平思王冢，在無鹽，王在國思京師，後葬其家，冢上松柏西靡。

㈧蓋山之泉……　宣城記：臨城縣南四十里蓋山，高百許丈，有舒姑泉，昔有舒氏女，與其父析薪此泉，遽坐牽挽不動，乃還告家，比還，唯見清泉湛然，女母曰：吾女本好音樂，乃弦歌，泉涌洄流，有朱鯉一雙——今作樂嬉戲，泉故涌出也。

㈨懸劍空壠　季札將西聘晉，帶寶劍以過徐君，徐君不言，而色欲之，季子爲有上國之事，未獻也；然心許之矣。使晉返，則徐君死，于是以劍懸徐君墓樹而去。方言：秦晉之間，冢謂之壠。

送橘啓

劉峻

南中橙甘，青鳥㈠所食，始霜之旦，采之風味照座，劈之香霧噀㈡人；皮薄而味珍，脈不黏膚，食不留滓，甘踰萍實，冷亞冰壺㈢；可以薰神，可以芼鮮㈣，可以漬蜜，氈鄉㈤之果，寧有此邪！

《題解》

說文：橘果出江南，从木矞聲，居幸切。以產閩廣者爲佳，故本文開首即曰南中橙甘也。

《注釋》

㈠青鳥　三足鳥也，主爲西王母取食。見史記司馬相如傳注。伊尹書：箕山之東，青鳥之所，有盧橘夏熟。

㈡噀　噴也。

㈢萍實冰壺　家語：「楚昭王渡江，江中有物大如斗，圓而赤，王遣使聘魯問孔子，孔子曰：此爲萍實也。」鮑明遠詩：「清如玉壺冰。」

㈣芼鮮　芼，用菜雜肉爲羹也，鳥獸新殺曰鮮。

㈤氈鄉　謂氈裘毳幕之鄉，蓋指北方也。

與宋元思書

吳均

風煙俱淨，天山共色。從流飄蕩，任意東西，自富陽至桐廬㈠，一百許里，奇山異水，天下獨絕。

水皆縹碧㈡，千丈見底，遊魚細石，直視無礙；急湍甚箭，猛浪若奔。

夾岸高山，皆生寒樹，負勢競上，互相軒邈㈢，爭高直指，千百成峯。泉水激石，泠泠作響，好鳥相鳴，嚶嚶成韻。蟬則千囀不窮，猿則百叫無絕。鳶飛戾天㈣者，望峯息心。經綸世務者，窺谷忘反。橫柯上蔽，在晝猶昏，疏條交映，有時見日。

《題解》

宋元思字玉山，劉峻有與宋玉山元思書，蓋即其人。

《作者事略》

吳均字叔庠，吳興故鄣人。好學有俊才，文體清拔，好事者效之，號吳均體。沈約見均文，頗相稱賞，仕至奉朝請，著有文集二十卷，齊春秋三十卷，又有通史，上起三皇，下迄齊代，惜不傳於世。

《注釋》

㈠富陽桐廬　富陽在錢塘江之上流，即今浙江富陽縣。桐廬縣東有桐君山，故名桐廬，即今浙江桐廬縣。

㈡縹碧　蒼青也。

㈢邈　說文：遠也。

㈣鳶飛戾天　鳶，鴟屬。戾，至也。

物色

劉勰

春秋代序，陰陽慘舒，物色之動，心亦搖焉。蓋陽氣萌而玄駒㈠步，陰律凝而丹鳥㈡羞，微蟲猶或入感，四時之動物深矣。若夫珪璋挺其惠心，英華秀其清氣，物色相召，人誰獲安？是以獻歲發春，悅豫之情暢；滔滔孟夏，鬱陶之心凝；天高氣清，陰沈之志遠；霰雪無垠，矜肅之慮深。歲有其物，物有其容，情以物遷，辭以情發。一葉㈢且或迎意，蟲聲有足引心，況清風與明月同夜，白日與春林共朝哉！

是以詩人感物，聯類不窮。流連萬象之際，沈吟視聽之區，寫氣圖貌，既隨物以宛轉；屬采附聲，亦與心而徘徊。故灼灼狀桃花之鮮，依依盡楊柳之貌，杲杲爲出日之容，瀌瀌擬雨雪之狀，喈喈逐黃鳥之聲，喓喓學草蟲之韻；皎日嘒星，一言窮理，參差沃若㈣，兩字窮形：並以少總多，情貌無遺矣。雖復思經千載，將何易奪？及離騷代興，觸類而長，物貌難盡，故重沓舒狀；於是嵯峨之類聚，葳蕤之羣積矣。及長卿㈤之徒，詭勢瓌聲，模山範水，字必魚貫，所謂詩人麗則而約言，辭人麗淫㈥而繁句也。

至如雅詠棠華，或黃或白㈦；騷述秋蘭，綠葉紫莖㈧。凡摛表五色，貴在時見，若青黃屢出，則繁而不珍。

自近代以來，文貴形似；窺情風景之上，鑽貌草木之中，吟詠所發，志惟深遠，體物爲妙，功亦密附，故巧言切狀，如印之印泥，不加雕削，而曲寫毫芥，故能瞻言而見貌，即字而知時也。然物有恆姿，而思無定檢；或率爾造極，或精思愈疎。且詩騷所標，並據要害，故後進銳筆，怯於爭鋒；莫不因方以借巧，即勢以會奇，善於適要，則雖舊彌新矣。是以四序紛迴而入興貴閑，物色雖繁而析辭尚簡，使味飄飄而輕舉，情曄曄而更新。古來辭人，異代接武，莫不參伍以相變，因革以爲功，物色盡而情有餘者，曉會通也。若乃山林皋壤，實文思之奧府，略語則闕，詳說則繁。然屈平所以能洞監風騷之情者，抑亦江山之助乎！

贊曰：山沓水匝，樹雜雲合，目既往還，心亦吐納。春日遲遲，秋風颯颯，情往似贈，興來如答。

《題　解》

四庫提要：文心雕龍十卷，梁劉勰撰。其書原道以下二十五篇，論文章體製，神思以下二十四篇，論文章工拙，合序志一篇爲五十篇。據序志篇，稱上篇以下，下篇以上，本止二卷，然隋志已作十卷，蓋後人所分。又據時序篇中所言，此書實成於齊代，今有黃叔琳注本。茲選其物色序志二篇。物色篇言寫景文之要義，及詩騷以降寫景文之得失與甚訣諦。

《作者事略》

劉勰字彥和，東莞莒人也。早孤，篤志好學，家貧，不婚娶，依沙門僧佑居，遂博通經論。梁天監中，兼東宮通事舍人，撰文心雕龍，欲取定於沈約，無由自達，乃負書候約於車前，狀若貨鬻者，約取讀，大重之，謂深得文理。勰爲文長於佛理，都下寺塔及名僧碑志，必請勰製文，後出家，變服，改名慧地。

《注釋》

㈠玄駒　夏小正：「玄駒也者，螘也。」法言：「我見玄駒之步。」

㈡丹鳥　夏小正：「八月丹鳥羞白鳥。」注：「丹鳥，螢也。白鳥，蚊蚋也。羞，進也，不盡食也。」

㈢一葉　淮南子：「見一葉之落，知歲時之將秋。」

㈣灼灼狀桃花之鮮……　詩：「桃之夭夭，灼灼其華。」又「昔我往矣，楊柳依依。」又「其雨其雨，杲杲出日。」又「雨雪瀌瀌，見晛日消。」又「黃鳥于飛，其鳴喈喈。」又「喓喓草蟲。」又「謂予不信，有如皎日。」又「嘒彼小星，三五在東。」又「參差荇菜。」又「其葉沃若。」皆其所本。

㈤長卿　司馬相如也。

㈥麗淫　揚雄法言：「詩人之賦麗以則，辭人之賦麗以淫。」

㈦或黃或白　詩小雅裳裳者華：「裳裳者華，或黃或白。」

㈧綠葉紫莖　九歌少司命：「秋蘭兮青青，綠葉兮紫莖。」

序志

劉　勰

夫文心者，言爲文之用心也。昔涓子琴心㊀，王孫巧心㊁，心哉美矣，故用之焉。古來文章，以雕縟成體，豈取騶奭㊂之羣言雕龍也；夫宇宙綿邈，黎獻紛雜，拔萃出類，智術而已，歲月飄忽，性靈不居，騰聲飛實㊃，制作而已。夫有肖貌天地，稟性五才㊄，擬耳目於日月，方聲氣乎風雷，其超出萬物，亦已靈矣；形同草木之脆，名踰金石之堅；是以君子處世，樹德建言，豈好辯哉，不得已也！

予生七齡，乃夢彩雲若錦，則攀而採之。齒在踰立㊅，則嘗夜夢執丹漆之禮器，隨仲尼而南行，旦而寤，迺怡然而喜，大哉聖人之難見哉，乃小子之垂夢歟！自生人以來，未有如夫子者也。敷讚聖旨，莫若注經，而馬鄭㊆諸儒，宏之已精，就有深解，未足立家。唯文章之用，實經典枝條，五禮㊇資之以成，六典

㈨因之致用，君臣所以炳煥，軍國所以昭明；詳其本源，莫非經典。而去聖久遠，文體解散，辭人愛奇，言貴浮詭，飾羽尚畫㈩，文繡鞶帨，離本彌甚，將遂訛濫；蓋周書論辭，貴乎體要㈡，尼父陳訓，惡乎異端，辭訓之異，宜體於要；於是搦筆和墨，乃始論文。

詳觀近代之論文者多矣！至於魏文述典㈡，陳思序書㈢，應瑒㈣文論，陸機㈤文賦，仲治㈥流別，宏範㈦翰林，各照隅隙，鮮觀衢路。或臧否當時之才，或銓品前修之文，或汎舉雅俗之旨，或撮題篇章之意。魏典密而不周，陳書辯而無當，應論華而疏略，陸賦巧而碎亂，流別精而少巧，翰林淺而寡要。又君山公幹之徒㈧，吉甫士龍之輩㈨，汎議文意，往往間出，並未能振葉以尋根，觀瀾而索源，不述先哲之誥，無益後生之慮。蓋文心之作也，本乎道，師乎聖，體乎經，酌乎緯，變乎騷，文之樞紐，亦云極矣。

若乃論文敍筆，則品別區分：原始以表末，釋名以章義，選文以定篇，敷理以舉統；上篇以上，綱領明矣。至於割精析采，籠圈條貫，摛神性，圖風勢，苞會通，閱聲字，崇替於時序，褒貶於才略，怊悵於知音，耿介於程器，長懷序志，以馭羣篇；下篇以下，毛目㈢顯矣。位理定名，彰乎大易之數㈢，其爲文用，四十九篇而已。

夫銓序一文爲易，彌綸羣言爲難；雖復輕采毛髮，深極骨髓，或有曲意密源，似近而遠，辭所不載，亦不勝數矣。及其品列成文，有同乎舊談者，非雷同也，勢自不可異也；有異乎前論者，非苟異也，理自不可同也。同之與異，不屑古今，擘肌分理，唯務折衷，按轡文雅之場，環絡藻繪之府，亦幾乎備矣。但言不盡意，聖人所難，識在缾管㊂，何能矩矱，茫茫往代，既沈予聞，眇眇來世，倘塵彼觀也。

《題解》

序志者，作者自敍其意旨之謂也，劉勰既爲文心雕龍四十九篇成，乃自敍其作書之經過，與古今文學批評之大概，殿于後，蓋即後世之自序也。古者著書，每以自序殿于末，如史記自序漢書敍傳是。

《注釋》

㈠涓子琴心　文選注：涓子齊人，好餌朮，隱于宕山，著琴心三篇。

㈡王孫巧心　漢藝文志：王孫子一篇，一曰巧心。

㈢騶奭　戰國齊人，頗采騶衍之術以紀文，齊王嘉之，自淳于髡以下，皆命曰列大夫。高門大屋，尊寵之以示天下，然其說文具難施，齊人頌曰雕龍奭。

㈣騰聲飛實　封禪文：「飛英聲騰，茂實。」

㈤五才　即五材；謂金木水火土也。

㈥踰立　論語：「三十而立。」踰立，謂年踰三十也。

㈦馬鄭　謂馬融鄭玄也。

㈧五禮　謂吉禮、嘉禮、賓禮、軍禮、凶禮也。

㈨六典　周禮：「太宰之職，掌建邦之六典。」謂治典、禮典、教典、政典、刑典、事典也。

㈩飾羽尚畫　莊子：哀公問於顏闔曰：吾以仲尼爲貞幹，國其有瘳乎？曰：仲尼方且飾羽而畫，從事華辭，夫何足以上民。

㈠體要　尚書畢命「辭尚體要。」

㈡魏文述典　魏文帝曹丕也，作典論，中有論文一篇。

㈢陳思序書　陳思王曹植也，有與楊德祖書，論建安諸子。

㈣應瑒　字德璉，其集中有文質論。

㈤陸機　字士衡，有文賦。

㈥仲洽　摯虞字仲洽，有文章流別論。

㈦宏範　隋書經籍志：翰林論三卷，晉著作郎李充撰。晉書：李充字宏度，江夏人，不言有翰林論，與隋志異。惟玉海引翰林論亦云宏範。

㈧君山公幹　桓譚字君山，劉楨字公幹。

㈨吉甫士龍　應貞字吉甫，汝南南頓人。陸雲字士龍，吳郡人。

㈩毛目　子華子：「毛舉其目，尚不勝爲數也。」

⑾大易之數　易：「大衍之數五十。」本言揲蓍之法，此則喻文心雕龍書共有五十篇也。

⑿缾管　左傳：「挈缾之智。」喻小智也。莊子：「是直用管闚天。」

玉臺新詠序

徐陵

淩雲概日㈠，由余㈡之所未窺，萬戶千門，張衡㈢之所曾賦，周王璧臺㈣之上，漢帝金屋㈤之中，玉樹以珊瑚作枝，珠簾以玳瑁爲押㈥，其中有麗人焉；其人也，五陵豪族㈦，充選掖庭㈧，四姓㈨良家，馳名永巷㈩。亦有潁川新市(一一)，河間觀津，本號嬌娥，曾名巧笑(一二)。楚王宮內，無不推其細腰(一三)，魏國佳人，俱言訝其纖手(一四)，閱詩敦禮，非直東鄰(一五)之自媒，婉約風流，無異西施(一六)之被教。弟兄協律，自小學歌(一七)。少長河陽(一八)，由來能舞。琵琶新曲，無待石崇(一九)，箜篌(二〇)雜引，非因曹植。傳鼓瑟於楊家(二一)，得吹簫於秦女(二二)。

至若寵聞長樂，陳后知而不平(二三)，畫出天僊，閼氏覽而遙妒(二四)。至如東鄰巧笑，來侍寢於更衣(二五)，西子微顰，將橫陳於甲帳(二六)。陪游馺娑(二七)，騁纖腰於結風(二八)，長樂鴛鴦(二九)，奏新聲於度曲。妝鳴蟬之薄鬢(三〇)，照墮馬之垂鬟(三一)，反插金鈿，橫抽寶樹；南都石黛，最發雙蛾，北地燕脂，偏開兩靨(三二)。

亦有嶺上僊童，分丸魏帝(三三)，腰中寶鳳，授曆軒轅(三四)。金星與婺女(三五)爭華，麝月共嫦娥競爽(三六)。驚鸞冶袖，時飄韓掾之香(三七)，飛燕長裙，宜結陳王之佩(三八)。雖非圖畫，入甘泉(三九)而不分，言異神僊，戲陽臺(四〇)而無別。真可謂傾國傾城，無對無雙者也。

加以天情開朗，逸思彫華，妙解文章，尤工詩賦，琉璃硯匣，終日隨身，翡翠筆牀，無時離手，清文滿篋，非惟芍藥之花(四一)，新製連篇，寧止蒲萄之樹(四二)，九日登高，時有緣情之作，萬年公主(四三)，非無誄德之辭。其佳麗也如彼，其才情也如此。

既而椒房(四四)宛轉，柘館(四五)陰岑，絳鶴晨嚴，銅蠡晝靜(四六)，三星未夕，不事懷衾(四七)，五日猶賒(四八)，誰能理曲，優遊少託，寂莫多閒，厭長樂之疏鐘，勞中宮之緩箭(四九)；輕身無力，怯南陽之擣衣(五〇)，生長深宮，笑扶風之織錦(五一)。雖復投壺玉女，爲歡盡於百驍(五二)，爭博齊姬，必賞窮於六箸(五三)，無怡神於暇景。惟屬意於新詩，可得代彼萱蘇(五四)，微蠲愁疾。

但往世名篇，當今巧製，分諸麟閣(五五)，散在鴻都(五六)，不藉篇章，無由披覽。

於是然脂暝寫，弄墨晨書，撰錄豔歌，凡爲十卷，曾無參於雅頌，亦靡濫于風人，涇渭之間[57]，若斯而已。

於是麗以金箱，裝之寶軸，三臺妙迹[58]，龍伸蠖屈之書[59]，五色花箋，河北膠東之紙[60]，高樓紅粉，仍定魯魚[61]之文，辟惡生香，聊防羽陵[62]之蠹，靈飛六甲，高擅玉函[63]，鴻烈僊方，長推丹枕[64]。至如青牛[65]帳裏，餘曲未終，朱鳥窗前[66]，新妝已竟，方當開茲縹帙[67]，散此緗繩[68]，永對翫於書帷，長循環於纖手，豈如鄧學春秋[69]，儒者之功難習，竇傳黃老[70]，金丹之術不成。固勝西蜀豪家，託情窮於魯殿[71]，東儲甲觀，流詠止於洞簫[72]。變彼諸姬[73]，聊同棄日，猗與[74]彤管[75]，麗矣香匳[76]！

《題解》

大唐新語：梁簡文帝爲太子時，好作豔詩，境內化之，晚年欲改作，追之不及，乃令陵錄梁以前詩，擇其尤綺麗者，撰集爲玉臺新詠，以大其體。此其序也。

《作者事略》

徐陵字孝穆，東海郯人。八歲能文，釋寶誌摩其頂曰：此天上石麒麟也。及長，博涉史籍，縱橫有口辯，仕梁為御史中丞，陳受禪後，文檄詔誥，多出其手，為一代文宗。官至太子少傅，卒諡曰章，以與庾信齊名，世號曰徐庾體。著有徐孝穆集六卷。

《注釋》

㈠凌雲概日　喻其高也，周武帝平鄴詔曰：「層臺累構，概日凌雲。」

㈡由余　戎人，戎使觀秦，秦繆公示以宮室積聚，由余曰：「此乃所以亂也。」

㈢張衡　字平子，其西京賦有「萬戶千門」之句。

㈣周王璧臺　周穆王為盛姬築臺，名曰重璧之臺。

㈤漢帝金屋　漢武帝年數歲，長公主指問曰：「兒欲得婦否？」曰「欲得。」

指女阿嬌「好否？」笑曰：「若得阿嬌，當作金屋貯之。」

(六)玳瑁爲押　玳瑁，如龜，生南海，鱗大如扇，將作器，則煮其鱗如柔皮。押，壓也，鎮簾之具。

(七)五陵豪族　五陵，謂長陵安陵陽陵茂陵昭陵也。漢時徙豪族居之。

(八)掖庭　宮旁舍曰掖庭。

(九)四姓　六朝氏族，以郡望分甲乙丙丁四等爲貴族，謂之四姓。

(一〇)永巷　宮中長廡相通曰永巷。

(一一)穎川新市　穎川，郡名。新市，後漢侯國。下文河間係漢河間國，觀津戰國趙地。此四處皆自古產佳麗之地。

(一二)巧笑　古今注：段巧笑魏文帝宮人，始作紫粉拂面。

(一三)細腰　後漢書馬廖傳「楚王好細腰，宮中多餓死。」

(一四)纖手　詩魏風：「摻摻女手。」箋：摻摻，纖手貌。

(一五)東鄰　宋玉登徒子好色賦：「臣里之美者，莫若臣東家之子，然此女登牆闚臣三年。」

(一六)西施　越之美女。

(一七)學歌　漢李延年，中山人。以女弟李夫人得幸於武帝，延年由是得爲協律都尉。

⑱河陽　漢書五行志：「成帝微行出遊，過河陽主作樂，見舞者趙飛燕而悅之。」

⑲石崇　字季倫，晉南皮人。其王明君序曰：「昔公主嫁烏孫，令琵琶馬上作樂，以慰其道路之思，其送明君，亦必爾也，其造新曲，多哀怨之聲。」

⑳箜篌　樂器名，或曰師延所作，或曰侯暉爲之。曹植有箜篌引。

㉑傳鼓瑟於楊家　漢書楊惲傳：「婦趙女也，雅善鼓瑟。」

㉒得吹簫於秦女　列仙傳：「簫史者秦穆公時人，善吹簫，穆公女弄玉好之，公妻焉。」

㉓寵聞長樂……　漢書外戚傳：孝武陳皇后擅寵驕貴，聞衞子夫得幸，幾死者數焉。子夫居長樂宮。

㉔畫出天僊……　閼氏讀如煙支，猶言皇后。漢高祖困于平城，陳平圖美女給閼氏，謂欲獻單于，閼氏畏奪寵，言于單于，開一角，得突出。

㉕更衣　如廁也。漢武過平陽主，起更衣，衞子夫侍尚衣軒中，得幸。

㉖橫陳於甲帳　司馬相如好色賦：「玉體橫陳。」甲帳，以甲乙次第名帳也。

㉗駁娑　漢殿名，在建章宮中。

(一八)結風　傅毅舞賦序：「激楚結風，陽阿之舞。」

(一九)鴛鴦　三輔黃圖：「武帝時有鳳凰鴛鴦等殿。」

(二〇)鳴蟬之薄鬢　古今注：「魏文帝宮人莫瓊樹，始製爲蟬鬢。」

(二一)墮馬之垂鬟　後漢梁冀妻孫壽，色美而善爲妖態，作愁眉啼妝，墮馬髻。

(二二)靨　口輔微渦也。

(二三)嶺上僊童……　魏文帝折楊柳行：「西山一何高，高高殊無極，上有兩仙童，不飲亦不食，與我一丸藥，光耀有五色。」

(二四)授曆軒轅　漢志注：「鳳鳥氏爲歷正。」軒轅，黃帝，受河圖作甲子。

(二五)金星婺女　並星名。

(二六)麝月嫦娥　麝月或曰星名。嫦娥，即竊西王母藥而奔月者。

(二七)韓掾之香　晉書賈充傳：「韓壽美姿貌，爲賈充司空掾，充女賈午見而悅之，時西域貢奇香，著人經月不歇，武帝賜充，充女盜以遺壽。

(二八)飛燕長裾……　飛燕，即趙飛燕。曹植封陳思王，其洛神賦曰：「解玉珮以要之。」

(二九)甘泉　宮名，漢武李夫人卒，上憐閔焉，乃圖畫其形于甘泉宮。

(三〇)陽臺　山名，今湖北漢川縣南。宋玉高唐賦：「妾在巫山之陽，高丘之岨，朝朝暮暮，陽臺之下。」

㊶清文滿篋……傳統妻有芍藥花頌。

㊷新製連篇……張洪茂，敦煌人，作葡萄酒賦。

㊸萬年公主　晉武帝女，左貴嬪有萬年公主誄。

㊹椒房　殿名，在未央宮，漢皇后所居。

㊺柘館　漢上林苑中館名。

㊻絳鶴晨嚴……鶴宮，漢太子所居。公輸班見水中蠡引閉其戶，終不可開，遂象之，立于門戶，以銅爲之，故曰銅蠡。

㊼三星未夕……詩唐風：「三星在天。」召南：「抱衾與裯。」

㊽五日猶賒　漢律：吏五日一休沐。

㊾箭　漏箭也。

㊿怯南陽之擣衣　述異記：「擣衣山一名靈山，昔有神女于此擣衣。」南陽，不詳所出。

(五一)笑扶風織錦　竇滔，晉扶風人，妻蘇若蘭，善文。滔苻堅時爲秦州刺史，被徙流沙，蘇氏思之，織錦爲迴文詩以贈滔。

(五二)投壺玉女……東王公與玉女投壺，每投千二百矯。矯即驍，驍者，箭自壺躍出也。

(五三)爭博齊姬……　齊姬未詳。六箸，古博具，以竹爲之。

(五四)萱蘇　萱，忘憂草。蘇，紫蘇也。

(五五)麟閣　麒麟閣在未央宮左，蕭何建以藏書者。

(五六)鴻都　漢靈帝時置鴻都門學士。

(五七)涇渭　喻有區別之意。

(五八)三臺妙迹　指蔡邕也。邕舉高第，補侍御史，轉傳御書史，遷尚書，三日之間，周歷三臺。

(五九)龍伸蠖屈　狀書法之妙也。

(六〇)五色花箋……　鄴中記：「石虎詔書，以五色紙。」河北膠東，皆出紙處。

(六一)魯魚　言訛字也。

(六二)羽陵　藏書之所。見穆天子傳。

(六三)玉函　漢武帝受西王母真形六甲靈飛十二事，封以白玉函。見漢武故事。

(六四)鴻烈僊方……　鴻寶苑祕書，淮南王安得之，藏于枕中。淮南子又名鴻烈解。

(六五)青牛　魏文帝以文車十乘，迎薛靈芸，駕以青色之牛。見拾遺記。

(六六)朱鳥窗前　博物志：「王母降于九華殿，東方朔竊從殿南廂朱鳥牖中窺母。」

(六七)縹帙　青白色之書衣也。

(六八)綃繩　編絲繩也。

(六九)鄧學春秋　後漢鄧皇后從曹大家受經書，晝省王政，夜則誦讀。

(七〇)竇傳黃老　漢孝文竇皇后景帝母也。好黃帝老子言，景帝及諸竇，尊其術，皆讀老子。

(七一)魯殿　蜀志：劉琰侍婢數十，皆教讀魯靈光殿賦。

(七二)東儲甲觀……　太子曰東儲。漢王褒爲洞簫賦，元帝爲太子，喜之，令後宮貴人左右，皆誦讀之。

(七三)變彼諸姬　見詩衞風，變，好也。

(七四)猗歟　歎美辭。

(七五)彤管　赤管筆，古女史執以記事納誨者。

(七六)香奩　盛香器，婦女所用，後世稱語涉閨閣之詩曰香奩體。

與詹事江總書

陳叔寶

管記陸瑜㊀，奄然殂化，悲傷悼惜，此情何已！吾生平愛好，卿等所悉，自以學涉儒雅，不逮古人，欽賢慕士，是情尤篤。梁室亂離，天下糜沸㊁，書史殘缺，禮樂崩淪，晚生後學，匪無牆面㊂，卓爾出羣，斯人而已！

吾識覽雖局，未曾以言議假人，至於片善小才，特用嗟賞，況復洪識奇士，此故忘言之地㊃。論其博綜子史，諳究儒墨，經耳無遺，觸目成誦，一褒一貶，一激一揚，語玄析理，披文摘句，未嘗不聞者心伏，聽者解頤㊄，會意相得，自以爲布衣之賞㊅。

吾監撫㊆之暇，事隙之辰，頗用談笑娛情，琴尊閒作，雅篇豔什，迭互鋒起。每清風朗月，美景良辰，對羣山之參差，望巨波之滉瀁㊇，或翫新花，時觀落葉，既聽春鳥，又聆秋鴈，未嘗不促膝舉觴，連情發藻，且代琢磨，閒以嘲誰，俱怡耳目，並留情致，自謂百年爲速，朝露可傷，豈謂玉折蘭摧，遽從短運，爲悲爲恨，當復何言！遺迹餘文，觸目增泫㈨，絕絃㈩投筆，恆有酸恨。以卿同志，聊復敍懷，涕之無從，言不寫意。

《題　解》

江總字總持。陳濟陽人，仕梁爲太子中舍人，陳授中書令。善五七言，爲陳後主所愛幸，當時謂之狎客。後主爲太子時，以管記豔瑜卒，爲之流涕，因與總書論述其才，時總爲詹事，故云。

《作者事略》

陳後主名叔寶，字元秀，小字黃奴，宣帝子。荒淫無度，不恤政事，嘗起結綺臨春望仙三閣，日與妃嬪狎客，遊宴其中，賦詩贈答，採其尤豔麗者，被以新聲，有玉樹後庭花臨春樂等。又自賣于佛寺爲奴。隋師至，與張孔二妃，匿于胭脂井，引之出，俘至長安，在位七年。隋仁壽中，卒于洛陽。

《注釋》

㈠陸瑜　字幹玉，陳吳郡人。仕陳爲東宮學士，後兼東宮管記，美詞藻。後主在東宮，命瑜抄撰子集，未就而卒。

㈡糜沸　言擾亂也。

㈢牆面　書周官「不學牆面。」謂人而不學，猶面牆而立，無所見也。

㈣忘言　謂得意忘言也。

㈤解頤　謂開口笑也。

㈥自以爲布衣之賞　謂願與爲布衣之交也。

㈦監撫　後主自謂爲太子也。見文選序注。

㈧滉瀁　大水貌。

㈨泫　流涕貌。

㈩絕絃　後漢書陳元傳：「夫至音不合衆聽，故伯牙絕弦。」蓋用鍾子期死，伯牙不復鼓琴事，以喻知己之難得也。

北朝文

酒訓

高允

自古聖王，其爲饗㈠也，玄酒在堂，而醠酒在下㈡。所以崇本重源，降于滋味，雖汎爵旅行，不及于亂；故能禮章而敬不虧，事畢而儀不忒㈢，非由斯致，是失其道；將何以範時軌物，垂之于世。歷觀往代成敗之效，吉凶由人，不在數也；商辛㈣耽酒，殷道以之亡，公旦陳誥㈤，周德以之昌，子反昏酣而致斃㈥，穆生不飲而身光㈦；或長世而爲戒，或百代而流芳，酒之爲狀，變惑性情，雖曰哲人，孰能自競！

在官者怠于政也，爲下者慢于令也，聰達之士荒于聽也，柔順之倫興于諍也，久而不悛致于病也，豈止于病，乃損其命；諺亦有云：「其益如毫，其損如刀。」言所益者，止于一味之益，不亦寡乎？言所損者，夭年亂志，夭亂之損，不亦夥乎？無以酒荒而陷其身，無以酒狂而喪其倫，迷邦失道，流浪漂津，不師不遵，反將何因。詩不言乎，「如切如磋，如琢如磨，」朋友之義也。作官以箴之，申謝以禁之，君臣之道也，其言也善，則三覆而佩之，言之不善，則哀矜而貸之，此實先王納規之意。

往者有晉，士多失度，肆散誕以爲不羈，縱長酣以爲高達，調酒之頌，以相眩曜。稱堯舜有千鍾百觚㈧之飲，著非法之言，引大聖爲譬，以則天之明，豈其然乎？且子思有云，「夫子之飲，不能一升。」以此推之，千鍾百觚，皆爲妄也。

今大魏應圖，重明御世，化之所曁，無思不服，仁風敦洽于四海。太皇太后以至德之隆，誨而不倦，憂勤備于皇情，誥訓行于無外。故能道協兩儀，功同覆載，仁恩下逮，罔有不遵，普天率土，靡不蒙賴。在朝之士，有志之人，宜克己從善，履正存貞，節酒以爲度，順德以爲經，悟昏飲之美疾，審敬慎之彌榮，遵孝道以致養，顯父母而揚名，蹈閔曾㈨之前軌，遺仁風于後生，仰以答所授，俯以保其成，可不勉歟！可不勉歟！

《題　解》

魏書高允傳：允太和二年，以老乞還鄉里，十餘章上，卒不聽許，遂以疾告歸。其年，詔以安車徵允，敕州郡發遣，至都，拜鎮將軍，領中書監，固辭不許，又扶引就內改定皇誥，允因上酒訓云云。至于訓之爲體，源出大訓夏訓，流有伊訓度訓命訓常訓女訓，蓋亦教導之文也。

《作者事略》

高允字伯恭，渤海人。少爲沙門，名法靜，尋還俗。性好文學，通天文術數經史。神䴥中，爲從事中郎，年已四十餘，還家教授，受業者千餘人。徵拜中書博士，領著作郎甚見禮待。歷事五帝，出入三省五十餘年，評刑三十餘載，太和中卒，年九十八，謚曰文。

《注釋》

㈠饗　詩小雅箋：「大飲賓曰饗。」

㈡玄酒　儀禮士冠禮：「玄酒在西。」注：新水也，雖不用，猶設之，不忘古也。醑酒，玉篇酒五醑之名。

㈢忒　差也。詩：享祀不忒。

㈣商辛　即商紂，帝乙子。嬖妲己，爲長夜之飲。

㈤周公陳誥　誥謂酒誥，周書篇名，康叔封于殷之故都，民化紂嗜酒，周公以成王之命戒之，作酒誥。

㈥子反昏酣而致斃　子反，春秋楚臣，即公子側，左氏成十六年傳：晉侯伐鄭，楚子救鄭，召子反謀，穀陽豎獻飲于子反，子反醉而不能見，王曰：天敗楚也夫，余不可以待，乃宵遁。子重使謂子反曰：初隕師徒者，而亦聞之矣，盍圖之。對曰：側亡君師，敢忘其死，王使止之，弗及而卒。案此事史記作「王怒射殺子反。」與左氏異。

㈦穆生不飲而光身　穆生，漢之儒者，魯人。楚元王以生爲中大夫，每置酒，雖不飲，嘗爲設醴。後王戊嗣位，忘設，生曰：醴酒不設，王意怠矣，遂去。

㈧千鍾百觚　孔叢子：「平原君與子高飲，强子高酒，曰：昔有遺諺，堯舜千鍾，孔子百觚，子路嗑嗑，尚飲十榼。」

㈨閔曾　謂閔子騫與曾參也，孔子弟子，並以孝名。

水經河水注 節錄

酈道元

河水自葱嶺分源，東逕迦舍羅國㈠。又東逕樓蘭㈡城南，又東注于泑澤，即經所謂蒲昌海㈢也。

河水重源，又發于西塞之外，出于積石㈣之山。山海經曰：「積石之山，其下有石門，河水冒以西南流。」是山也，萬物無不有；禹貢所謂「導河自積石」也。河水屈而東北流，逕析支㈤之地，是爲河曲矣。

河水右逕沙州北，有黃沙；沙南北百二十里，東西七十里，西極大楊川。望黃沙猶若人委乾精于地，都不生草木，蕩然黃沙，沙州于是取號焉。地理志㈥曰：「漢宣帝神爵二年，置河關縣，蓋取河之關塞也。

河水又南，樹頹水注之。

河水又南，太羅水注之。

河水又右，得湳水口——水出西河郡美稷縣，東南流，羌人因水以氏(七)之。

河水左合一水，出善無縣故城西南八十里。其水西流，歷于呂梁之山，而爲呂梁洪(八)。其山巖層岫衍，澗曲崖深，巨石崇竦，壁立千仞；河流激盪，濤湧波襄(九)，雷渀電洩，震天動地。昔呂梁未闢，河出孟門(十)之上，蓋大禹所闢以通河也。司馬彪(十一)曰：「呂梁在離石縣西。」今于縣西，歷山尋河，並無過阻；至是乃爲河之巨險，即呂梁矣。在離石北以東，可二百有餘里也。

河水南逕北屈縣故城(十二)西。西四十里有風山(十三)，風山西四十里，河南孟門山，與龍門山相對。山海經曰：「孟門之山，其上多金玉，其下多黃堊涅石(十四)。」淮南子曰：「龍門未闢，呂梁未鑿，河出孟門之上；大溢逆流，無有邱陵，名曰洪水。大禹疏通，謂之孟門。故穆天子傳曰：「北發孟門九河之隥(十五)。」孟門即龍門之上口也。實爲河之巨阸，兼孟門津(十六)之名矣。

此石經始禹鑿；河中漱廣，夾岸崇深，傾崖返捍，巨石臨危，若墜復倚。古之人有言：「水非石鑿而能入石。」信哉！其中水流交衝，素氣雲浮，往來遙觀者，常若霧露沾人，窺深魄悸。其水尚奔浪萬尋，懸流千丈，渾洪贔(十七)怒，鼓若山騰，濬波頹疊，迄于下口。方知慎子(十八)下龍門，流浮竹，非駟馬之追也。

河水歷船司空(一九)，與渭水會。古語云：「華岳本一山當河，河水過而曲行；河神巨靈，手盪腳蹋，開而爲兩，今掌足之迹，仍存華巖。」開山圖(二〇)曰：「有巨靈胡者，徧得坤元之道，能造山川，出江河。所謂巨靈贔屭，首冠靈山者也。」常有好事之士，故升華岳，而觀厥迹焉。自下廟歷列柏，南行十一里，東迴三里，至中祠。又西南出五里，至南祠，謂之北君祠。諸欲升山者，至此皆祈請焉。從此南入谷七里，又居一祠，謂之石養父母，石龜木主存焉。又南出一里，至天井，井裁容人，穴空迂迴，頓曲而上，可高六丈餘；山上又有微涓細水，流入井中，亦不甚沾人。上者皆所由陟，更無別路；欲出井望空視明如在室窺窗也。出井東南行二里，峻坂斗上斗下，降此坂二里許，又復東上百丈崖，升降皆須扳繩挽葛而行矣！南上四里路，到石壁緣旁，稍進逕百餘步，自此西南出六里，又至一祠，名曰胡越寺，神像有童子之容。從祠南歷夾嶺，廣裁三尺餘，兩箱懸崖數萬仞，窺不見底。祀祠有感，則雲與之平，然後敢度；猶須騎嶺抽身，漸以就進，故世謂斯嶺爲搦嶺矣。

度此二里，便居山頂。上方七里，靈泉二所：一名蒲池，西流注于澗；一名太上泉，東注澗下；上宮神廟近東北隅，其中塞實雜物，事難詳載。自上宮東北出四百五十步，有屈嶺，東南望巨靈手迹，惟見洪崖赤壁而已。

河水自潼關東北流，水側有長坂，謂之黃巷坂。坂傍絕澗，陟此坂以升潼關，所謂「泝黃巷以濟潼」矣。歷北出東崤，通謂之函谷關也。邃岸天高，空谷幽深，澗道之峽，車不方軌，號曰天險。故西京賦曰：「巖險周固，衿帶易守。」所謂「秦得百二，并吞諸侯」也。是以王元(二一)說隗囂曰：「請以一丸泥東封函谷關，圖王不成，其弊足霸矣。」

河水又東，逕湖縣(二二)故城北——湖水出桃林塞之(二三)夸父山；廣圓三百仞。山海經曰：「夸父之山，其木多椶枏，多竹箭；其陽多玉，其陰多鐵；其北有林焉，名曰桃林，其中多馬，湖水出焉，北流注于河。」故三秦記曰：「桃林塞在長安東四百里，若有軍馬經過，好行則牧華山，休息林下；惡行則決河漫延，人馬不得過矣。」

砥柱(二四)，山名也。昔禹治洪水，山陵當水者鑿之，故破山以通河。河水分流，包山而過，山見水中若柱然，故曰砥柱也。自砥柱已下，五戶已上，其間百二十里；河中竦石桀出，勢連襄陸，蓋亦禹鑿以通河。其山雖闢，尚梗湍流，激石雲洄，環波怒溢，合有一十九灘；水流迅急，勢同三峽，破害舟船，自古所患。漢鴻嘉㉕四年楊焉㉖言：「從河上下，患砥柱隘，可鐫廣之。」上乃令焉鐫之，裁没水中，不能復去，而令水益湍怒，害甚平日。魏景初㉗二年二月，帝遣都督沙邱，部監運諫議大夫寇慈，帥工五千人，歲常修治，以平河阻。晉泰始㉘三年正月，武帝遣監運大中大夫趙國，都匠中郎將河東樂世，帥衆五千餘人，修治河灘，事見五戶祠銘。雖世代加功，水流漰渀，濤波尚屯；及其商舟是次，鮮不踟躕難濟，故有衆峽諸灘之言。五戶，灘名也，有神祠，通謂之五戶將軍，亦不知所以也。

漢平帝之世，河汴決壞，未及得修；汴渠東侵，日月彌廣，門閭故處，皆在水中。

漢明帝永平十二年議治汴渠；上乃引樂浪人王景㉙，問水形便。景陳利害，應對敏捷，帝甚善之；乃賜山海經河渠書禹貢圖及錢帛。後作堤，發卒數十萬，詔景與將作謁者王吳㉚，治渠，作隄防，修堨；起自滎陽，東至千乘㉛海口，千有餘里。景乃商度地勢，鑿山開澗，防遏衝要，疏決壅積，十里一水門，更相洄注，無復滲漏之患。明年渠成，帝親巡行，詔濱河郡國，置河隄員吏，如西京舊制。景由是顯名。王吳及諸從事者，皆增秩一等。順帝陽嘉中，又自汴口以東，緣河積石，爲堰通渠，咸曰金隄。靈帝建寧中，又增修石門，以遏渠口；水盛則通注，津耗則輟流。

河水又東逕八激隄北——漢安帝永初七年令謁者太山于岑，于石門東積石八所，皆如小山，以捍衝波，謂之八激隄。

漢興三十有九年——孝文時——河決酸棗，東潰金隄；大發卒塞之。故班固云：「文堙棗野，武作瓠歌㉜，」謂斷此口也。今無水。河水又東北，通謂之延津，石勒之襲劉曜，途出于此；以河冰泮，爲神靈之助，號是處爲靈昌津。河水又逕東燕縣㉝故城北，于是有棘津㉞之名。

河水東逕鐵邱南；河南有龍淵宮。武帝元光中，河決濮陽，氾郡十六。發卒十萬人塞決河，起龍淵宮——蓋武帝起宮于決河之傍，龍淵之側，故曰龍淵宮也。河水東北流而逕濮陽縣北，爲濮陽津。城北十里，有瓠河口，有金隄宣房堰。粵在漢世，河決金隄，涿郡王尊㉟，自徐州刺史遷東郡太守；河水盛溢，泛浸瓠子，金隄決壞；尊躬率民吏，投沈白馬，祈水神河伯，親執圭璧，請身填隄，廬居其上；民吏皆走，尊立不動，而水波齊足而止，公私壯其勇節。

河水自枝津東北流，逕甲下邑北，又東北流入于海。

淮南子曰：「九折注于海，而流不絕者，崑崙之輸也。」尚書禹貢曰：「夾右碣石，入于河。」山海經曰：「碣石之山，繩水出焉。東流注于河。」河之入海，舊在碣石，今川流所導，非禹瀆也。周定王五年河徙故瀆，故班固曰：「商竭周移」也。又以漢武帝元光二年河徙東郡，更注渤海；是以漢司空掾王璜㊱言曰：「往者天常連雨，東北風，海水溢，西南出侵數百里。」故張折㊲云：「碣石在海中。」蓋淪于海水也。昔燕齊遼曠，分置營州，今城居海濱，海水北侵，城垂淪者半；王璜之言，信而有徵，碣石入海，非無證矣。

《題解》

此酈道元水經注河水文也。四庫提要曰：「水經注四十卷，後魏酈道元撰。自晉以來，注水經者，凡二家。郭璞注三卷，杜佑作通典時猶見之；今惟道元所注存。崇文總目稱『其中已佚五卷。』今書仍作四十卷，蓋宋人重刊，分析以足原數也。水經作者，唐書題曰桑欽，然班固嘗引欽說，與此經文異。道元注亦引欽所作地理志，不曰水經。觀其涪水條中，鍾水條中，推其文句大抵三國時人。今得道元原序，知並無桑欽之文。」則舊以水經爲漢桑欽作者，亦未定之論也。案水經注傳本，經文與注文，錯午脫略，差誤頗多。明清學者，爲之箋校者，有朱謀㙔戴震趙一清孫星衍等十餘家。而長沙王先謙氏合校水經注，最爲後出；本文亦間有採各校之長，而不列原文者，便觀覽也。

《作者事略》

酈道元字善長，魏范陽涿鹿人。父範，爲平東將軍青州刺史假范陽公。道元初襲爵永寧侯。執法清刻，吏民畏之。守魯陽郡，山蠻服其威名，不敢爲寇。魏明帝孝昌元年，元法僧反于彭城，詔道元追討，多所斬獲，除御史中尉。時雍州刺史蕭寶夤，反狀稍露，侍中城陽王徽，素忌道元，因諷朝廷遣爲關右大使。寶夤慮道元圖己，圍道元于陰盤驛亭；道元與其二子遂被害；道元瞋目叱賊，厲聲而死。寶夤殮其父子，殯于長安城東。注水經四十卷，本志十三篇，又爲七聘及諸文行于世，魏書入酷吏傳。

《注釋》

㈠迦舍羅國　迦或作伽，董佑誠曰：當在今喀什噶爾極西葱嶺中，釋氏西域記曰：此國狹小而總萬國之要道。

㈡樓蘭　即鄯善，在新疆鄯善縣東南，漢西域三十六國之一。本名樓蘭，昭帝時更名鄯善。魏晉因之。今噶順之千里戈壁皆其地。

㈢蒲昌海　即今羅布淖爾。

㈣積石　有二説：一曰大積石，在青海南境。一曰小積石，在甘肅臨夏縣西北。蔣廷錫畢沅萬斯同並謂：禹導河之積石，即小積石也。董祐誠曰：河本自蒲昌伏流，至噶達蘇齊老山而復出；注言「出于積石之山」蓋積石以西，古爲荒略，故據積石爲限也。

㈤析支　在青海東南境河曲之地，古西戎國名。亦作賜支。其地後爲黨項所居，北連吐谷渾。

㈥地理志　此指漢書地理志也。齊召南曰：「今本漢志，是文在破羌縣下。」

㈦氏之　言羌人以湳爲氏也；如漢沖帝時，羌湳狐奴歸化即其例。

㈧呂梁洪　在今山西離石縣東北。

㈨囊　上也，尚書：「蕩蕩懷山襄陵。」

㈩孟門　在今山西吉縣西，陝西宜川縣東北。

㈡司馬彪　字紹統，晉之宗室。少篤學不倦，仕至秘書丞。注莊子，作九州春秋、續漢書等。

㈢北屈縣故城　董祐誠曰：北屈縣故城，當在今吉州北。

㈢風山　元和郡縣志：「慈州吉昌縣郭下風山，在縣北三十里。」案即今吉州治北。

㈣湟石　即礬石也。

㈤隥　險阪也。

㈥孟門津　在陝西延安府宜川縣東南二十里，與山西吉州鄉寧縣孟門山參差相接。

㈦贔　音備，作力之貌。

㈧慎子　名到，周人。務刑名之學，漢志有慎子四十二篇。

㈨船司空　縣名，漢置。在今陝西華陰縣東北。

㈢開山圖　案此指遁甲開山圖。巨靈事亦見張平子西京賦薛綜注。

(二一)王元　字惠孟，後漢長陵人。事隗囂爲帥。囂將歸光武，元說囂東封函谷關，據隘自守。及囂敗，元降臧宮，遷東平相。坐墾田不實，下獄死。

(二二)湖縣　元和郡縣志湖縣故城在湖城縣城南十里，又閿鄉縣本漢湖縣故地。

(二三)桃林塞　通鑑地理通釋曰：自潼關至函谷，俱謂之桃林塞；亦曰桃原，又名夸父山。案書武成：「放馬華陽，散牛桃林」即此處也。

(二四)砥柱　孫星衍曰：砥柱山在陝州東四十里河中，今平陸東南。

(二五)鴻嘉　漢成帝年號。

(二六)楊焉　事詳漢書卷二十九溝洫志。

(二七)景初　魏明帝年號。

(二八)泰始　秦武帝年號。

(二九)王景　字仲通，王閎之子。明帝時，治水數有功，官終廬江太守。後漢書有傳。

(三〇)王吳　事並見後漢書及太平御覽玉海引。

(三一)千乘　漢置縣，在今山東高苑縣北二十五里。

(三二)瓠歌　指漢武帝之瓠子歌也。武帝元封二年，既封禪，乃發卒萬人，塞瓠子決河。還，自臨祭，令羣臣從官皆負薪。上既臨河決，悼其功之不就，爲作歌二章，于是卒塞瓠子，築宮，名曰宣房。

㉓東燕縣　胡三省曰：「考兩漢志，東郡有燕縣，無東燕縣。」魏收地形志：「東燕縣晉屬濮陽。」案班志，東郡有南燕縣，續志始去南曰燕，容有差錯。

㉔棘津　在今胙城縣東北。

㉕王尊　字子贛，漢高陽人，歷官益州刺史，東平相，京兆尹，徐州刺史等。

㉖王璜　漢書儒林傳溝洫志並作王橫。

㉗張折　不詳。亦作張君，趙一清曰：禹貢錐指曰：「後漢志注禹貢正義並引張氏地理志，不知其名，豈即張君邪？」

水經江水注　節錄

酈道元

江水又東，逕廣溪峽㊀，斯乃三峽㊁之首也。峽中有瞿塘黃龕二灘，其峽蓋自昔禹鑿以通江，郭景純㊂所謂巴東之峽，夏后疏鑿者也。

江水又東，逕巫峽，杜宇㊃所鑿以通江水也。江水歷峽東，逕新崩灘，其間首尾百六十里，謂之巫峽，蓋因山爲名也。

自三峽七百里中，兩岸連山，略無闕處。重巖疊嶂，隱天蔽日，自非亭午夜分，不見曦月。

至于夏水襄陵，沿泝阻絕。或王命急宣，有時朝發白帝㊄，暮到江陵㊅，其間千二百里，雖乘奔御風，不似疾也。春冬之時，則素湍綠潭，迴清倒影，絕巘㊆多生怪柏，懸泉瀑布，飛漱其間，清榮峻茂，良多趣味。每至晴初霜旦，林寒澗肅，常有高猿長嘯，屬引淒異，空谷傳響，哀轉久絕。故漁者歌曰：「巴東三峽巫峽長，猿鳴三聲淚沾裳！」

江水自建平至東界峽㈧，盛弘之㈨謂之空泠峽。又東逕流頭灘㈡，其水並峻激奔暴，魚鼈所不能游，行者常苦之。袁山松㈡曰：「自蜀至此，五千餘里，下水五日，上水百日」也。

江水又東，逕黃牛山㈢下，有灘名曰黃牛灘。江水又東，逕西陵峽㈢。宜都記曰：「自黃牛灘東入西陵界。至峽口百許里，山水紆曲，而兩岸高山重障，非日中夜半，不見日月。」絕壁或千許丈；其石彩色形容，多所像類。林木高茂，略盡冬春。猿鳴至清，山谷傳響，泠泠不絕。所謂三峽，此其一也。山松言：「常聞峽中水疾，書記及口傳悉以臨懼相戒。」曾無稱有山水之美也。及余來踐躋此境，既至欣然，始信耳聞之不如親見矣。其疊崿秀峯，奇構異形，固難以辭敍。林木蕭森，離離蔚蔚，乃在霞氣之表；仰矚俯映，彌習彌佳，流連信宿，不覺忘返；目所履歷，未嘗有也。既自欣得此奇觀，山水有靈，亦當驚知己于千古矣！

《題解》

本文節自水經注卷三十三。漢志蜀郡湔氐道縣禹貢岷山江水所出，東南至江都入海。胡渭禹貢錐指：今江水所過，於漢爲蜀郡犍爲巴郡南郡長沙江夏豫章廬江丹陽會稽廣陵凡十郡一國。

《注釋》

㈠廣溪峽　在四川奉節縣東十三里，即瞿塘峽。

㈡三峽　瞿塘峽，巫峽，西陵峽是也。

㈢郭璞　字景純，晉聞喜人。詞賦爲東晉之冠，有爾雅注，山海經注，穆天子傳注，楚詞注等數十萬言，後爲王敦所殺。

㈣杜宇　古蜀帝名，華陽國志曰：魚鳧王後有王曰杜宇，七國稱王，杜宇稱帝，號曰望帝。會有水災，禪位其相開明，升西山隱焉。

㈤白帝　今四川奉節縣。

⑥江陵　今湖北江陵縣。

⑦巇　擬蹇切，銑韻。山峯也。

⑧東界峽　湖北秭歸縣東南。即宜都建平二郡之界也。空泠又作空舲，顧祖禹曰：夏秋水泛，必空舲乃可上。

⑨盛弘之　宋人，爲臨川王侍郎，撰荊州記。

⑩流頭灘　在今湖北宜昌縣西一百里。一名虎頭灘，又名狼頭灘。

⑪袁山松　晉人，一稱袁崧。歷官吳郡太守，孫恩之亂，守滬瀆城，城陷被害，有後漢書百篇。

⑫黃牛山　在今湖北宜昌縣西，其狀如人負刀牽牛，故有此名。巖既突兀，又江湍迂曲，舟行信宿，猶望見之。故行者有謠曰：「朝發黃牛，暮宿黃牛，三朝三暮，黃牛如故。」

⑬西陵峽　在今湖北宜昌縣西北。

思歸賦

袁翻

日色黯兮，高山之岑㊀；月逢霞而未皎，霞值月而成陰；望他鄉之阡陌，非舊國之池林，山有木而蔽月，川無梁㊁而復深；悵浮雲之弗限，何此恨之難禁！于是雜石爲峯，諸煙共色，秀出無窮，煙起不極。錯翻花而似繡，網遊絲其如織；蝶兩戲以相追，燕雙飛而鼓翼，怨驅馬之悠悠，歎征夫之未息！余乃臨峻壑，坐層阿㊂，北眺羊腸詰屈㊃，南望龍門㊄嵯峨；疊千重以聳翠，橫萬里而揚波，遠獐㊅鼯㊆與麏㊇麚，走鰩㊈鼈及龜鼉㊉，彼曖然兮鞏⑪洛，此邈矣兮關河！

心鬱鬱兮徒傷，思搖搖兮空滿，思故人兮不見，神翻覆兮魂斷；斷魂兮如亂，憂來兮不散，俯鏡兮白水，水流兮漫漫；異色兮縱橫，奇光兮爛爛，下對兮碧沙，上睹兮青岸。

岸上兮氤氳，駮霞兮絳氛，風搖枝而爲弄，日照水以成文。行復行兮川之畔，望復望兮望夫君㊁，君之門兮九重㊂門，余之別兮千里分；願一見兮導我意，我不見兮君不聞；魄惝怳兮知何語，氣繚戾兮獨縈緼。

彼鳥馬㊃之無知，尚有情于南北，雖吾人之固鄙，豈忘懷于上國；去上國之美人，對下邦之鬼域，形既同于魍魎㊄，心匪殊于蝥賊㊅；欲修之而難化，何不殘之云剋㊆，知進退之非可，徒終朝以默默，願生還于洛濱，荷天地之厚德。

《題解》

熙平初，飜除冠軍將軍廷尉少卿，尋加征虜將軍，出爲平陽太守；飜爲廷尉時，有不平之論，及之郡，甚不自得，遂作思歸賦以寄意。

《作者事略》

袁飜字景翔，陳郡項人也。太和末爲奉朝請，景明初兼著作佐郎，正始中除豫州中正，神龜末遷冠軍將軍，以才學擅美一時，當時賢達，多推與之，然獨善其身，排抑後進，是其所短，建義初，于河陰遇害，有文筆百餘篇。

《注釋》

㈠岑　山小而高者。
㈡梁　橋也，孟子：十二月輿梁成。
㈢層阿　阿，大陵也。層阿，陵之高者也。
㈣羊腸　阪名，在今山西交城縣東南，戰國時趙之要塞。詰屈，曲折也。
㈤龍門　山名，當是指伊闕，在河南洛陽縣南。
㈥猸　音暉，山海經：其狀如犬而人面善投，見人則笑。
㈦鼯　音吾，狀如小狐。
㈧麕　音君，鹿屬。
㈨鰩　音遙，出海南，長八九尺。
㈩鼉　音駝，似蜥蜴，長丈餘，其甲如鎧。
㈡鞏縣　秦置，在河南。

㉒望夫君　楚辭湘君：「望夫君兮未來，吹參差兮誰思。」

㉓九重　楚辭九辯：「豈不鬱陶而思君兮，君之門以九重。」指人君之所居也。天子有九門，謂關門遠郊門近郊門城門皋門庫門雉門應門路門也。

㉔鳥馬　古詩：「胡馬依北風，越鳥巢南枝。」喻戀其故土也。

㉕魍魎　怪物，家語：「木石之怪曰夔魍魎。」

㉖蟊賊　食禾稼之蟲也。詩：「及其蟊賊。」傳：食根曰蟊，食節曰賊。以喻小人之爲害者。

㉗剋　集韻：剋，殺也。

論文字源流表

江式

臣聞伏犧氏作而八卦形其畫，軒轅氏興而靈龜彰其彩㊀。古史倉頡，覽二象㊁之爻，觀鳥獸之迹，別刱文字，以代結繩。用書契以維事，宣之王庭，則百工以敍㊂，載之方册，則萬品以明。迄于三代，厥體頗異；雖依類取制，未能悉殊倉氏矣。故周禮八歲入小學，保氏教國子以六書：一曰指事，二曰象形，三曰諧聲，四曰會意，五曰轉注，六曰假借，蓋是倉頡之遺法也。

及宣王太史籀，著大篆十五篇㊃，與古文或同或異，時人即謂之籀書。孔子修六經，左丘明述春秋，皆以古文，厥意可得而言。其後七國殊軌，文字乖別；暨秦兼天下，丞相李斯乃奏蠲罷不合秦文者㊄。斯作倉頡篇，車府令趙高作爰歷篇㊅，太史令胡母敬作博學篇，皆取史籀大篆，頗有省改，所謂小篆者也。於是秦燒經書，滌除舊典，官獄繁多，以趣㊆約易，始用隸書，古文由此息矣。

隸書者，始皇使下杜人程邈附於小篆所作也[八]，世人以邈徒隸，即謂之隸書。故秦有八體：一曰大篆，二曰小篆，三曰符書[九]，四曰蟲書[一〇]，五曰摹印[一一]，六曰署書[一二]，七曰殳書[一三]，八曰隸書。漢興，有尉律，學復教以籀書；又習八體，試之課最，以爲尚書史，吏民上書，省字不正，輒舉劾焉。又有草書[一四]，莫知誰始，攷其書形，雖無厥誼，亦是一時之變通也。孝宣時，召通蒼頡讀者，獨張敞[一五]從受之，涼州刺史杜業，沛人爰禮，講學大夫秦近，亦能言之。孝平時，徵禮等百餘人，説文字於未央宮中，以禮爲小學元士。黃門侍郎揚雄採以作訓纂篇[一六]，及亡新居攝，自以運應制作，使大司馬甄豐，校文字之部，頗改定古文。時有六書：一曰古文，孔子壁中書也。二曰奇字，即古文而異者。三曰篆書，云小篆也，四曰佐書，秦隸書也。五曰繆篆，所以摹印也。六曰鳥蟲，所以書幡信也。壁中書[一七]者，魯恭王壞孔子宅，而得尚書春秋論語孝經也。又北平侯張倉，獻春秋左氏傳，書體與孔氏相類，即前代之古文矣。

後漢郎中扶風曹喜[一八]，號曰工篆，小異斯法，而甚精巧，自是後學，皆其法也。又詔侍中賈逵[一九]，修理舊文，殊藝異術，王教一端；苟有可以加於國者，靡不悉集——逵即汝南許慎[二〇]古學之師也。後慎嗟時人之好奇，歎俗儒之穿鑿，故撰說文解字十五篇，首一終亥，各有部屬，可謂類聚羣分，雜而不越，文質彬彬，最可得而論也。

左中郎將陳留蔡邕[21]，採李斯曹喜之法，爲古今雜形。詔於太學立石碑，刊載五經，題書楷法，多是邕書也。後開鴻都[22]，書畫奇能，莫不雲集；時諸方獻篆無出邕者。魏初博士清河張揖[23]著埤倉廣雅古今字詁，究諸埤廣，綴拾遺漏，增長事類，抑亦於文爲益者；然其字詁，方之許篇，古今體用，或得或失。陳留邯鄲淳亦與揖同時，博古開藝，特善倉雅許氏字指[24]，八體六書，精究閑理，有名於揖，以書教諸皇子。又建三字石經於漢碑西，其文蔚煥，三體復宣；校之說文，篆隸大同，而古文少異。又有京兆韋誕河東衞覬[25]二家，並號能篆，當時臺觀牓題，寶器之銘，悉是誕書；咸傳之子孫，世稱其妙。晉世義陽王典祠令任城呂忱[26]表上字林六卷，尋其況趣，附託許愼說文，而按偶章句，隱別古籀奇惑之字，文得正隸，不差篆意也。忱弟靜別放故左校令李登[27]聲類之法，作韻集五卷，使宮商龣徵羽各爲一篇，而文字與兄，便是魯衞[28]；音讀楚夏，時有不同。

皇魏承百王之季，紹五運之緒，世易風移，文字改變，篆形謬錯，隸體失真，俗學鄙習，復加虛造，巧談辯士，以意爲疑，炫惑於時，難以釐改。乃曰：

「追來爲歸，巧言爲辯，小兔爲䨲(二九)，神蟲爲蠶。」如斯甚衆，皆不合孔氏古書，史籀大篆，許氏說文，石經三字也。凡所關古，輸不惆恨焉。

嗟夫，文字者，六籍之宗，王教之始，前人所以垂今，今人所以識古。臣六世祖瓊(三〇)，家世陳留，往晉之初，與從父兄俱受學於衞覬，古篆之法，倉雅方言說文之誼，當時並收善譽。而祖遇洛陽之亂，避地河西(三一)，數世傳習，斯業所以不墜也。世祖太延中(三二)，牧犍內附，臣亡祖文威(三三)，杖策歸國，奉獻五世傳掌之書，古篆八體之法，時蒙褒錄，敍列於儒林，官班文省，家號世業。暨臣闇短，識學庸薄，漸漬家風，有忝無顯；是以敢籍六世之資，奉遵祖考之訓，竊慕古人之軌，企踐儒門之轍，求撰集古來文字，以許慎說文爲主，及孔氏尚書五經音注籀篇爾雅三倉凡將方言通俗文祖文宗(三四)埤倉廣雅古今字詁三字石經字林韻集諸賦文字，有六書之誼者，以類編聯；文無復重，統爲一部。其古籀奇惑俗隸諸體，咸使班(三五)於篆下，各有區別。詁訓假借之誼，僉隨文而解，音讀楚夏之聲，競逐字而注，其所不知者，則闕如也。

脫蒙遂許，冀省百氏之觀，而同文字之域；典書秘書，所須之書，乞垂敕給。并學士五人，嘗習文字者，助臣披覽，書生各五人，專令抄寫，侍中黃門國子祭酒，一月一監，評議疑隱，庶無紕繆，所撰名目，伏聽明旨。

《題解》

江式六世祖瓊，善蟲篆訓詁，祖彊，父紹興，俱承其學。式少專家學，篆體尤工，洛京宮殿諸門板，皆式所題。延昌三年三月，擬撰集古來文字，乃上此表。

《作者事略》

江式字法安，陳留濟陽人，仕北魏孝文帝爲司徒，行參軍檢校御史，除殄寇將軍符節令。以書文昭太后尊號謚冊，特除奉朝請。正光中，除驍騎將軍，兼著作佐郎，卒贈右將軍巴州刺史。

《注釋》

㈠軒轅氏興…… 尚書中候曰：河龍出圖，洛龜書威，赤文像字，以授軒轅。

㈡二象 謂仰觀象于天，俯觀法于地也。

㈢百工以敍 詩周頌臣工傳：工官也。周官注敍，秩次也。

㈣大篆十五篇 漢書藝文志：史籀十五篇。班固自注：周宣王太史作大篆十五篇，建武時亡六篇。

㈤蠲罷不合秦文者 史記秦始皇本紀：「二十六年，書同文字。」廣雅曰：蠲，除也。

㈥車府令趙高作爰歷篇 車府令，官名。漢志：爰歷六章，車府令趙高作。案車上當有中字。伏儼曰：中車府令，主乘輿路車者也。

㈦趣 詩棫樸傳：趣，趨也。

㈧隸書者…… 王僧虔曰：秦獄吏程邈善大篆，得罪始皇，囚於雲陽，增減大篆體，去其繁複，始皇善之，出爲御史，名其書曰隸書。張懷瓘書斷曰：邈字元岑又下杜作下邽。庾肩吾書品作下邳。

(九)符書　即刻符，周制六節之一，漢制竹長六寸，分而相合。

(一〇)蟲書　顏師古曰：蟲書，謂爲鳥蟲之形，所以書幡信也。

(一一)摹印　即新莽之繆篆也。顏師古曰：繆篆，其文屈曲纏繞，所以摹印章也。

(一二)署書　題署用之。

(一三)殳書　題識兵器用之。

(一四)草書　衞恆曰：漢興有草書，不知作者姓名。趙壹曰：蓋秦之末，官書煩冗，戰攻並作，軍書交馳，羽檄分飛，故爲隸草，趣急速耳。

(一五)張敞　字子高，河東平陽人。

(一六)訓纂篇　元始五年，禮等百餘人說文字未央庭中。揚雄取其有用者，以作訓纂篇，雄字子雲，蜀郡成都人。

(一七)壁中書　即古文也。藝文志曰：魯恭王壞孔子宅欲以廣其宮，得古文尚書及禮記論語孝經凡數十篇，皆古字也。

(一八)曹喜　字仲則，扶風人。建初中爲秘書郎。

(一九)賈逵　字景伯，扶風平陵人。

(二〇)許慎　字叔重，汝南召陵人。許沖上書曰：「臣父故太尉南閣祭酒慎，本從逵受古學。」

㉑蔡邕　字伯喈，圉人。後漢書邕傳：熹平四年，奏求正定六經文字，靈帝許之。邕乃自書册于碑，使工鐫刻，立于太學門外。

㉒鴻都　後漢靈帝紀：光和元年，置鴻都門學士。蔡邕傳：畫孔子及七十二弟子像。

㉓張揖　字稚讓，清河人。隋志有廣雅三卷，埤倉三卷，古今字詁三卷，今存廣雅。

㉔陳留邯鄲淳……　魏略曰：「淳一名竺，字子叔。」蒼謂蒼頡篇，雅謂廣雅，許氏字指，謂許慎說文解字也。

㉕韋誕衞覬　韋誕字仲將，韋端之子。衞覬字伯儒，諡敬侯。

㉖呂忱　字伯雍，隋志字林七卷，晉弦令呂忱撰。

㉗李登　魏人，字里未詳。聲類：隋唐志並作十卷，今佚。

㉘魯衞　論語：魯衞之政兄弟也。言不相上下也。

㉙⿰需兔　乃侯切，娩也。說文：娩，兔子也。亦作⿺兔需。

㉚六世祖瓊　魏書江式傳：瓊字孟琚，晉馮翊太守，善蟲篆訓詁。

㉛祖遇洛陽之亂……　魏書：永嘉大亂，瓊棄官兩投張軌，子孫因居涼土，世傳家學。

㉜太延 北魏太武帝燾年號。

㉝亡祖文威 魏書：式祖疆，字文威。太延五年，涼州平，內徙代京。上書三十餘法，各有體例，又獻經史諸子千餘卷，由是擢拜中書博士，卒贈敦煌太守。

㉞文祖文宗 未詳，當是字書之名。

㉟班 次也，位也。

明賞罰疏

辛雄

凡人所以臨堅陣而忘身，觸白刃而不憚者：一則求榮名，二則貪重賞，三則畏刑罰，四則避禍難；非此數事，雖聖王不能勸其臣，慈父不能厲其子。明主深知其情，故賞必行，罰必信，使親疎貴賤，勇怯賢愚，聞鐘鼓之聲，見旌旗之列，莫不奮激，競赴敵場；豈厭久生而樂早死也，利害懸于前，欲罷不能耳！自秦隴逆節㈠，將歷數年，蠻左㈡亂常，稍已多載，凡在戍役，數十萬人，三方師衆㈢，敗多勝少，跡其所由，不明賞罰故也。

陛下欲天下之早平，愍征夫之勤悴，乃降明詔，賞不移時。然兵將之勳，歷稔㈣不決，亡軍之卒，晏然在家；致令節士無所勸慕，庸人無所畏懾。進而擊賊，死交而賞賒；退而逃散，身全而無罪；此其所以望敵奔沮，不肯進力者矣！若重發明詔，更量賞罰，則軍威必張，賊難可弭。臣聞必不得已，去食就信㊄，以此推之，信不可斯須廢也。賞罰陛下之所易，尚不能全而行之；攻敵，士之所難，欲其必死，寧可得也！臣既庸弱，忝當戎使，職司所見，輒敢上聞，惟陛下審其可否。

《題解》

魏書辛雄傳：肅宗時諸方賊盛，肅宗欲親討，以荊州爲先；詔雄爲行台左丞，與前軍臨淮王彧，東趨葉城，別將裴衍，西通鵶路。雄以駕將親伐，蠻夷必懷震動，乘彼離心，無往不破，遂符彧軍，令速赴擊，賊聞之，自走散。當在軍時，雄上此疏云云。

《作者事略》

辛雄字世賓，隴西狄道人。有孝性，頗涉書史，好刑名，廉謹雅素，不妄交友，喜怒不形於色。太和中，爲奉朝請，既而清河王懌辟爲戶曹參軍，累官司州別駕尚書右丞車騎大將軍尚書左僕射侍中，後爲高歡所殺。

《注釋》

㈠秦隴逆節　指諸羌反叛也。通鑑梁紀武帝天監十七年正月，魏秦州羌反。二月，魏東益州氐反。三月魏南秦州氐反。七月魏河州羌卻鐵忽反。

㈡蠻左　指山蠻也。魏書辛雄傳：「時諸方賊盛，而南寇侵境，山蠻作逆。」

㈢三方師衆　除上列對秦隴一方，對蠻左一方外，時南朝亦嘗遣兵北侵，故云三方。如「孝昌元年，徐州刺史元法僧叛，蕭衍遣蕭綜據彭城，魏遣大都督安豐王延督臨淮王彧討之」等是。

㈣歷稔　禾歲一熟曰稔。歷稔謂多年也。

㈤去食就信　論語顏淵：子貢問政，子曰：足食足兵，民信之矣，子貢曰：必不得已而去，于斯三者何先？曰：去兵。子貢曰：必不得已而去，于斯二者何先？曰去食。自古皆有死，民無信不立。

正風俗詔

高洋

頃者風俗流宕，浮競日滋。家有吉凶，務求勝異，婚姻喪葬之費，車服飲食之華，動竭歲資，以營日富㈠。又奴僕帶金玉，婢妾衣羅綺，始以剏出爲奇，後以過前爲麗，上下貴賤，無復等差！

今運屬惟新，思蠲㈡往弊，反樸還淳，納民軌物㈢；可量事具立條式，使儉而獲中。

《題解》

北齊書文宣帝紀：文宣帝改武定八年爲天保元年，以風俗頹敗，宜有以正之，於六月辛巳，乃下此詔。

《作者事略》

高洋字子進，北齊神武帝第二子。少有大度，外柔內剛，理劇處繁，終日不倦。天平二年封太原郡公，武定七年，嗣事，八年正月封齊郡王，五月加九錫，受禪，改元天保，六七年後，以功業自矜，留連沈湎，肆行淫暴，支解所幸薛嬪，在位十年，謚曰景烈皇帝，武平初，改謚曰文宣皇帝。此文當非洋親作，以無從論定，姑從舊日標題。

《注釋》

㈠日富　詩小雅宛：「彼昏不知，壹醉日富。」

㈡蠲　除也。

㈢軌物　法度也。

勉學 節錄

顏之推

自古明王聖帝，猶須勤學，況凡庶乎！此事遍於經史，吾亦不能鄭重，聊舉近世切要，以終寤汝耳。士大夫子弟，數歲以上，莫不被教，多者或至禮傳㈠，少者不失詩論㈡；及至冠婚，體性稍定，因此天機，倍須訓誘。有志尚者，遂能磨礪，以就素業；無履立者，自茲墮慢，便爲凡人。人生在世，會當有業：農民則計量耕稼，商賈則計論貨賄，工巧則致精器用，伎藝則深思法術，武夫則慣習弓馬，文士則講議經書。多見士大夫恥涉農商，羞務工伎，射既不能穿札㈢，筆則纔記姓名，飽食醉酒，忽忽無事，以此銷日，以此終年；或因家世餘緒，得一階半級，便謂爲足，安能自苦。及有吉凶大事，議論得失，蒙然張口，如坐雲霧，公私宴集，談古賦詩，塞默低頭，欠伸而已；有識旁觀，代其入地，何惜數年勤學，長受一生愧辱哉。

梁朝全盛之時，貴遊子弟，多無學術。至於諺云：「上車不落則著作，體中何如則秘書。」無不燻衣剃面，傅粉施朱，駕長簷車，跟高齒屐，坐碁子方褥，憑班絲隱囊㊃，列器玩於左右，從容出入，望若神仙。明經求第，則顧人答策；三九公讌，則假手賦詩：當爾之時，亦快士也。及離亂之後，朝市遷革，銓衡選舉，非復曩者之親，當路秉權，不見昔時之黨；求諸身而無所得，施之世而無所用，披褐而喪珠，失皮而露質㊄，兀若枯木，泊若窮流，孤獨戎馬之間，轉死溝壑之際；當爾之時，誠駑材也。有學藝者，觸地而安。自荒亂已來，諸見俘虜，雖百世小人，知讀論語孝經者，尚為人師，雖千載冠冕，不曉書記者，莫不耕田養馬。以此觀之，安可不自勉耶？若能常保數百卷書，千載終不為小人也。

夫明六經之指，涉百家之書；縱不能增益德行，敦厲風俗，猶為一藝，得以自資。父兄不可常依，鄉國不可常保，一旦流離，無人庇廕，當自求諸身耳。諺曰：「積財千萬，不如薄伎在身。」伎之易習而可貴者，無過讀書也。世人不問愚智，皆欲識人之多，見事之廣，而不肯讀書；是猶求飽而懶營饌，欲暖而惰裁衣也。夫讀書之人，自羲農已來，宇宙之下。凡識幾人，凡見幾事，生民之成敗好惡，固不足論，天地所不能藏，鬼神所不能隱也。

有客難主人曰：「吾見强弩長戟，誅罪安民，以取公侯者有矣；文義習史，匡時富國，以取卿相者有矣；學備古今，才兼文武，身無祿位，妻子饑寒者，不可勝數；安足貴學乎？」主人對曰：「夫命之窮達，猶金玉木石也；修以學藝，猶磨瑩雕刻也；金玉之磨瑩，自美其鑛璞，木石之段塊，自醜其雕刻，安可言木石之雕刻，乃勝金玉之鑛璞哉！不得以有學之貧賤，比於無學之富貴也。且負甲爲兵，咋㈥筆爲吏，身死名滅者如牛毛，角立傑出者如芝草，握素披黃，吟道詠德，苦辛無益者如日蝕，逸樂名利者幾秋荼，豈得同年而語矣。」

且又聞之：「生而知之者上，學而知之者次。」所以學者，欲其多智明達耳。必有天才拔羣出類，爲將則闇與孫武吳起㈦同術，執政則懸得管仲子產㈧之教，雖未讀書，吾亦謂之學矣。今子即不能然，不師古之蹤跡，猶蒙被而臥耳。人見鄰里親戚有佳快者，使子弟慕而學之，不知使學古人，何其蔽也哉！

世人但知跨馬被甲，長矟强弓，便云：「我能爲將。」不知明乎天道，辨乎地利，比量逆順，鑒達興亡之妙也。但知承上接下，積財聚穀，便云：「我能爲相。」不知敬鬼事神，移風易俗，調節陰陽，薦舉賢聖之至也。但知私財不入，公事夙辦，便云：「我能治民。」不知誠己型物，執轡如組，反風滅火，化鴟爲鳳之術也。但知抱令守律，早刑晚舍，便云：「我能平獄。」不知同轅觀罪，分劍追財，假言而奸露，不問而情得之察也。爰及農商工賈，廝役奴隸，釣魚屠肉，飯牛牧羊，皆有先達，可爲師表，博學求之，無不利於事也。

夫所以讀書學問，本欲開心明目，利於行耳。未知養親者，欲其觀古人之先意承顏，怡聲下氣，不憚劬勞，以致甘腝㊈，惕然慙懼，起而行之也。未知事君者，欲其觀古人守職無侵，見危授命㊁，不忘誠諫，以利社稷，惻然自念，思欲效之也。素驕奢者，欲其觀古人之恭儉節用，卑以自牧，禮爲教本，敬者身基，瞿然自失，斂容抑志也。素鄙悋者，欲其觀古人之貴義輕財，少私寡慾，忌盈惡滿，賙窮卹匱，赧然悔恥，積而能散也。素暴悍者，欲其觀古人之小心黜己，齒弊舌存，含垢藏疾，尊賢容衆，薾然沮喪，若不勝衣也。素怯懦者，欲其觀古人之達生委命，强毅正直，立言必信，求福不回，勃然奮厲，不可恐懾也。歷茲以往，百行皆然，縱不能淳，去泰去甚，學之所知，施無不達。

世人讀書者，但能言之，不能行之；忠孝無聞，仁義不足。加以斷一條訟，不必得其理；宰千戶縣，不必理其民；問其造屋，不必知楣橫而梲豎也；問其爲田，不必知稷早而黍遲也；吟嘯談謔，諷詠辭賦，事既優閑，材增迂誕。軍國經綸，略無施用；故爲武人俗吏所共嗤詆，良由是乎！

夫學者所以求益爾。見人讀數十卷書，便自高大，淩忽長者，輕慢同列；人疾之如讎敵，惡之如鴟梟，如此以學自損，不如無學也。古之學者爲己，以補不足也；今之學者爲人，但能說之也。古之學者爲人，行道以利世也；今之學者爲己，修身以求進也。夫學者猶種樹也，春玩其華，秋登其實；講論文章，春華也；修身利行，秋實也。人生小幼，精神專利，長成以後，思慮散逸，固須早教，勿失機也。

吾七歲時，誦靈光殿賦㈠，至于今日，十年一理，猶不遺忘。二十之外，所誦經書，一月廢置，使至荒蕪矣。然人有坎壈㈡失於盛年，猶當晚學，不可自棄。孔子云：「五十以學易，可以無大過矣。」魏武袁遺㈢，老而彌篤，此皆少學而至老不倦也。曾子七十乃學，名聞天下；荀卿㈣五十始來遊學，猶爲碩儒；公孫宏㈤四十餘方讀春秋，以此遂登丞相；朱雲㈥亦四十始學易論語；皇甫謐㈦二十始授孝經論語，皆終成大儒；此並早迷而晚寤也。世人婚冠未學，便稱遲暮，因循面牆，亦爲愚爾。幼而學者，如日出之光；老而學者，如秉燭夜行，猶賢乎瞑目而無見者也。

學之興廢，隨世輕重，漢時賢俊，皆以一經宏聖人之道；上明天時，下該人事，用此致卿相者多矣。末俗已來不復爾，空守章句，但誦師言，施之世務，殆無一可。故士大夫子弟，皆以博涉爲貴，不肯專儒；梁朝皇孫已下，總丱(一八)之年，必先入學，觀其志向，出身已後，便從文史，略無卒業者。冠冕爲此者，則有何允(一九)，劉瓛(二〇)，明山賓(二一)，周捨(二二)，朱異(二三)，周宏正(二四)，賀琛(二五)，賀革(二六)，蕭子政(二七)，劉縚(二八)等，兼通文史，不徒講說也。洛陽亦聞崔浩(二九)，張偉(三〇)，劉芳(三一)，鄴下又見邢子才(三二)，四儒者雖好經術，亦以才博擅名，如此諸賢，故爲上品。以外率多田里間人，音辭鄙陋，風操蚩拙，相與專固，無所堪能；問一言輒酬數百，責其指歸，或無要會。鄴下諺云：「博士買驢，書券三紙，未有驢字。」使汝以此爲師，令人氣塞。孔子曰：「學也，祿在其中矣。」今勸無益之事，恐非業也。

夫聖人之書，所以設教，但明練經文，粗通注義，常使言行有得，亦足爲人，何必仲尼，居即須兩紙疏義，燕寢講堂，亦復何在；以此得勝，寧有益乎！光陰可惜，譬諸逝水，當博覽機要，以濟功業，必能兼美，吾無間焉。

俗間儒士，不涉羣書，經緯之外，義疏而已，吾初入鄴，與博陵崔文彥(三三)交遊，嘗說王粲集中難鄭玄尚書事，崔轉爲諸儒道之，始將發口，懸見排蹙，云：「文集止有詩賦銘誄，豈當論經書事乎？且先儒之中，未聞有王粲也。」崔笑而退，竟不以粲集示之。魏收[34]之在議曹，與諸博士議宗廟事，引據漢書，博士笑曰：「未聞漢書得證經術。」魏便忿怒，都不復言，取韋玄成傳擲之而起，博士一夜共披尋之，達明乃來謝曰：「不謂玄成如此學也。」

夫老莊之書，蓋全真養性，不肯以物累己也。故藏名柱右，終蹈流沙[35]，匿跡漆園，卒辭楚相[36]。此任縱之徒耳。何晏、王弼[37]，祖述玄宗，遞相誇尚，景附草靡；皆以農黃[38]之化，在乎己身，周孔之業，棄之度外。而平叔以黨曹爽見誅，觸死權之網也。輔嗣以多笑人被疾，陷好勝之穽也。山巨源[39]以蓄積取譏，背多藏厚亡之文也。夏侯玄[40]以才望被戮，無支離擁腫之鑒也。荀奉倩[41]喪妻神傷而卒，非鼓缶之情也，王夷甫[42]悼子悲不自勝，異東門之達也。嵇叔夜[43]排俗取禍，豈和光同塵之流也。郭子玄[44]以傾動權勢，寧後身外己之風也。阮嗣宗[45]沈酒荒迷，乖畏途相誡之譬也。謝幼輿[46]贓賄黜削，違棄其餘魚之旨也。彼諸人者，並其領袖玄宗所歸，其餘桎梏塵滓之中，顛仆名利之下者，豈可備言乎！直取其清談雅論，剖玄析微，賓主往復，娛心悅耳，非濟世成俗之要也。

洎于梁世，茲風復闡，莊老周易，總謂三玄。武皇㊼簡文，躬自講論，周宏正奉贊大猷，化行都邑，學徒千餘，實爲盛美。元帝㊽在江荊間，復所愛習，召置學生，親爲教授，廢寢忘食，以夜繼朝。至乃倦劇愁憤，輒以講自釋，吾時頗預末筵，親承音旨，性既頑魯，亦所不好云。

《題解》

此顏氏家訓卷上之第八篇也。今顏氏家訓，分上下二卷，隋志文獻通考俱作七卷，晁公武曰：北齊顏之推撰。之推本梁人，著家訓二十篇，述立身治家之法，辨正時俗之訛，以訓子弟，舊錄俱入儒家，然是書頗崇釋氏，蓋亦當時潮流爲之也。

《作者事略》

顏之推，字介，北齊人。世善周官左氏之學，梁湘東王繹以爲其國左常侍。後奔齊。文宣帝一見悅之，即除奉朝請，歷遷中書舍人，處事勤敏，甚加恩接。周兵陷晉陽，勸帝奔陳，不從。齊亡，入周爲御史上士。隋開皇中太子召爲學士，深見禮重，尋卒，有文集家訓還冤志。

《注釋》

㈠禮傳　指禮經與春秋傳也，一曰指禮記。

㈡詩論　指詩經論語。

㈢札　爲武士所穿之甲，左傳：「蹲甲而射之，徹七札焉。」

㈣班絲隱囊　班絲，雜色之絲也。隱囊，猶今所用靠褥。通鑑：「陳後主倚隱囊，置張貴妃于席上。」注：隱囊者，爲囊雜以細輭，置諸坐側，倦則側身曲肱以隱之。

㈤失皮露質　揚雄法言：「羊質而虎皮。」言虛有其表也。

㈥咋　音窄，齧也。

㈦孫武吳起　孫武，春秋時齊人，以兵法見吳王闔廬，用爲將，西破强楚，遂霸諸侯，蓋孫子十三篇，爲兵家所祖。吳起，戰國衞人。爲魏文侯將，擊秦，拔五城。其後爲魏相公叔所譖，奔楚，楚任之爲相，南平百越，北卻三晉，西伐秦，諸侯皆患之。

㈧管仲子產　管仲，齊桓公之相，名夷吾，相桓公成霸業，稱仲父。子產，春秋鄭大夫公孫僑之字也，自鄭簡公時當國，歷定公獻公聲公，凡四十餘年，晉楚皆嚴憚之，爲政寬以濟猛，猛以濟寬，孔子稱爲惠人。

㈨甘腴　謂美味也。

㈩見危授命　論語憲問：「見利思義，見危授命，久要不忘平生之言。」注：授命，猶言致命。

⑪靈光殿賦　王延壽作。延壽，王逸之子，有雋才，遊魯作此賦。後溺水死，年僅二十餘。

⑫坎壈　不得志也。楚詞：「坎壈兮貧士失職而志不平。」

⑬魏武袁遺　魏武指曹操。袁遺字伯業，袁紹從兄。曹操嘗曰：長大而能勤學者，惟我與袁伯業耳。

⑭荀卿　史記：荀卿，趙人，年五十，始來游學于齊。

⑮公孫宏　字季，薛人。家貧，牧豕海上，年四十餘，乃學春秋雜説。武帝初，以賢良爲博士。

㈥朱雲　字游，漢平陵人。少輕俠，年四十，折節從師，受易論語。

㈦皇甫謐　字士安，皇甫嵩子。年二十餘，乃感激就學，居貧，躬自稼穡，帶經而農，遂博綜經典百家之言。

㈧總丱　丱，固患切，音慣，束髮兩角貌。詩：「總角丱兮。」

㈨何允　字子季，何點之弟。師事沛國劉瓛，受易及禮記毛詩，又入鍾山定林寺聽內典，其業皆通，卒年八十六。

㈩劉瓛　字子珪，相人，小字阿稱。博通五經，聚徒教授，梁天監初，詔諡貞簡先生。南齊書有傳。

㈪明山賓　字孝若。七歲能言玄理，十三博通經傳，累官東宮學士國子祭酒。有吉禮儀注禮儀孝經喪禮服儀凡二百五十九卷。梁書有傳。

㈫周捨　字昇逸，周顒子。博學多通，武帝時拜尚書祠部郎，禮儀損益，多自捨出。預機密二十餘年，稱賢相。梁書有傳。

㈬朱異　字彥和。以明山賓薦，召直西省，兼太學博士，爲武帝所重。朝儀國典，詔誥勅書，並爲所掌。有禮易講疏及儀注文集。梁書有傳。

㈭周宏正　字思行，周捨之子。年十歲，通老子周易，十五補國子生，後爲梁平西邵陵王府諮議參軍。知玄象，善占候，大同末，預知侯景之亂。入陳，官尚書右僕射，卒諡簡子，有周易講疏論語疏莊子疏孝經疏及集。陳書有傳。

㉕賀琛　字國寶，賀瑒從子。幼受經于瑒，一聞便通義理，家貧，販粟自給，閒則習業，尤精三禮。武帝召見文德殿，與語悅之，常移晷刻，侯景之亂，逃歸鄉里，遇疾卒。梁書有傳。

㉖賀革　字文明，賀瑒子。少通三禮，及長，偏治孝經論語毛詩左傳，生徒常數百人。再監南平郡，爲民吏所德。性至孝，常恨祿不及親，大同間卒。梁書有傳。

㉗蕭子政　生平未詳，隋志有周易義疏十四卷，梁都官尚書蕭子政撰。周易繫辭義疏三卷，蕭子政撰。姚振宗考證。按蕭子政始末未詳，齊梁陳三史，亦無述及，南史蕭子恪傳子恪兄弟十六人，並入梁，有文學者，子恪子質子顯子雲子暉，意子政其羣從歟。

㉘劉縚　字言明，劉昭之子。通三禮，大同中，爲尚書祠部郎，尋去職，不復仕。

㉙崔浩　字伯淵，崔宏子。小名桃簡，博覽經史百家之言，無不該綜。明元初官博士祭酒，軍國大事，不能決者，皆先諮浩然後行。監祕書事，作國書三

十卷。洛陽指後魏也。

⑳張偉　字仲業，中都人。學通諸經，講授鄉里，受業者數百，教以孝弟，人感其神化，性清雅篤慎，非法不言。累官平東將軍營州刺史，卒謚康。

㉑劉芳　字伯文，彭城人。處貧窘而業尚貞固，篤志墳典，晝則傭書以自給，尤長音訓，辨析無疑，時人號爲劉石經。宣武帝時，仕至中書令，定律令及朝儀，撰述凡十有三種，卒謚文貞。魏書有傳。

㉒鄴下又見邢子才　鄴下，指北齊也。邢邵字子才，以字行。少在洛陽，專以山水游宴爲娛，文章典麗，既贍且速。年未二十，名動京師。內行修謹，兄弟親姻之間，稱爲雍睦，有集。

㉓崔文彥　生平未詳。

㉔魏收　字伯起，北齊魏子建子，撰魏書。

㉕藏名柱右……　列仙傳：「關令尹喜者，周大夫也。老子西遊，喜先見其氣，候而迹之，果得老子，老子亦知其奇，爲著書，與老子俱之流沙之西。

㉖匿跡漆園……　史紀老莊申韓傳：「莊子者名周，嘗爲漆園吏。楚威王聞莊周賢，使使厚幣迎之，許以爲相，莊子笑謂楚使者曰：「子亟去，無污我！」

㉗何晏王弼　何晏字平叔，三國魏宛人。與夏侯玄等競爲清談，士丈夫效之，

遂成一時風氣，作道德論及文賦數十篇，傳世者有論語集解。王弼字輔嗣，魏山陽人，好論儒道，注易及老子，年二十餘卒。

㊳農黃　指神農黃帝也。

㊴山巨源　名濤，晉懷人。卒謚康。

㊵夏侯玄　字太初，魏夏侯淵從孫，爲司馬氏所殺。

㊶荀奉倩　名粲，魏荀彧子，曹洪女有美色，粲聘之，專房歡宴歷年，後婦病亡，粲痛悼卒，時年二十九。

㊷王夷甫　名衍，晉王戎弟。

㊸嵇叔夜　名康，魏銍人。與呂安友善，安以事繫獄，辭相引證，因收康，鍾會以舊怨讒諸司馬昭，遂被害。

㊹郭子玄　名象，晉河南人，嘗就向秀莊子解義加以點竄，竊爲己作，成莊子注。

㊺阮嗣宗　名籍，阮瑀子，嗜酒，聞步兵廚善釀，貯酒三百斛，求爲步兵校尉。

㊻謝幼輿　名鯤，陽夏人。

㊼武皇　梁武帝姓蕭名衍，字叔達，小名練，南蘭陵武進中都里人。齊高帝族孫。

㊽元帝　梁元帝名繹，字世誠，小字七符，武帝第七子。

涉務

顏之推

夫君子之處世，貴能有益於物耳，不徒高談虛論，左琴右書，以費人君祿位也。國之用材，大較不過六事：一則朝廷之臣，取其鑒達治體，經綸博雅；二則文史之臣，取其著述憲章，不忘前古；三則軍旅之臣，取其斷決有謀，强幹習事；四則藩屏之臣，取其明練風俗，清白愛民；五則使命之臣，取其識變從宜，不辱君命；六則興造之臣，取其程功節費，開略有術：此則皆勤學守行者所能辨也。人性有長短，豈責其美於六塗哉！但當皆曉指趣，能守一職，便無媿耳。

吾見世中文學之士，品藻古今，若指諸掌；及有試用，多無所堪。居承平之世，不知有喪亂之禍，處廟堂之下，不知有戰陣之急，保俸祿之資，不知有耕稼之苦，肆吏民之上，不知有勞役之勤：故難可以應世經務也。晉朝南渡，優借士族，故江南冠帶有才幹者，擢爲令僕已下，尚書郎中書舍人已上，典掌機要；其餘文義之士，多迂誕浮華，不涉世務，纖微過失，又惜行捶楚㊀，所以處於清名，益護其短也。至於臺閣令史，主書監帥，諸王籤省，並曉習吏用，濟辦時須；縱有小人之態，皆可鞭杖肅督，故多見委使，蓋用其長也。人每不自量，舉世怨梁武帝父子愛小人而疏士大夫，此亦眼不能見其睫耳。

梁世士大夫，皆尚褒衣博帶大冠高履，出則車輿，入則扶侍；郊郭之內，無乘馬者。周宏正爲宣城王所愛，給一車，下馬常服御之，舉朝以爲放達；至乃尚書郎乘馬，則糺㊁劾之。及侯景㊂之亂，膚脆骨柔，不堪行步，體羸氣弱，不耐寒暑，坐死倉猝者，往往而然。古人欲知稼穡之艱難，斯蓋貴穀務本之道也，夫食爲民天，民非食不生矣，三日不粒，父子不能相存，耕種之，茠鉏之，刈穫之，載積之，打拂之，簸揚之，凡幾涉手而入倉廩，安可輕農事而貴末業哉！江南朝士，因晉中興，南渡江，卒爲羈旅；至今八九世，未有力田，悉資俸祿而食耳。假令有者，皆信僮僕爲之，未嘗目觀，起一撥土，耘一株苗，不知幾月當下，幾月當收，安識世間餘務乎！故治官則不了，管家則不辦，皆優閑之過也。

《題解》

此顏氏家訓之第十一篇也。顏氏以當時士大夫習於頹廢浮誕，身不知操勞，不切實用，故爲此文以砭之。

《注釋》

㊀捶楚　捶主縈切，以杖擊也。此捶楚蓋謂輕罰。

㊁糺　同糾。

㊂侯景　字萬景，朔方人。景反叛，在梁武帝太清二年。

記王肅

楊衒之

勸學里東，有延賢里，里內有正覺寺，尚書令王肅所立也。

肅字恭懿，瑯琊人也，僞齊雍州刺史奐㊀之子也。贍學多通，才辭美茂，爲齊祕書丞。大和十八年，背逆歸順，時高祖新營洛邑，多所造制，肅博識舊事，大有裨益，高祖甚重之，常呼王生，延賢之名，因肅立之。

肅在江南之日，聘謝氏女爲妻。及至京師，復尚公主，謝作五言詩以贈之。其詩曰：「本爲簿㊁上蠶，今作機上絲，得絡逐勝去，頗憶纏綿時。」公主代肅答謝曰：「鍼是貫絲物，目中恆紝絲，得帛縫新衣，何能納故時。」肅甚有愧謝之色，遂造正覺寺以憩之。

肅憶父非理受禍㊂，常有子胥報楚之意，畢身素服，不聽音樂，時人以此稱之。

肅初入國，不食羊肉及酪漿㈣等，常飯鯽魚羹，渴飲茗汁，京師士子見肅一飲一斗，號爲漏巵，經數年已後，肅與高祖殿會，食羊肉酪粥甚多，高祖怪之，謂肅曰：「卿中國之味也，羊肉何如？魚羹何如？茗飲酪漿何如？」肅對曰：「羊者是陸產之最，魚者是水族之長，所好不同，並各稱珍，以味言之，是有優劣，羊比齊魯大邦，魚比邾莒小國，唯茗不中㈤，與酪作奴。」高祖大笑，因舉酒曰：「三三橫，兩兩縱，誰能辨之，賜金鍾。」御史中丞李彪㈥曰：「沽酒老嫗甕注瓨㈦，屠兒割肉與稱同。」尚書右丞甄琛㈧曰：「吳人浮水自云工，妓兒擲繩在虛空。」彭城王勰曰：「臣始解此是習字。」高祖即以金鍾賜彪，朝廷服彪聰明有知，甄琛和之亦速。彭城王謂肅曰：「卿不重齊魯大邦，而愛邾莒小國？」肅對曰：「鄉曲所美，不得不好。」彭城王重謂曰：「卿明日顧我，爲卿設邾莒之食，亦有酪奴。」因此復號茗飲爲酪奴。時給事中劉縞慕肅之風，專習茗飲；彭城王謂縞曰「卿不慕王侯八珍，好蒼頭㈨水厄，海上有逐臭㈩之夫，里內有學顰(十一)之婦，以卿言之，即是也。」彭城王家有吳奴，以此言戲之，自是朝貴燕會，雖設茗飲，皆恥不復食，唯江表殘民遠來降者飲焉。

後蕭衍子西豐侯蕭正德歸降時，元義欲爲設茗，先問：「卿於水厄多少？」

正德不曉義意，答曰：「下官雖生於水鄉，而立身以來，未遭陽侯㊂之難。」元義與舉坐之客大笑焉。

《題解》

此文選自洛陽伽藍記卷三。洛陽伽藍記五卷，文獻通考作一卷，楊衒之撰。衒之以尒朱之亂，城郭邱墟，追述斯記。晁公武曰：「後魏遷都洛陽，一時王公大夫，多造佛寺，或捨其私第爲之，故僧舍之多，爲天下最，衒之載其本末甚備。」而文亦曲盡其致，兹選其記王肅趙逸洛陽大市諸節。

《作者事略》

楊衒之亦作羊衒之，後魏北平人。魏末爲撫軍府司馬，歷秘書監，出爲期城太守，齊天保中，卒于官。初魏都洛陽，篤崇佛法，佛寺甲于天下。迨永熙亂後，諸寺盡廢。衒之行役洛陽，感念廢興，因摭拾舊聞，追敍故蹟，爲洛陽伽藍記。

《注釋》

㈠奐　字道明，以誣殺寧蠻長史劉興祖，誅死。

㈡簿　即箔，養蠶之具。

㈢肅憶父非理受禍　肅父奐，以與劉興祖不睦，誣殺興祖。帝遣使收之，奐閉門拒守，遂被殺。

㈣酪漿　以牲畜之乳，作爲飲料，曰酪漿。

㈤不中　謂不中用也。

㈥李彪　字道固，衞國人。孝文帝時累遷秘書丞，參著作事，卒謚剛憲。

㈦坻　音龜，一音杜，瓦器也。廣雅：瓶也。

㈧甄琛　字思伯，無極人。太和中，屢遷車騎將軍，拜侍中，卒謚孝穆。

㈨蒼頭　謂僕隸也，以黃巾爲飾。

㈩逐臭　臭，俗臭字。呂氏春秋：「人有大臭者，其親戚兄弟妻妾知識，無能與居者，自苦而居海下，人有悅其臭者，晝夜隨之不去。」此喻嗜好之特別也。

㈡學顰　莊子：「西施病心而矉，其里之醜人，見而美之，歸亦捧心而效其矉。」矉與顰同。

㈢陽侯　水神名，淮南子注「陽侯陵陽國侯也。死于水，其神能爲大波，有所傷害，因謂之陽侯之波。」

記趙逸

楊衒之

綏民里東崇義里，里內有京兆人杜子休宅，地形顯敞，門臨御道。時有隱士趙逸，云是晉武時人，晉朝舊事，多所記錄，正光初來至京師，見子休宅歎息曰：「此宅中朝時，太康寺也！」

時人未信，遂問寺之由緒。逸云：「龍驤將軍王濬㈠平吳之後，始立寺，本有三層浮圖㈡，用甎爲之。」指子休園中曰：「此是故處。」子休掘而驗之，果得甎數十萬，兼有石銘云：「晉太康六年歲次乙巳九月甲戌朔八月辛巳儀同三司襄陽侯王濬敬造。」時園中果菜豐蔚，林木扶疎，乃服逸言，號爲聖人。子休遂捨爲靈應寺，所得之甎，還爲三層浮圖。

好事者遂尋問晉朝京民，何如今日？逸曰：「晉時民少於今日，王侯第與今日相侶。」又云：「自永嘉以來㈢，二百餘年，建國稱王者，十有六君，皆遊其都邑，目見其事；國滅之後，觀其史書，皆非實錄：莫不推過於人，引善自向。苻生㈣雖好勇嗜酒，亦仁而不殺，觀其治典，未爲凶暴，及詳其史，天下之惡皆歸焉。苻堅自是賢主，賊君取位，妄書君惡，凡諸史官，皆此類也。人皆貴遠賤近。以爲信然，當今之人，亦生愚死智，惑已甚矣。問其故，逸曰：「生時中庸之人爾，及死也，碑文墓誌，必窮天地之大德，盡生民之能事，爲君共堯舜連衡，爲臣與伊皋等跡；牧民之臣，浮虎㈤慕其清塵，執法之吏，埋輪㈥謝其梗直；所謂生爲盜跖，死爲夷齊，妄言傷正，華辭損實。」當時構文之士，慚逸此言。

步兵校尉李澄問曰：「太尉府前甎浮圖形製甚古，猶未崩毀，未知早晚造？」逸曰：「晉義熙十二年劉裕伐姚泓軍人所作。」汝南王聞之而異之，拜爲義父，因而問何所服餌，以致長年。逸云：「吾不閑養生，自然長壽，郭璞嘗爲吾筮云：壽年五百歲，今始餘半。」常給步挽車一乘，遊於市里所經之處，多記舊跡，三年以後遁去，莫知所在。

《題解》

本文見洛陽伽藍記卷二城東建陽里太康寺下，略有删節，事似近于荒誕，而推論古史，擯斥華辭，「所謂生爲盜跖，死爲夷齊」，則亦頗有至理存于其中也。

《注釋》

㈠王濬　字士治，湖人。伐吳之役，濬治戰艦發成都，吳人置鐵鎖于江橫截之，濬燒斷鐵鎖，直抵石頭城下，吳平。時晉武帝太康元年也。

㈡浮圖　亦作浮屠，皆佛陀之異譯。古稱佛教徒爲浮圖，後并稱塔爲浮圖。

㈢永嘉　晉懷帝年號。

㈣苻生　苻堅父，氐族。

㈤浮虎　漢劉昆守弘農，虎北渡河。

㈥埋輪　後漢書：遣八使巡行風俗。張綱猶埋其車輪于洛陽都亭曰：「豺狼當道，安問狐狸。」遂奏劾大將軍河南尹。

記洛陽大市

楊衒之

出西陽門外四里御道南，有洛陽大市。周迴八里。市東南有皇女臺，漢大將軍梁冀㈠所造，猶高五尺餘，景明中，比邱道恆，立靈仙於其上。臺西有河陽縣。臺中有侍中侯剛㈡宅。市西北有土山魚池，亦冀之所造，即漢書所謂採土築山十里九坂，以象二崤者。市東有通商達貨二里，里內之人，盡皆工巧，屠販爲生，資財巨萬。有劉寶者，最爲富室，州郡都會之處，皆立一宅，各養馬一匹。至於鹽粟貴賤，市價高下，所在一例。舟車所通，人跡所履，莫不商販焉。是以海內之貨，咸萃其庭，產匹銅山，家藏金穴，宅宇踰制，樓觀出雲，車馬服飾，擬於王者。

市南有調音樂肆二里，里內之人，絲竹謳歌，天下妙伎出焉。有田僧超者，善吹笳，能爲壯士歌項羽吟，征西將軍崔延伯㈢甚愛之。正光末，高平失據，虎吏充斥，賊師万俟醜奴寇暴涇岐之間，朝廷爲之旰食㊃，延伯總步騎五萬討之，延伯出師於洛陽城西張方橋，即漢之夕陽亭也。時公卿祖道，車騎成列，延伯危冠長劍，耀武於前；僧超吹壯士笛，歌曲於後；聞之者懦夫成勇，劍客思奮。延伯膽略不羣，威名卓著，爲國展力，三十餘年，攻無牢城，戰無横陣，是以朝廷傾心送之。

延伯每臨陣，常令僧超爲壯士聲，甲胄之士踴躍。延伯單馬入陣，旁若無人，勇冠三軍，威振戎豎。二年之間，獻捷相繼，醜奴募善射者中僧超，亡，延伯悲惜哀慟，左右謂伯牙之失鍾期，不能過也。後延伯爲流矢所中，卒於軍中，於是五萬之師，一時潰散。

市西有退酤治觴二里，里內之人，多醞酒爲業。河東人劉白墮，善能釀酒；季夏六月時暑赫羲，以甖貯酒甖於日中，經一旬，其酒不動，飲之香美，醉而經月不醒。京師朝貴多出郡登藩，遠相餉饋，踰於千里；以其遠至，號曰鶴觴，亦名騎驢酒。永熙年中，南青州刺史毛鴻賓齎酒之番，路逢劫賊，盜飲之即醉，皆被擒獲，因此復爲擒奸酒。游俠語曰：「不畏張弓拔刀，唯畏白墮春醪。」

市北慈孝奉終二里，里內人以賣棺槨爲業，賃輀車爲事。有挽歌孫巖，娶妻三年，不脫衣而臥，巖因怪之，伺其睡，陰解其衣，有三毛長三尺，似野狐尾，巖懼而出之；妻臨去將刀截巖髮而走，鄰人追之，變成一狐，追之不得。其後京邑被截髮者，一百三十餘人，初變婦人，衣服靚粧，行於道路，人見而悅之，近者被截髮。當時有婦人著綵衣者，人皆指其狐魅，熙平二年四月有，至此秋乃止。

別有準財金肆二里，富人在焉。凡此十里，多諸工商貨殖之民。千金比屋，層樓對出，重門啓扇，閣道交通，迭相臨望，金銀緹繡，奴婢裳衣，五味八珍，僕隸畢口。神龜年中，以工商上僭，議不聽衣金銀緹繡雖立此制，竟不施行。

《題解》

本文見洛陽伽藍記卷四城西法雲寺下。故洛陽城在今城東二十五里，秦始置縣，東漢魏西晉元魏皆城于此，即魏明帝所建之金墉城也，隋以後，洛陽縣治，始還今城。

《注釋》

㈠梁冀　字伯車，梁商之子。漢順帝拜爲大將軍，後極驕横，一門三后，六貴人，七侯，二大將軍，尚公主者三人，其餘卿尹將校五十七人，窮極滿盛者，蓋二十餘年，後誅死。按漢紀：梁冀于洛陽城內起甲第。

㈡侯剛　漢新安人，仕爲郎。王莽篡位，剛佯狂負耒，日守闕號哭，爲莽所殺。

㈢崔延伯　博陵人。仕齊爲綠淮遊軍，太和中入魏。嘗爲統帥，謚武烈。

㈣旰食　晚食也。左傳：「楚君大夫其旰食乎。」言欲食而不遑也。

與陽休之書

祖鴻勳

陽生大弟，吾比以家貧親老，時還故郡；在本縣之西界，有雕山焉，其處閒遠，水石清麗，高巖四匝，良田數頃，家先有野舍於斯，而遭亂荒廢，今復經始；即石成基，憑林起棟，蘿生映宇，泉流遶階，月松風草，緣庭綺合，日華雲實㊀，旁沼星羅，檐下流煙，共霄氣而舒卷，園中桃李，雜松柏而蔥蒨㊁；時一褰裳涉澗，負杖登峯，心悠悠以孤上，身飄飄而將逝，杳然不復自知在天地間矣。

若此者久之，乃還所住，孤坐危石，撫琴對水，獨詠山阿，舉酒望月，聽風聲以興思，聞鶴唳以動懷，企莊生之逍遙㊂，慕向子㊃之清曠，首戴萌蒲㊄，身衣縕襏㊅，出藝粱稻，歸奉慈親，緩步當車，無事爲貴，斯已適矣，豈必撫塵哉！

而吾子既繫名聲之韁鎖，就良工之剞劂㊆，振佩紫臺㊇之上，鼓袖丹墀㊈之下，采金匱⑳之漏簡，訪玉山之遺文㉑，敝精神於邱墳㉒，盡心力於河漢，摛藻期之鞶繡㉓，發議必在芬芳，茲自美耳，吾無取焉。

嘗試論之，夫崑峯積玉，光澤者前毀，瑤山㉔叢桂，芳茂者先折，是東都有挂冕之臣㉕，南國見捐情之士㉖，斯豈惡粱錦，好蔬布哉，蓋欲保其七尺，終其百年耳。今弟官位既達，聲華已遠，象由齒斃㉗，膏用明煎㉘，既覽老氏谷神㉙之談，應體留侯止足之逸㉚。若能翻然清尚，解佩捐簪㉛，則吾於茲山莊，可辦一得，把臂入林，挂巾垂杖，攜酒登巘㉜，舒席平山；道素志，論舊款，訪丹法，語玄書，斯亦樂矣，何必富貴乎！

去矣陽子！途乖趣別，緬尋此旨，杳若天漢，已矣哉！書不盡意。

《題解》

陽休之字子烈，右北平無終人。雋爽有風格，少勤學，愛文藻。仕魏，歷官中書侍郎，天統時除吏部尚書。凡所選用，才地俱允。周武平齊，累官太子少保和州刺史，隋開皇初罷。有幽州人物志及文集。此鴻勳勸休之退歸之書也。

《作者事略》

祖鴻勳北魏涿郡范陽人，弱冠爲州主簿，臨淮王彧表薦其文學，除奉朝請，竟不往謝。齊神武嘗徵至并州，作晉祀記，好事者翫其文，位至高陽太守，在官清素，妻子不免飢寒，時議高之。

《注釋》

㈠日華雲實　日華，當是花之一種。雲實一名員實，見本草。

㈡蔥蒨　林木蒼然而茂也。

㈢莊生之逍遙　莊子有逍遙遊篇。

㈣向子　即向平，隱居不仕，有道術，入山擔薪，賣以供食，見高士傳。

㈤萌蒲　簦笠也。

㈥縕襏　雨衣也。

⑰剞劂　剞，曲刀也。劂，曲鑿也。

⑱紫臺　恨賦：「紫臺稍遠，關塞無極。」此指服官邊地而言。

⑲丹墀　天子之階，塗以丹漆，名曰丹墀。

⑳金匱　漢書鼂錯傳：「刻于玉板，藏于金匱。」

㉑玉山　山海經：「玉山，西王母所居。」穆天子傳：「羣玉之山，先王之所謂策府。」

㉒邱墳　三皇之書，謂之三墳。九州之志，謂之九邱。

㉓鞶繡　鞶，小囊，盛巾帨者，鮑照河清頌：「鞶繡成錦。」

㉔瑤山　山海經：「有瑤碧之山。」

㉕挂冕之臣　漢疏廣疏受以年老乞歸，公卿大夫故人邑子，設祖道供帳東都門外。

㉖捐情之士　南史：羊欣爲新安太守，在郡十三年，樂其山水，便懷止足。

㉗象由齒斃　左傳：象有齒以焚其身，賄也。

㉘膏用明煎　淮南子：膏以明自煎。

㉙谷神　虛中之神也。老子：「谷神不死。」

㉚留侯止足　留侯張良也，漢書良傳：「今以三寸舌爲帝者師，封萬戶侯，此

布衣之極，於良足矣。」

㊁解佩捐簪　喻致仕也。

㊂巘　小峯也。

清神

劉晝

形者，生之器也，心者，形之主也，神者，心之寶也；故神靜而心和，心和則形全，神躁而心蕩，心蕩則形傷；將全其形，先在理神，故恬和養神，則自安於內，清虛棲心，則不誘於外；神恬心清，則形無累矣，虛室生白㈠，則吉祥至矣。

人不照於爍金，而照於瑩鏡者，以瑩能明也。不鑑於流波，而鑑於靜水者，以靜能清也。鏡水以明清之性，故能形物之形；由此觀之，神照則垢滅，形靜則神清，垢滅則內慾永盡，神清則外累不入。今清歌奏而心樂，悲聲發而心哀，神居體而遇感推移；以此而言之，則情之變動，自外至也。夫一哀一樂，猶搴正性，況萬物之衆，而能拔擢以生心神哉！故萬人彎弧以向一鵠㈡，鵠能無中乎？萬物眩曜以惑一生，生能無傷乎？七竅者，精神之戶牖也。志氣者，五臟之使候也。耳目之於聲色，鼻口之於芳味，肌體之於安適，其情一也。七竅狗於好惡，則精神馳騖而不守；志氣縻於趣捨，則五臟滔蕩而不安；嗜慾連綿於外，心腑壅塞於內，蔓衍於荒淫之波，留連於是非之境，而不敗德傷生者，蓋亦寡矣！

是以聖人清目而不視，靜耳而不聽，閉口而不言，棄心而不慮。貴身而忘賤，故尊勢不能動。樂道而忘貧，故厚利不能傾。容身而處，適情而游，一氣浩然，純白於衷；故形不養而性自全，心不勞而道自至也。

《題解》

案劉子隋志不著錄，唐志作劉勰撰，晁公武陳振孫王應麟並云劉晝撰。文獻通考作劉子五卷。近羅振玉于江陰何氏許，得敦煌劉子殘卷，曾有跋云：「四庫總目謂當出貞觀以後，然此本寫于盛唐，且遠及邊裔，其爲六朝舊著可知。」最近王重民巴黎敦煌殘卷敍錄以巴黎藏寫本，對唐諱世字不避，定爲寫本已在貞觀以前，今選其清神貴農賞罰三篇。

《作者事略》

劉晝字孔昭，渤海阜城人。少孤貧好學，習三禮春秋，俱通大義，舉秀才，入京考策不第，乃恨不學屬文，著六合賦以呈魏收，收謂其愚。又撰高才不遇傳四卷，劉子十卷，皇建太寧之朝，頻上書，終不見用，天統中卒。

《注釋》

㈠虛室生白　莊子：「虛室生白，吉祥止止。」白者日光所照也，室以喻心，心能空虛，則純白獨生也。

㈡鵠　射的也，大射用皮侯，侯中以虎豹熊麋之皮飾其側，又別爲一小方，著于侯之中心，謂之鵠。

貴農

劉晝

衣食者，民之本也。民者，國之本也。民恃衣食，猶魚之須水；國之恃民，如人之倚足；魚無水則不可以生，人失足必不可以步，國失民亦不可以治。先王知其如此，而給民衣食，故農祥且正，晨集娵訾㊀，陽氣憤盈，土木脈發，天子親耕於東郊，后妃躬桑於北郊；國非無良農也，而王者親耕，世非無蠶妾也，而后妃躬桑；上可以供宗廟，下可以勸兆民。神農之法曰：「丈夫丁壯而不耕，天下有受其飢者，婦人當年而不織，天下有受其寒者；故天子親耕，后妃親織，以為天下先。」是以其耕不強者，無以養其生，其織不力者，無以蓋其形，衣食饒足，奸邪不生，安樂無事，天下和平，智者無所施其策，勇者無以行其威，故衣食為民之本，而工巧為其末也。

是以雕文刻鏤，傷於農事，錦繢綦組，害於女工。農事傷，則飢之本也。女工害，則寒之源也。飢寒並至，而欲禁人爲盜，是揚火而欲無炎，撓水而望其靜，不可得也。衣食足，知榮辱，倉廩實，知禮節，故建國者，必務田蠶之實，棄美麗之華，以穀帛爲珍寶，比珠玉於糞土；何者？珠玉止於虛玩，而穀帛有實用也。假使天下瓦礫悉化爲和璞㊁，砂石皆變爲隋珠㊂，如值水旱之歲，瓊粒㊃之年，則璧不可以寒禦，珠未可以充飢也。雖有奪目之鑑，代月之光，歸於無用也。何異畫爲西施，美而不可悅，刻作桃李，似而不可食也。

衣之與食，唯生人之所由。其最急者，食爲本也。霜雪巖巖，苫蓋不可以代裘，室如懸磬，草木不可以當糧。故先王制國有九年之儲，可以備非常，救災厄也。堯湯之時，有十年之蓄，及遭九年洪水，七載大旱，不聞飢饉相望，捐棄溝壑者，蓄積多故也。穀之所以不積者，在於游食者多而農人少故也。

夫螟螣㊄秋生而秋死，一時爲災，而數年乏食。今一人耕而百人食之，其爲螟螣亦已甚矣。是以先王敬授民時，勸課農桑，省游食之人，減徭役之費，則倉廩充實，頌聲作矣。雖有戎馬之興，水旱之沴㊅，國未嘗有憂，民終爲無害也。

《題解》

此劉子第十一篇也。以農爲衣食之本，以衣食爲民之本，以民爲國之本，故必貴農而後可以安民治國。蓋亦就生活方面立場，而推之於我華當以農立國之論也。

《注釋》

㈠晨集娵訾　娵訾，星次之名。晨，星名。國語：農祥晨正。

㈡和璞　和氏之璧也。韓非子：「楚人和氏，得玉璞楚山中，獻之厲王，玉人相之，曰：石也。王以爲誑，刖其足。文王即位，和抱其璞而哭于楚山之下。」

㈢隋珠　隋侯之珠也。淮南子注：「隋侯見大蛇傷斷，以藥敷而塗之，後蛇於夜中，銜大珠以報之，因曰隋侯之珠。」

㈣瓊粒　言米如瓊玉之可貴也。

㈤螟螣　螟，害稻蟲。螣，稻上小青蟲也，好食苗。

㈥沴　音麗，害也。

賞罰

劉晝

治民御下，莫正於法，立法施教，莫大於賞罰；賞罰者，國之利器，而制人之柄也。故天以晷數成歲，國以法教爲才，晷運於天，則時成於地，法動於上，則治成於下；晷之運也，先春後秋，法之動也，先賞後罰。是以溫風發春，所以動萌華也；寒露降秋，所以殞茂葉也；明賞有德，所以勸善人也；顯罰有過，所以禁下奸也。善賞者因民所喜以勸善，善罰者因民所惡以禁奸。故賞少而善勸，刑薄而奸息，賞一人而天下喜之，罰一人而天下畏之。用能教狹而治廣，用寡而功衆也。

昔王良㈠善御也，識馬之飢飽規矩徐疾之節，故鞭策不載，而千里可期；然不可以無鞭策者，以馬之有佚也。聖人之爲治也，以爵賞勸善，以仁化愛民；故刑罰不用，太平可致。然而不可廢刑罰者，以民之有縱也。是以賞雖勸善，不可無罰，罰雖禁惡，不可無賞，賞平罰當，則理道立矣。故君者賞罰之所歸，誘人以趣㊁善也，其利重矣，其威大矣；空懸小利，足以勸善，虛設輕威，可以懲姦，矧復張厚賞以施下，操大威以臨民哉！

故一賞不可不信也，一罰不可不明也，賞而不要，雖賞不勸，罰而不明，雖刑不禁；不勸不禁，則善惡失理，是以明主一賞善罰惡，非爲己也，以爲國也。適於己而無功於國者，不加賞焉；逆於己而有勞於國者不施罰焉。罰必施於有過，賞必加於有功。苟能賞信而罰明，則萬人從之，若舟之循川，車之遵路，亦奚向而不濟，何行而弗臻矣。

《題解》

此劉子第十五篇也。大意謂立法施教，在乎明賞罰，亦治國之要道也。

《注釋》

㊀王良　春秋時晉之善御者。

㊁趣　通趨。

大統十一年春三月令

宇文泰

古之帝王，所以外建諸侯，內立百官者，非欲富貴其身而尊榮之；蓋以天下至廣，非一人所能獨治，是以博訪賢才，助己爲治。若其知賢也，則以禮命之；其人聞命之日，則慘然曰：「凡受人之事，任人之勞，何捨己而從人？」又自勉曰：「天生儁士，所以利時，彼人主者，欲與我爲治，安可苟辭！」于是降心而受命。及居官也，則晝不甘食，夜不甘寢，思所以上匡人主，下安百姓，不遑恤其私而憂其家。故妻子或有飢寒之弊，而不顧也。于是人主賜之以俸祿，尊之以軒冕，而不以爲惠也；賢臣愛之，亦不以爲德也；位不虛加，祿不妄賜。爲人君者，誠能以此道授官，爲人臣者，誠能以此情受位；則天下之大，可不言而治矣。昔堯舜之爲君，稷契之爲臣，用此道也。

及後世衰微，此道遂廢，乃以官職爲私恩，爵祿爲榮惠。人君之命官也，親則授之，愛則任之；人臣之受位也，可以尊身而潤屋㊀者，則迂道而求之，損身而利物者，則巧言而辭之。于是至公之道没，而姦詐之萌生，天下不治，正爲此矣！

今聖主中興，思去澆僞。諸在朝之士，當念職事之艱難，負闕之招累，夙夜兢兢，如臨深履薄㊁；才堪者則審己而當之，不堪者則收短而避之，使天官不妄加，王爵不虛受，則淳素之風，庶幾可反。

《題解》

此文見令狐德棻周書卷二文帝紀，蓋勉臣下之辭。當非宇文泰親撰，以其無從辨別，姑從嚴可均題。文中有「今聖主中興」一句，其語氣可翫也。

《作者事略》

北周宇文泰字黑獺，代郡武川人。仕于後魏，爲關西大都督。孝武帝謀伐高歡，歡擁兵至洛陽，帝西走依秦為西魏，泰酖殺之，立文帝，文帝即位，進督中外諸軍事。廢帝即位，以冢宰總百揆。其子覺篡西魏為北周，追尊為文王，武成元年，追尊為文皇帝。

《注釋》

㈠尊身潤屋　禮大學：「富潤屋，德潤身。」

㈡臨深履薄　詩小雅旻：「戰戰兢兢，如臨深淵，如履薄冰。」

與周弘讓書

王　褒

嗣宗窮途(一)，楊朱歧路(二)，征蓬長逝，流水不歸，舒慘殊方，炎涼異節，木皮春厚，桂樹冬榮(三)，想攝衞惟宜，動靜多豫。賢兄(四)入關，敬承款曲，猶依杜陵(五)之水，尚保池陽(六)之田，鏟迹幽谿，銷聲窮谷，何其愉樂，幸甚幸甚！

弟昔因多疾，亟覽九僊(七)之方，晚涉世途，常懷五嶽之舉；同夫關令(八)，物色異人，譬彼客卿，服膺高士(九)；上經說道，屢聽玄牝(十)之談；中藥養神，每禀丹砂(十一)之說；頃年事遒盡，容髮衰謝，芸(十二)其黃矣，零落無時，還念生涯，繁憂總集。視陰愒日(十三)，猶趙孟之徂年，負杖行吟，同劉琨之積慘(十四)，河陽北臨，空思鞏縣，霸陵南望，還見長安；所冀書生之魂，來依舊壤，射聲(十五)之鬼，無恨他鄉！

白雲在天，長離別矣！會見之期，邈無日矣！援筆攬紙，龍鍾(十六)橫集。

《題解》

周弘讓汝南人，性簡素，博學多能，初隱于句容之茅山，頻徵不出，梁元帝承聖初年，爲國子祭酒。陳文帝天嘉初，領太常卿光祿大夫，弘讓昆仲與王褒俱友善，時弘讓兄弘正，自南朝北聘來周，褒久居周，感懷南土，因作此書以寄。

《作者事略》

王褒字子淵，瑯玡人。博覽史傳，梁元帝召拜吏部尚書，左僕射。褒既名家，文學優贍，位望隆重，而愈自謙遜，時論稱之。尋入周，授車騎大將軍，明帝好文學，褒與庾信才名最高，特加親待，官終宣州刺史。

《注釋》

㈠嗣宗窮途　阮籍字嗣宗，縱酒昏酣，遺落世事，時率意獨駕，不由徑路，車跡所窮，輒慟哭而返。

㈡楊朱歧路　列子說符：楊子之鄰人亡羊，既率其黨，又請楊子之豎追之，楊子曰：嘻！亡一羊，何追者之衆？鄰人曰：多歧路。既反，問獲羊乎？曰：亡之矣，曰：奚亡之？曰：歧路之中，又有歧焉，吾不知所之，所以反也。楊子戚然變容。

㈢木皮春厚……　江南氣候溫溼，木皮至春而增厚，桂樹雖冬而猶榮。

㈣賢兄　指周弘正，時自陳聘于周，周高宗許褒等通親知音問。

㈤杜陵　漢宣帝陵。

㈥池陽　在陝西涇陽縣西北。此言弘讓尚能安其故居，守其遺田也。

㈦九仙　列仙傳：涓子者好餌朮，至三百年，乃見于齊，受伯陽九仙法。

㈧關令　關令尹喜，周大夫，老子西遊，喜見其氣，知有真人當過，物色而迹之，老子著書授之。

㈨高士　史記魯仲連傳：新垣衍曰：魯仲連先生，齊國之高士也，新垣衍爲魏之客將軍。或即指是。

㈩玄牝　老子分上下經。「谷神不死，是爲玄牝。」即老子文。河上公注：玄，天也。牝，地也。

⑪丹砂　拘朴子：「餌五芝及丹硃，令人長生。」

⑫芸　極黃之貌。

⑬視陰愒日　左氏昭元年傳：趙孟視陰曰：「朝夕不相及，誰能待五！」后子出而告人曰：「趙孟將死矣！翫歲而愒日，其與幾何？」注：愒，貪也。

⑭負杖行吟……　乃劉琨答盧諶書中語，晉書：「聰遣子粲及令孤泥襲晉陽，琨父母並遇害。」故云積慘。

⑮射聲　曹褒爲射聲校尉，營舍有停棺不葬百餘，褒問之，吏對曰：此都是建武以來絕無後者。褒爲買空地葬之。又班超使西域，年老請還，至洛陽，拜爲射聲校尉。

⑯龍鍾　本竹名，此言淚多也。

哀江南賦序

庾信

粵以戊辰之年(一)，建亥之月，大盜移國(二)，金陵瓦解。余乃竄身荒谷(三)，公私塗炭。華陽奔命(四)，有去無歸，中興道銷，窮於甲戌(五)。三日哭於都亭(六)，三年囚於別館(七)；天道周星(八)，物極不反；傅燮(九)之但悲身世，無處求生，袁安(十)之每念王室，自然流涕。

昔桓君山(十一)之志事，杜元凱(十二)之平生，並有著書，咸能自敍。潘岳之文彩，始述家風(十三)，陸機之辭賦，多陳世德(十四)。信年始二毛，即逢喪亂，藐是流離，至於暮齒；燕歌遠別，悲不自勝(十五)，楚老相逢，泣將何及(十六)；畏南山之雨，忽踐秦庭(十七)，讓東海之濱，遂餐周粟(十八)；下亭(十九)漂泊，皐橋羈旅(二十)；楚歌非取樂之方(二一)，魯酒無忘憂之用(二二)；追爲此賦，聊以紀言，不無危苦之辭，惟以悲哀爲主。

日暮途遠，人間何世；將軍一去，大樹(二三)飄零，壯士不還，寒風蕭瑟(二四)；荊璧睨柱，受連城而見欺[25]，載書橫階，捧珠盤而不定[26]；鍾儀君子，入就南冠之囚[27]，季孫行人，留守西河之館[28]；申包胥之頓地，碎之以首，蔡威公之淚盡，加之以血[29]；釣臺移柳，非玉關之可望[30]，華亭鶴唳，豈河橋之可聞[31]！孫策以天下爲三分，衆纔一旅[32]；項籍用江東之子弟，人惟八千[33]。遂乃分裂山河，宰割天下；豈有百萬義師，一朝捲甲，芟夷斬伐，如草木焉[34]。江淮無涯岸之阻，亭壁無藩籬之固，頭會箕斂[35]者，合從締交，鋤耰棘矜[36]者，因利乘便，將非江表王氣，終於三百年乎？是知并吞六合，不免軹道之災[37]；混一車書，無救平陽之禍[38]。嗚呼！山岳崩頹，既履危亡之運，春秋迭代，必有去故之悲，天意人事，可以悽愴傷心者矣！

況復舟楫路窮，星漢[39]非乘槎可上；風飆道阻，蓬萊[40]無可到之期；窮者欲達其言，勞者須歌其事，陸士衡聞而撫掌[41]，是所甘心，張平子見而陋之[42]，固其宜矣。

《題解》

哀江南賦序，哀梁之亡也。梁元帝承聖三年，信使西魏，而江陵陷，遂留北不返。信在北朝，雖位望通顯，常作鄉關之思，故作此以致意。楚詞：「魂兮歸來哀江南。」本篇之旨也。

《作者事略》

庾信字子山，父名肩吾，新野人也。博覽羣書，尤善春秋左氏傳。梁元帝時，以右衞將軍使西魏，使留不遣。周明帝武帝，並好文學，皆恩禮之。文章摛藻豔異，與徐陵齊名，時稱爲徐庾體，以其累遷驃騎大將軍開府儀同三司，故又稱庾開府，有庾開府集十六卷，倪璠注。

《注釋》

㈠粵以戊辰之年　粵，發語詞。戊辰，梁武帝太清二年也。太清二年八月，侯景反，十月至京。

㈡大盜　指侯景也。

㈢金陵瓦解……　臺城爲侯景陷後，信奔江陵。

㈣華陽奔命　華陽，地名，商州有華陽川，此指南郡江陵一帶。梁元帝承聖三年，受使西魏，而江陵陷，信留北不歸，故云。

㈤中興道銷……　元帝平侯景，勢成中興，而西魏兵至，于謹入江陵，殺元帝，時承聖三年十一月，歲在甲戌也。

㈥三日哭於都亭　蜀主劉禪降，時羅憲守永安，敕使歸魏，憲率所部臨于都亭三日。

㈦三年囚於別館　春秋時，晉執叔孫婼，別館諸箕，見左氏昭廿三年傳。此言江陵之陷，己方奉使，爲敵所執也。

㈧周星　歲星十二歲爲一周。

(九)傅燮　後漢靈州人。爲漢陽太守，賊王國韓遂圍之，兵少糧盡，燮子幹勸還鄉里，燮曰：「生亂世何處求生。」

(二〇)袁安　後漢汝陽人，官司徒，以天子幼弱，外戚擅權，每言國事，必嗚咽流涕。

(二一)桓君山　後漢桓譚字君山，著有新論。

(二二)杜元凱　晉杜預字元凱，有自序，見太平御覽。

(二三)家風　潘岳有家風詩。

(二四)世德　陸機有祖德述先二賦。

(二五)燕歌遠別……　魏文帝有燕歌行曰：「別日何易會難，山川悠遠路漫漫。」

(二六)楚老相逢……　漢龔勝，楚人；王莽徵之，勝曰：「豈以一身事二姓乎。」遂不食而死，有父老哭之甚哀。此信自傷身事二主也。

(二七)畏南山之雨……　吳伐楚及郢，申包胥如秦乞師，依于庭牆而哭，勺飲不入口者七日。列女傳：南山有玄豹，霧雨七日而不下食。

(二八)周粟　伯夷叔齊，餓死首陽，不食周粟。此蓋信自陳事魏仕周，借用夷齊故事耳。

(一九)下亭　漢孔嵩辟公府，之京師，道宿下亭，盜共竊其馬。

(二〇)皋橋　漢皋伯通居之。梁鴻與妻孟光，曾依皋伯通居，爲人賃舂。

(二一)楚歌非取樂之方　漢書：戚夫人泣涕，高祖曰：「爲我楚舞，我爲若楚歌。」

(二二)魯酒無忘憂之用　莊子：「魯酒薄而邯鄲圍。」東方朔曰：「銷憂莫若酒。」

(二三)大樹　後漢馮異號大樹將軍。

(二四)寒風蕭瑟　荊軻去燕，歌于易水之上，曰：「風蕭蕭兮易水寒，壯士一去兮不復還。」

(二五)荆璧　楚卞和物，故云。此用藺相如完璧歸趙事，言相如奉使不辱，己乃爲魏所欺也。

(二六)載書橫階……　載書，盟書也。珠盤，珠飾之盤，盟會時用以盛牛。此用毛遂從平原君入楚定縱事，言己聘西魏，反遭其兵，是縱不定也。

(二七)鍾儀君子……　鍾儀楚人，爲晉所囚，冠南冠，操南音，范文子稱之爲君子。

(二八)季孫行人　左傳：「晉執魯季孫，韓宣子使叔魚見季孫曰：鮒也聞諸吏，將爲子除館于西河，其若之何？」

㊈蔡威公之淚盡……　說苑：「下蔡威公，閉門而泣，三日三夜，泣盡繼以血，曰：吾國且亡。」

㊉釣臺移柳……　晉陶侃鎮武昌，嘗課諸營移柳。又侃嘗整陣于釣臺。玉門關在甘肅敦煌縣南，班超所謂但願生入玉門關者也。

㊀華亭鶴唳……　華亭今屬江蘇松江。晉陸機華亭人，與長沙王戰于河橋，敗績，將刑，歎曰：「華亭鶴唳，豈可復聞。」

㊁衆譏一旅　魏蜀吳三分天下，孫策開吳業，其起兵時，兵僅一旅，故云。五百人爲旅。

㊂人惟八千　史記：項羽起兵時，與江東子弟八千人，渡江而西。

㊃豈有百萬義師……　侯景破建業，西魏陷江陵，梁兵時有百萬，絕無用處，此即指其事。

㊄頭會箕斂　史記陳餘傳：「頭會箕斂，以供軍費。」言家家就人頭數出穀，以箕斂之。

㊅鋤耰棘矜　耰，摩田器；棘，戟也；矜，謂矛挺之把也。

㊆軹道之災　軹道在今陝西咸陽縣東北，漢高祖入秦，秦子嬰降于軹道旁。

㊳平陽之禍　干寶晉紀：「太康中，天下車同軌，書同文。」平陽，晉懷愍二帝被害處。

㊴星漢　天河也。

㊵蓬萊　海中神山也，與方丈瀛洲，爲三神山。自戰國齊燕諸王及漢武帝皆使人求之，終莫能至。

㊶陸士衡聞而撫掌　陸機初入洛，擬作三都賦，聞左思作之，撫掌大笑，曰：以覆酒瓮耳，及左賦出，不覺自失而輟筆。

㊷張平子而見陋之　張衡字平子，班固作兩都賦，平子薄而陋之，因更造焉。

西元一九三六年十二月臺初版（民25）
西元一九九七年十月臺初版第六次印行（民69）
西元一九九七年十一月重排版第二次印行(民86)

國學精選叢書　三國·晉·南北朝文選

全一冊　定價新臺幣　四〇五元
(外埠酌收運費匯費)

主編者　葉楚傖
編註者　陸維釗
校訂者　胡倫清
發行人　武奎煜
出版發行　正中書局

新聞局出版事業登記證　局版臺業字第〇一九九號 (0538)
分類號碼：810.00.013 (7.30) (1000)（版）新
ISBN 957-09-0370-8

正中書局
CHENG CHUNG BOOK CO., LTD.
地址：中華民國臺灣省臺北市衡陽路二十號
Address:20, Heng Yang Road, Taipei, Taiwan, Republic of China
業務部電話：3821153 3822815 · 業務部電話：3821496
郵政劃撥：0009914-5 FAX NO：(02) 3822805

海外分局
OVERSEAS AGENCIES
香港：集成圖書有限公司
地址：香港九龍油麻地北海街七號地下
電話：(852) 23886172-3 . FAX NO：(852) 23886174
日本：海風書店
地址：東京都千代田區神田神保町一丁目五六番地
電話：(03) 32914344 . FAX NO：(03) 291-4345
泰國：集成圖書公司
地址：曼谷耀華力路233號
電話：2226573 . FAX NO：2235483
美國：華強圖書公司
地址：41-35, Kissen Boulevard, Flushing,
N. Y. 11355 U. S. A.
電話：(718) 7628889 . FAX NO：(718) 7628889
歐洲：英華圖書公司
地址：14, Gerrard Street, London, WIV 7LJ
電話：(0171) 4398825 . FAX NO：(0171) 4391183

國家圖書館出版品預行編目資料

三國·晉·南北朝文選／陸維釗編註．－－初版
重排本．－－臺北市：正中，民80
面；　公分．--（國學精選叢書）
ISBN 957-09-0370-8（平裝）

830.2